KB106518

중년의 아다지오

중년의 아다지오

발행일	2016년 4월 8일

지은이	이 연 재		
펴낸이	손 형 국		
펴낸곳	(주)북랩		
편집인	선일영	편집	김향인, 서대종, 권유선, 김예지
디자인	이현수, 신혜림, 윤미리내, 임혜수	제작	박기성, 황동현, 구성우
마케팅	김회란, 박진관, 김아름		
출판등록	2004. 12. 1(제2012-000051호)		
주소	서울시 금천구 가산디지털 1로 168, 우림라이온스밸리 B동 B113, 114호		
홈페이지	www.book.co.kr		
전화번호	(02)2026-5777	팩스	(02)2026-5747
ISBN	979-11-5585-955-1 03810 (종이책)		979-11-5585-956-8 05810 (전자책)

잘못된 책은 구입한 곳에서 교환해드립니다.
이 책은 저작권법에 따라 보호받는 저작물이므로 무단 전재와 복제를 금합니다.

이 도서의 국립중앙도서관 출판예정도서목록(CIP)은 서지정보유통지원시스템 홈페이지(http://seoji.nl.go.kr)와
국가자료공동목록시스템(http://www.nl.go.kr/kolisnet)에서 이용하실 수 있습니다.
(CIP제어번호 : CIP2016008765)

성공한 사람들은 예외없이 기개가 남다르다고 합니다.
어려움에도 꺾이지 않았던 당신의 의기를 책에 담아보지 않으시렵니까?
책으로 펴내고 싶은 원고를 메일(book@book.co.kr)로 보내주세요.
성공출판의 파트너 북랩이 함께하겠습니다.

중년의 아다지오

이연재 지음

나이 든다는 것은 점점 지혜로워진다는 신호,
발걸음을 멈추고 주변을 돌아보니 모든 것이 새롭구나!

북랩 book Lab

프롤로그

인생은 선택으로 움직인다

"인생이란 불충분한 전제로부터 충분한 결론을 끌어내는 기술이다." 라는 말이 있다. 인생의 길, 매번 선택의 연속이다. 우리는 선택하면서 산다. 두 길이 있을 때 둘 다 갈 수 없기에 한 길을 선택해야 한다. 하나를 선택하면 다른 나머지를 포기해야 하기에 선택은 쉽지 않다.

나의 삶도 크고 작은 선택으로 여기에 이르렀다. 누구나가 그러듯 내가 선택한 삶은 아프고 기쁘며, 분노하고 슬프고 행복했다. 하나님 뜻을 믿고 감사하고, 골짜기를 지나며 눈물을 흘렸다. 다시 힘을 내서 높은 산을 넘고 넘었다. 세월이 흐르고 나이를 먹어서야 참 행복을 알았다.

누구에게나 가지 않은 길이 있다. 미처 가지 못한 그 길이 미련으로 남는다. 때로는 로버트 프로스트(Robert Frost)의 시처럼 별빛 같은 추억과 고즈넉한 서정으로 다가온다.

가지 않은 길

로버트 프로스트

단풍 든 숲 속에 두 갈래 길이 있었습니다
몸이 하나니 두 길을 가지 못하는 것을
안타까워하며, 한참을 서서
낮은 수풀로 꺾여 내려가는 한쪽 길을
멀리 끝까지 바라다보았습니다

그러고 다른 길을 택했습니다.
똑같이 아름답고
아마 더 걸어야 될 길이라 생각했지요
풀이 무성하고 발길을 부르는 듯했으니까요
그 길도 걷다 보면 지나간 자취가
두 길을 거의 같도록 하겠지만요

그날 아침 두 길은 똑같이 놓여 있었고
낙엽 위로는 아무런 발자국도 없었습니다
아, 나는 한쪽 길은 훗날을 위해 남겨 놓았습니다!
길이란 이어져 있어 계속 가야만 한다는 걸 알기에
다시 돌아올 수 없을 거라 여기면서요

오랜 세월이 지난 후 어디에선가
나는 한숨지으며 이야기할 것입니다
숲 속에 두 갈래 길이 있었고 나는
사람들이 적게 간 길을 택했다고
그리고 그것이 내 모든 것을 바꾸어 놓았다고

치열하지만 느린 호흡으로 보내는 중년의 일상

누구나 하나의 선택으로 저만치 비켜 간 길이 있다. 중년을 지나서야 지난 세월을 돌아보고 반추하며 여유를 느낀다. 삶의 중간악장을 쓰고 연주하는데, 지난 날의 좋고 나쁜 일, 마음 아프고 고통스러웠던 일이 아름다운 추억으로 다가온다. 이 책은 삶의 중간단계, 삶의 빛깔은 치열하지만 비교적 평온하고 느린 호흡으로 중년을 보낸 일상과 소소한 느낌 그리고 생각을 담았다.

'아다지오 소스테누토'(Adagio Sostenuto)는 작곡가의 지시어다. '음 하나하나를 충분히 눌러 무겁고 느리고 평온하게 연주하라'라고 주문한다. 이 말은 삶을 거쳐 간 생각, 경험, 인식을 표현해 글로 담을 때 필요한 노력과 정성을 뜻하기도 하는 것 같다. 그래서 천천히 음미하듯 생각을 열고 마음을 두드렸다.

삶의 이야기를 쓰면서 어찌 불완전한 기억에 의지할 수 있겠는가? 다행히도 오래전부터 그날그날의 일을 세부적으로 아니면 짧게라도 노트에 적었다. 밤에 노트를 펴고 펜을 들어 하루를 돌아보는 일이 따뜻했다.

이 책을 통해 인간의 연약함과 선함과 아름다움을 나누며 삶의 위안과 격려가 되기 바란다. 또한, 실제적이고 섬세하게 일하시는 하나님의 선하심을 느낀다면 좋겠다. 인간의 복잡성과 순진함을 대면하면서, '만일 지금 알았던 것을 그때 알았더라면' 하는 글귀를 떠올려보게 되지 않을까 싶다.

책을 읽고 난 후에는 자신의 삶을 더 사랑하고 소중하게 바라보게 되리라고 믿는다. 차갑던 방에 불을 지펴 훈훈한 온기를 느끼듯, 자신의 삶에 주어진 행복을 발견하고 '이런 것이 인생이구나!' 하고, 새로운 시야의 창이 열리기를 기대한다. 이 책을 대하는 모든 분께 마음 다해 감사드리고 행복을 기원한다.

여전히 세심한 보살핌으로 격려하시고 기도해 주시는 친정어머니께 감사를 드립니다. 25년을 한결같은 마음으로 함께 한 지구촌 사랑선교회의 동역자와 모든 회원께도 고마운 마음 전합니다. 나의 남편, 어려움 속에서 인내하고 함께 성장하며 여기까지 잘 올 수 있었어요. 앞으로 더 화창한 날들이 되기를 기도합니다. 부족한 엄마를 사랑하고 신뢰하며 크고 작은 산을 넘으면서 순전함을 잃지 않고 잘 자란 세 아이, 아들, 큰딸, 작은딸 고맙구나!

이 책의 출판을 흔쾌히 허락해 주신 북랩 출판사와 김회란 부장님, 그리고 김예지 편집자님을 비롯한 모든 직원분께 감사합니다. 그리고 나의 영혼 깊은 곳으로부터 가장 존경하며 경외하는 우리 주 예수 그리스도, 오직 한 분이신 하나님께 감사드리고 모든 영광을 올립니다.

2016년 3월
이연자

목차

보장된 '탄탄한 길'을
밀쳐내고
내 안의 소리를 따르다

대학입시 실패로 의기소침해지고, 재수를 고려하면서도 학습의욕이 사라져 이러지도 저러지도 못하고 있을 때, 유난히 나를 예뻐하던 고모가 이 소식을 듣고 연락했다. 고모는 자녀가 외아들 하나뿐이 없어서 나를 친딸처럼 생각했다.

"고모네 학교에 종합도서관이 있으니까 와서 공부하든지 책을 보든지 하면 좋겠구나."

고모는 학교법인 ○○학원의 설립자 부인이다. 그때 여중, 여고, 남중, 남고, 전문대학을 운영하고 있었는데, 나중에 유치원, 종합대학, 한방대학원을 설립했다. 한때 아버지는 그 학교의 기획실에서 중요한 직책으로 일했었다. 하지만 대쪽처럼 곧은 아버지의 성품과 그곳의 어떤 점이 안 맞아 그만두었다. 그래서 아버지는 처음에는 썩 내켜 하지 않았지만 고심 끝에 허락했다.

한참 걸어 들어가야 하는 널따란 대지의 이층집에는 고모 내외와 일하는 아줌마, 청소하고 심부름하는 소녀가 살았다. 고모는 새벽이면 나를 깨워 무등산을 등반하고 신선한 공기를 마시며 체조를 하고 하루를 시작했다. 매일 아침 미리 나와 대기하던 30대 후반의 남자 운전기사가 안 되어 보였고, 미안한 생각도 들었다.

"이사장 부속실에 있는 김 양이 시댁 쪽 아가씨인데, 곧 시집간단다. 공부가 싫으면 업무를 배워 부속실에서 일하면 좋겠구나."

고모가 나에게 의향을 물었다.

"남자 고등학교에 친척 할아버지가 교장으로 있으니, 먼저 거기서 기본업무를 익히고 부속실로 올라가면 어떻겠니?"

고모 말대로 했지만 일이 너무 단순하고 편해서 3개월도 안돼 금세 흥미가 사라졌다. 그때 전문적인 일을 하며 살고 싶은 갈망과 고생해보고 싶은 소원이 생겼다. 그리고 학업에 흥미가 사라져 책 읽는 것을 위안으로 삼으며 지냈다.

얼마 후 내가 이사장 부인의 친정 조카이고 그 집에서 지낸다는 사실이 학교 관계자들에게 알려졌다. 교장, 교감, 기획실 직원, 교장실에 자주 드나드는 몇몇 선생님들, 식당 사장 부부까지 나를 극진히 대했다. 한 번이라도 눈을 더 맞추고 말을 걸며 잘 보이려고 호의를 보내왔다. 마냥 싫지만은 않으면서도, 권력이 갖는 힘의 영향을 느끼고 씁쓸해지기도 했다.

몇 개월이 지난 가을 아침, 전화가 왔다. 이웃집에 살던 명자였다. 나는 고2 때 우리 집을 새로 짓는 몇 개월 동안 명자네 집에 머물렀다. 나는 명자의 전화에 깜짝 놀라며 '어쩐 일이야?' 하고 물었다.

"집에 내려 왔다가 네가 고모네 집에 있다는 소식을 들었어. 이사장

사택 전화번호를 찾아보니 번호가 0001번이어서 그냥 외워서 안부 전화한 거야."

마음이 설렜다. 며칠 전 〈퀴리 부인 전〉을 읽을 때, 주인공 마리가 지방에 있는 집에서 '공부를 하기 위해 폴란드 수도 바르샤바로 가야 한다'는 다짐을 한 뒤 흔들리지 않고 떠나는 장면에 마음이 머물렀다. 이상하게도 그 두 줄에 공감이 가서 그 문장을 한참 동안 마음에 담기라도 할 것처럼 깊숙이 들여다본 일이 있었기 때문이다.

나는 명자에게 서울 갈 때 나를 좀 꼭 데려가 달라고 말했다.

"너 거기 아주 좋을 텐데, 왜 그러니?"

명자는 놀란 것 같았다. 그런데도 이미 내 마음은 뭔가에 이끌리듯 움직이고 있었다. 평소에 말도 잘하지 않던 내가 진심을 담아 부탁하는 말에 친구는 어리둥절해 하더니 곧 알았다고 했다.

이 사실을 안 고모는 호강에 겨웠다며 심하게 나무랐다. 무엇보다도 엄격한 아버지에게 혼날 게 뻔해 신경 쓰인다고 걱정했다. 내 고집에 답답했는지, 고모는 매달 초 드나드는 무당 최 씨 할머니를 황급히 불러들였다. 제 길 찾아가니 말리지 말라고 하는 무당의 말에 다소 안심하는 듯했다. 고모 내외는 사람에게 건넬 수 있는 가장 따뜻하고 사려 깊은 어조와 눈길로 나에게 당부했다.

"서울은 눈 뜨고 있어도 코 베가는 곳인데 가려고 하니. 답답해서 바람 쐬러 친구 만나러 간다고 생각하고 기다리고 있겠다. 언제든지 전화하고 곧 오너라."

그 뒤 고모 내외는 차를 타고 가다가, 인도에 나를 닮은 아가씨가 서 있으면 기사에게 차를 세우라고 했다고 한다.

신앙

어느 날 아침, 친구네 집에 들어온 신문을 펼치다 외국계 반도체회사의 사원 모집 요강이 눈에 들어왔다. '고등학교 전 학년 성적증명서와 입사 후 필기시험 치른 후 부서 배정' 등이 내 마음을 움직였다. 1, 2차 시험을 잘 치렀고 가장 선망하는 부서에서 일했다.

회사 사보에 독후감을 몇 번 기고하면서 사내에서 알려졌다. 카뮈의 〈이방인〉, 루이제 린저의 〈생의 한가운데〉, 에리히 프롬의 〈소유냐 존재냐〉 등이었다. 특히 〈소유냐 존재냐〉의 글에 대한 반응이 좋았다. 심지어 나를 만나러 오는 사람들도 있었다. 그때부터 나를 중심으로 신실한 만남이 이루어지고, 서로가 서로를 알아갔다. 37년의 세월이 흐른 지금까지 지구촌 사랑선교회(구 촛불선교회) 창립동역자로 중요한 역할로 함께 한다.

교회에 열심히 다니면서 나를 전도하려고 기도한다는 여성이 있었다. 단정하고 인자한 모습이 덕이 있어 보였다. 처음에는 거부감이 들어 거절했는데, 한번은 그분을 따라 교회에 갔다. 전도자의 기도가 쌓여서인지, 첫날 첫 시간에 성경 말씀이 들리고 하나님께로 마음이 활짝 열렸다. 지금도 37년 전, 그날 들었던 말씀이 또렷하게 생각난다.

바람이 거칠게 불어 몸이 날아갈 것 같고 꽃샘추위가 한창이던 2월 하순 어느 날, 절친한 친구에게 전화가 왔다. 요즈음 우연히 읽은 책이 있는데 사진으로 본 여주인공의 모습이 나와 비슷한데다가 생각하고 말하는 분위기도 흡사해서 내내 신기하다고 생각하며 읽었단다. 친구는 우편으로 책을 보내 줄 테니 읽어 보라고 했다.

그 책은 미우라 아야코의 〈길은 여기에〉였다. 저자의 모습과 생각이 나를 닮았다는 말이 신기했다. 글을 보다가 저자의 사진을 보면서 꼼꼼히 읽었다. 미우라 아야코가 신앙생활 시작한 후 그랬던 것처럼 나도 가지고 있던 문학 전집을 다 치우고, 신앙 양서를 읽기 시작했다.

톨스토이의 〈사람은 무엇으로 사는가〉, 안이숙 여사의 〈죽으면 죽으리다〉와 〈죽으면 살리라〉, 김구의 〈백범일지〉, 토마스 아퀴나스의 〈그리스도를 본받아〉였다. 특히 칼 힐티의 〈잠 못 이루는 밤을 위하여〉 1, 2부는 '어떤 것이 신앙의 고지이며, 그곳에 어떻게 이를 수 있는가'의 좌표를 제시하는 내용이었다. 사유의 깊이에 끌려, 겉표지가 너덜너덜해질 정도로 가지고 다니며 읽었다.

신앙을 가진 뒤 마음에 깊은 평안과 충만한 만족감을 경험했다. 그동안 부모님, 선생님, 친척, 이웃, 친구들에게 사랑을 많이 받으면서도 만족감이 없어 이상하게 생각했는데, 그 부분이 채워졌다.

하나님을 더 알고 싶고 내 안에 주어진 평안을 다른 사람에게도 전해 주고 싶어 신학을 공부했다. 동기 중에 변호사인 법조인도 더러 있었는데, 2015년 취임한 국무총리가 내가 3학년에 편입해서 졸업한 수도침례신학교 출신이라는 신문보도가 있었다. 기쁘고 반가웠다.

신앙생활로 영혼의 평안을 누렸다. '주님의 십자가 고난'이 영혼에 깊이 각인되었다. 온 인류에게 영원한 생명을 주시려고 화목제물로 자신을 내놓은 십자가 사랑과 하늘에서 땅까지 겸손으로 낮아진 은혜를 묵상하며 지냈다. 내 삶에, 조금이라도 십자가 고난 길로 흔적 남기며 살고 싶은 소원이 마음 깊은 곳에서 일어났다. 그 소원을 따라 기도하고 또 기도했다.

"하루하루 조금이라도 누군가의 절실한 필요를 채우는 사람이 되고 싶습니다. 제가 안일한 삶만을 살지 않도록 도우시고, 고난이 있는 곳에서 고난을 당하신 주님을 사랑하며 살기 원합니다. 가시밭에 핀 백합처럼 수풀 속 사과나무처럼 이 세상 가운데 그렇게 순결하고 열매 있는 삶이 되게 해 주세요."

어느 토요일 오후, 나를 삼각산과 다락방 기도회에 불러 함께 기도하고 영적 지도를 해주신 김순자 목사님이 나를 위해 간절히 기도하셨다.

"주님, 저는 이 딸이 주님을 위해 기꺼이 희생하고자 하는 마음이 가득 차 있는 것을 봅니다. 이 딸에게 어떤 길을 준비하고 계십니까? 아프리카 선교사로 보내실 것인가요? 아니면 사모로 쓰실 건가요? 어떤 길이든 주님이 명하시는 대로 이끌어 주옵소서."

나는 이 기도가 내 마음을 다 아는 것 같아 마음이 따뜻해졌다.

"주님, 제 삶에 주님의 뜻을 받아들입니다. 주님 뜻대로 저를 사용하시고, 주님이 원하시는 곳으로 보내시고, 어떤 희생이 따른다고 해도 제가 순종할 수 있도록 도와주소서."

이 구절은 초록 노트 맨 첫 페이지에 적어놓고 한 번씩 음미해 보던 성시의 한 부분이다.

부모님이 주신 것들

몽실몽실 피어오르는 기억

흰 접시에 담긴 앵두의 빨간 빛깔. 5살 되던 여름 어느 날, 햇살이 눈부시게 쏟아지는 장독대 옆 앵두나무 아래에 가족들이 모였다. 밝고 풍성한 분위기였다. 삶은 흑염소를 무척이나 맛있게 먹었던 기억이 난다.

훗날 아버지는 그때 내가 '맴세, 맴세' 하면서 고기를 잘 먹었다고 마냥 귀여웠다는 듯 상기시키곤 했다. 또 뭔가가 못마땅하면 입을 삐쭉거렸다고 눈웃음 담긴 표정으로 흉내 냈다. 그런 모습이 이종사촌 언니 닮았다고 함박웃음 가득한 얼굴로 엄마에게 말했다. 아버지 무릎을 베게 삼아 베고 있던 내 머리를 뒤로 넘기면서 '허허' 웃으며 말했다.

"이마가 밉게 생겼단 말이야, 조금만 넓었으면. 코도 조금만 더 높았더라면." 했다.

어린 시절에는 아버지가 아침저녁으로 수학을 가르쳐주셨다. 예습 복습을 할 수 있어서 좋기도 했지만, 긴장감이 있었다. 쉽게 이해하지 못하면 굳어지는 아버지 표정 때문이었다. 방정식과 인수분해를 잘못 풀어 손바닥이나 종아리를 맞기도 했다. 그 순간 금싸라기를 보듯 나를 바라보시는 할아버지, 할머니의 인기척에 아버지는 매를 내려놓았다.

단 한 번도 '저리 서라.'는 말도 안 하고, 그저 포근한 눈길로 바라보던 할아버지. 등굣길에 구두를 쉽게 신도록 돌려놓고, 겨울에는 수돗가에서 수건을 들고 계셨다. 세수하는 내가 추울까 봐 얼른 물기를 닦으라고 그러신 거였다. 지금도 그 선한 눈빛이 떠오를 때면 그리움이 물방울이 된 듯 마음을 적신다.

아버지는 신문을 읽다가 중요한 이슈나 눈에 띄는 내용은 나를 불러서 직접 읽어보라고 하고, 얼마만큼 이해했는지 설명해보라고 했다. 잉크나 학용품을 사려고 500원 필요하다고 하면 1,000원을 주셨다. 거스름돈을 묻지 않을 때는 그 돈으로 군것질했다. 직장 생활할 때 월급이 얼마인지 물어보신 적이 없었다. 오히려 돈이 부족할까 봐 내 차림새에 신경 쓰셨던 아버지의 마음이 그립다.

엄마는 솜씨가 뛰어났다. 음식과 손님접대, 한복과 양장의 옷 만들기, 뜨개질과 단발머리 커트 솜씨에 마음씨까지 고우셨다. 여름에는 자잘한 꽃무늬가 있는 리넨 천에 예쁜 카라가 있고, 끈을 허리 뒤로 묶는 원피스를 만들어 살랑살랑 거리는 그 옷을 나에게 입혔다. 친척들이 아이들을 어쩜 그렇게 말끔하고 귀하게 기르느냐고 하면 그냥 미소로 답하셨다.

겨울이면 엄마는 두툼한 양모 실로 뜨개질을 하고, 아버지는 엄마 옆에서 책을 읽어주셨다. 한국 근대문학 단편 전집과 조선왕조실록이었다. 〈화수분〉, 〈백치 아다다〉, 〈감자〉 등이 생각난다. 이씨 조선 시대에 왕비의 애환과 비운을 들을 때면, 엄마는 자기 일처럼 안쓰러워하는 표정을 지었다. 소설의 내용과 주인공의 희비에 따라, 또 극의 흐름에 따라, 손뜨개질 움직임이 빨라지고 느려지고 했다.

엄마의 섬세한 감수성을 빛나게 했을 아버지의 책 읽어주는 모습이 눈 내린 겨울 아침 마당 한쪽 나뭇가지에 쌓인 하얀 눈과 함께 아름답고 포근한 수채화처럼 떠오른다.

우리 6남매가 누구보다도 따뜻하고 화목한 가정생활을 하는 비결은 부모님의 화목한 모습을 보고 성장한 덕분일 것이다. 엄마는 아버지의 똑똑하고 치밀한 성실성과 책임 정신을 존경하고, 아버지는 엄마의 현명한 지혜와 섬세함, 부지런함을 좋아했다. 할머니는 이렇게 도란도란 의논하면서 사는 모습이 좋다고 칭찬하셨다.

아버지는 할아버지가 그랬듯 담배를 안 피우셨다. 그런데 가끔 술에 취해 집에 들어오실 때가 있었는데, 그때는 숨고 싶었다. 그럴 때면 아버지는 항상 엄마를 먼저 찾았고, 우리 6남매를 나란히 불러 앉혔다. 쉴 새 없는 질문이 이어졌다. 질문에 대답을 했는데도 마치 잠꼬대를 하는 듯 같은 소리를 반복했다.

아버지의 신념

고등학교에 진학하면서 나와 아버지 사이에 틈이 생겼다. 아버지의 신념 때문에 내가 원하는 학교에 가지 못한 일이 발단이었다. 아버지는 지역사회에 고등학교 설립을 추진했는데, 몇 년간 여기저기 다니면서 서명을 받고 문교부 정책실을 찾아 설득했다. 그 결과 우리 마을 앞, 중학교 근처에 고등학교가 설립되었다.

아버지는 민주적이고도 양육적인 면이 있었지만, 보수적이고 엄격하기도 하셨다. 그런 아버지가 딸을 외지로 보내 자취나 하숙시키는 것이 가능하긴 했을까. 이모 집에 부탁하는 것도 남에게 폐를 끼치면 큰일 나는 성품상 불가능했다. 무엇보다도 아버지가 주관해 신설한 학교를 두고, 자녀를 다른 곳으로 보내는 일은 대외적으로 학교를 무시하는 입장표명이 된다는 사실이 가장 큰 이유였다.

나는 고등학교 2학년까지는 아버지가 기대하시는 성적을 유지했다. 전학의 마지막 기회인 여름방학이 끝나면서 학업 의욕은 시들었다. 선생님과 가족들은 이번 기회에 전학을 보내서 대학입시를 준비시키자고 간곡하게 아버지에게 부탁했다. 그러나 아버지는 학교설립 추진을 이끌어온 신념에 반하는 일이라고 단호하게 거부했다. 그즈음 아버지가 나에게 어린 시절부터 공부 잘하면 갈 수 있다고 꿈을 심으셨던 이화여대는 슬픈 날개를 달고 추락했다.

나는 점점 말이 없어졌다. 비가 주룩주룩 오는 날 '비의 예찬'이라는 글을 썼다. 그 글의 어두운 표현 때문에 국문학을 전공시키려 하던 생각도 접으셨다. 처음으로 내 의식 안에 '저항'이 있음을 아셨던 것이다. 방문을 걸어 잠그고 침묵하고 밥도 안 먹었다. 학교는 갔지만, 공부는 적당히 했다. 대신 책만 읽었다. 삶이란 무의미하고 공허하다는 생각이 내면에 채워졌다.

'사는 것이 무엇인가? 살고, 살고, 살고, 그다음은 죽고. 그리고 그 이후는 허무? 이 모든 것에 대한 책임은 누구에게 있을까. 그 인생을 산

사람에게 일까 아니면 또 다른 누구에게일까?'를 생각했다.

밥맛을 잃었고, 블랙커피와 콜라 같은 검은 빛깔 음료에 끌려 지냈다. 몸이 허약해지자 아버지는 한약방으로 나를 데리고 가셨다. 한의사는 아버지 부탁에 정성을 다했지만 소용없는 일이라고 생각했다.

늦가을 끝까지 매달려있던 감이 '툭' 떨어지듯 나는 입시에 실패했다. 그러나 지역사회의 공익을 내다보았던 아버지의 신념은 현명했고 결과가 좋았다. 나와 성적이 비슷했거나 더 좋지 않았지만, 끝까지 성실하게 매진한 친구들과 후배들은 사회의 각 영역에서 두각을 나타냈기 때문이다.

"그때 왜 언니가 원하는 대로 해주지 못했는지 모르겠구나."

아버지가 동생들에게 했다던 말을 듣고 마음이 아팠다. 그때는 비록 힘들었지만, 지금은 아버지가 주셨던 많은 것들에 감사하며 지내고 있었기 때문이다. 아버지는 내가 신앙을 가진 후 학업과 삶의 의지를 되찾은 것에 기뻐하셨다. '비의 예찬' 같은 글을 쓰며 지나친 감성에 빠져 지내지 않았고, 교회에 잘 다녔다. 〈슈바이처의 생애〉 같은 책도 읽으며 활기차게 살아가는 내가 스스로도 신기했다.

늘 책을 읽고 50대 남자 시인과 편지를 주고받던 아버지는 가끔 나에게도 편지로 말씀하셨다.

"배우자를 만나려고 하면 신앙 있더라도, 어중이떠중이 집안 혈통이 안 좋은 사람은 안 된다. 그러니 늘 신중해라. 내가 보기에 너는 마음이 약해 인간관계에 쉽게 동화되는 점이 있다. 동정심은 좋은 것이지만 조금은 적절하게 조절할 필요가 있지. 그렇지 않으면 네가 어려움을 당할 수 있단다."

딸을 잘 아는 아버지의 마음이었다. 한번은 일 때문에 서울에 오셨는데, 나를 위해 만들어본 것이라며 '사인'을 선물해 주셨다. 내가 지금까지 사용하고 있는 아버지의 마음이다.

하지만 나의 결혼으로 아버지는 큰 상처를 입으셨다. 학교 전학 거부에 내가 마음 닫은 일과 서울로 와버린 일, 이 두 가지와는 비교도 되지 않는 아픔이었다.

"한국의 기독교 성자라고 하는 한경직 목사님에게 찾아가서 묻고 싶구나. 목사님에게 딸이 있는데 신앙으로만 결혼한다고 하면 보낼 수 있는지…. 지금 내 마음이 기가 막히고 쓰리구나."

엄마는 괴로움도 괴로움이지만, 아버지의 사회적 체면이 구겨질 일도 걱정됐다고 하셨다. 엄마의 우려대로 나의 결혼 때문에 아버지는 친척과 지인들에게 나무람과 의구심 담긴 쓴 세례를 받았다.

어렸을 적 나는 사랑스러운 딸이었다. 예의가 바르고 해맑아서 선생님들의 칭찬을 독차지한 명랑한 모범생이었다. 시험 끝나면 어김없이 학교 정문 앞 게시판에 이름이 올랐는데, 그것이 아버지의 마음을 명예스럽게 빛내 주었다.

초등학교 3학년 여름 방학 때는 엄마를 간호하느라 광주의 한 병원에서 지냈다. 엄마가 병원에 입원하시기 전에 아버지는 엄마가 아프면 택시를 불러 수시로 서울의 큰 병원 여러 곳을 찾았었다. 돈을 물 붓듯이 썼지만, 병명도 모르고 차도가 없었다. 그때 아버지의 동분서주하는 노력을 안타깝게 지켜본 누군가가 진료를 잘한다고 소개해준 병원이 김내과였는데, 다행히도 그곳에서 완전히 회복 하셨다.

엄마가 위중할 때 재정과 시간을 쏟은 아버지 정성이 놀랍고 감사하다. 퇴원 후에도 아버지는 비타민과 헤모글로빈을 챙기며 엄마의 건강을 신경 썼다. 만일 그때 치료 기회를 놓쳐 엄마가 잘못되었더라면 나는 어떻게 되었을까? 〈초원의 집〉의 로라네와 같다는 말을 듣던 화목한 우리 집은 아마도 잿빛 슬픔 가운데로 가라앉았을 것이다.

다행히도 엄마는 건강을 찾으셨고 6남매 모두 대학을 졸업하고 취직도 원하는 대로 잘했고, 결혼도 차근차근 잘했다. 그 뒤, 아버지는 차를 사서 운전하며 엄마와 여행을 다니겠다며 즐거워하셨다. 그 행복도 잠시 아버지는 화단에서 꽃을 돌보던 중 쓰러지셨다. 엄마는 지극 정성을 다해 아버지를 보살폈다. 아버지께서 세상 떠나시는 날까지 17년 동안을 오순도순 친구처럼 최선을 다했다.

부모님 사랑은 하나님의 사랑을 닮아 '내리사랑'이라고 하나보다. 위에서 아래로 몸을 낮춰 베푸는 사랑. 자녀들에게 조금이라도 피해가 갈까 봐, 늘 밝게 지내셨다. 그저 6남매의 존재 자체만으로도 행복하다고, 모두 잘 사는 것만으로도 힘이 난다고 하셨다. 자녀들에게 짐을 지우지 않으려고 모든 것을 감당하신 부모님의 이타적인 삶의 자세가 숭고하기까지 하다.

지금도, 그 이전에도, 아버지 투병 기간에도 6남매를 향한 엄마의 택배는 계속됐다. 동네 사람들의 일손을 빌려 김치와 고추장, 된장은 물론 이런저런 먹거리를 준비해 보내셨다. 엄마의 성실한 삶을 보고 자란 손녀 손자들의 가슴에도 부모님을 향한 존경과 진심 어린 사랑이 철철 흐르고 있다.

엄마는 2008년 8월 23일, 양지 리조트에서 전국적인 규모로 열린 종친회 한인대회에서 열부상을 받았다. 엄마는 마땅히 해야 할 일을 했을 뿐이라며 한사코 사양했지만 엄마의 행실을 귀하게 여긴 친척 어른들의 적극적인 권면과 추천이 있었다. 엄격하고 까다롭기로 정평이 난 심사에 만장일치로 통과했다.

엄마는 내가 고등학생일 때, "너는 청와대에 사는 대통령 딸이어도 불평불만을 가질 거다."라고 하셨다. 그런데 내가 작은 일에도 감사하고 만족하는 사람으로 변한 게 신기하다고, 그 비결이 궁금하다고 했다. 서울에 오셨을 때 내가 인도하는 성경공부 모임에 참석하시고는 신앙을 가졌고 지금은 교회에 잘 나가신다.

정신적 유산

중학교 때 일이다. 기말고사 일반사회 과목에서 100점을 받았다. 그런데 틀린 한 문제가 맞게 잘못 채점된 것을 알고 교무실에 찾아갔다. 스포츠머리에 키가 큰 선생님은 95점으로 정정하고 환하게 웃었다. 한 문제 차이로 등수가 밀리는 상황이어서 그러셨나 보다. 내가 졸업한 후에도, 그 학교에 오래 근무한 선생님은 내 동생들에게 "네 언니가, 네 누나가 그런 적이 있었다."면서 그 이야기를 했다고 한다. 이러한 곧은 성품은 아버지에게서 받았다.

내가 사회복지와 상담을 공부한 후 상담실을 개소했을 때였다. 이 사실을 안 엄마는 "네 아버지가 그렇게 봉사 정신과 사회적 책임감이 뛰어나시더니 너도 아버지를 많이 닮았구나." 하셨다. 아버지는 걸어 다니는 백과사전으로 불렸는데, 해박한 지식과 사회적 권위를 가지고 어려운 일을 처리하며 사람들을 도왔다. 우리 집 근처에 사는 한 선생님이 나를 불러 아버지와 가깝게 지내고 싶다고 하신 적도 있다.

"네 아버지께서 광장에서 하시는 연설내용을 지나가다 들었는데 큰 감화를 받았단다. 가까이 지내고 싶은 생각이 들었지만 다가가기가 어려워서 생각을 많이 하다 너에게 부탁한다."

엄마가 나에게 주신 힘은 든든한 바위 같은 안정감이었다. 엄마는 우리들에게 화내는 일이 거의 없었다. 엄마는 우리를 장난기 담긴 별칭으로 불렀다. 엄마의 표현으로 치자면 '내야(나의) 새끼'를 향한 진한 애정이다. 엄마는 이렇게 항상 믿어주고 지지해주는 반석이다. 그런데도 나는 엄마가 따뜻하게 느껴지지 않았다. 나를 만날 때면 맨발로 달려 나오고, 양팔을 옆으로 벌리고 안아주는데도 나는 이상하게 이질감이 느껴져 어색해 몸을 뒤로 뺐다. 남편이 말했다.

"어머니가 따뜻하게 당신을 대하시는데 당신은 좀 차가워."

상담을 공부하고 나서야 그 이유를 알았다. 아기 때 있었어야 할 밀착의 부재 때문이었다. 내가 태어난 뒤 얼마 지나지 않아 엄마는 동생을 가졌다. 입덧이 심해 나를 할머니 방으로 옮겼는데, 여동생이 태어나자 나는 쌀가루 미음과 분유를 먹었다.

아기에게 생후 3살까지는 엄마 심장 소리가 들리는 가슴과의 밀착이 절대적으로 필요하다. 나는 그러지 못한 까닭에 엄마 애정공세가 어색했다. 이 사실을 이해한 후에, 엄마에게 느꼈던 거리감은 말끔히 사라졌다. 또 입에 맞는 음식, 예를 들면 땅콩을 많이 먹는 버릇이 있었는데 아기 때 처했던 상황을 이해하자 저절로 절제되고 극히 정상이 되었다.

할머니는 엄마 품을 빨리 빼앗겼다고 내가 아이를 가진 어른이 되었는데도 측은해 하셨다. 뭐가 급해서 그렇게 빨리 나와 엄마 젖을 못 먹게 했냐며 할머니는 여동생을 이유 없이 미워했다. 젖을 못 먹고 자란 나를 위해 맛있는 것과 선물로 들어온 귀한 먹거리를 주셨다.

한번은 나의 삶에 어쩌지 못하고 있는 엄마의 상처를 마주했다. 두 딸이 유치원을 다닐 때다. 이화여대 근처 미용실로 커트하러 갔는데, 정문 쪽에 있는 미용실에 가느라 이대 건물을 가로질러 갔다. 그날 저녁에 엄마에게 안부 전화를 해 낮에 미용실 다녀온 일을 말했다.

"엄마! 아이들이 나중에 이대에 다녔으면 하는 마음으로, 아이들 손을 잡고 학교를 설명해 주면서 지났어요."

이 말을 하자 상냥하던 엄마 목소리 톤이 사정없이 높아지고 거칠게 쏘아붙였다.

"그래, 나 들으라고 하는 소리냐? 네 딸들 그 학교에 잘 보내라. 네가 공부 안 해서 못 다녀놓고, 어미한테 지금 그걸 알아달라고 하는 거냐?"

나는 눈곱만큼도 다른 생각 없이, 좋은 뜻으로 말한 거라 어안이 벙벙했다. 참 이상했지만, 여쭤볼 수도 없었다. 한 번씩 궁금했는데 시간이 지나 이해했다. 친정엄마는 내 남편과 아들을 늘 따뜻하고 온화하게 자애로운 마음으로 대하셨다. 그렇지만 내 삶을 바라볼 때는 안타까움이 크셨던 거 같다.

"어린 시절 피부가 어찌나 희고 예뻐 할머니와 함께 누가 데려갈지 모르겠다고 좋아했는데, 자신이 타 죽을 것도 모르고 겁 없이 불속에 뛰어든 불나비 같은 선택을 하고 말았구나."

엄마는 나를 바라보시며 애틋함과 고뇌가 담긴 말을 혼잣말처럼 했다. 엄마 마음의 아픔을 이해하니 가슴이 먹먹했다.

우리 집에서 자취했던 친구가 40년 세월이 흐른 후 만나 건넨 첫 인사가 부모님 안부였다.

"너희 부모님, 얼마나 자식 사랑이 남다르시던지 지금껏 살아오면서 너희 부모님처럼 자녀들을 대하는 사람을 본 일이 없어. 특히 네 할머니 할아버지가 손주들 대하시는 것이 얼마나 따뜻하시던지…"

고등학교 3학년 때 내 몸이 여위자 할머니와 엄마는 일부러 시장을 봤다. 내가 좋아하고 몸에 좋은 음식들로만 한 상 가득 차려주셨다. 도시락 안 먹고 가져올 때는 따뜻한 밥을 학교로 날랐고, 따뜻한 밥도 안 먹자, 카스테라와 우유를 가져오셨다.

살면서 웬만한 일에 감동하지 않는 남편이 늘 감동하고 감탄할 때가 있다. 친정 부모님이 자식을 향해 온 마음 쏟아 붓는 정성을 느낄 때다.

"세상에, 남다르시네! 어떻게 한두 번이 아니라 1년 내내, 사시사철, 평생을 챙겨주시는지."

아버지가 세상을 떠난 후에도 엄마 마음은 자녀들 위해 기도하고, 이것 저것 보내고, 행복하게 살라는 당부로 철철 넘친다. 사랑은 받은 사람이 느끼고 만질 수 있다. 하나님의 사랑도 마찬가지다. 볼 수 있고, 맛보고, 뜨겁고 진하게 영혼에 채워진다.

아버지 간병의 고단함을 엄마는 감사의 마음으로 승화시켰다. 기도하고 찬송 부르며 마음의 평정을 지켰다. 남을 긍휼히 여기고 귀하게 생각하고 자신을 태워 불을 밝혀 빛을 발하는 삶. 상대방의 입장을 헤아리는 따뜻한 인정으로 사람을 대하는 엄마의 배려심은 나에게 등불과 같다.

결혼 이후 생일과 명절에는 시댁과 똑같이 선물을 챙겼다. 그런데 한 번도 제대로 된 용돈을 드리지 못했다. 빠듯한 수입에 세 아이를 키우고 부부가 다 학업을 연장하느라 그러려니 이해해 주셨을 터이지만, 결코 잘한 일이 아니라 마음 아프다. 한때 동생들을 줄줄이 대학 보내실 때 빠듯하셨을 사정도 헤아리지 못했다는 사실이 후회스럽다. 그런 상황에서 오히려 여러 차례 큰 지원을 받았으니 남편도 나도 송구스러움에 애통한 마음이었다. 용돈은 부모님 사정이 나쁘지 않다고 안 드리는 것이 아니고, 공경과 사랑의 표현이며 효도이기 때문이다.

자화상

어린 시절 마음껏 뛰어놀고 활짝 웃고 공부하며 행복했던 기억, 그 추억이 수채화처럼 아름답게 나의 의식과 무의식에 살아 있다. 한 번씩 바람결을 타고 생생하게 스친다. 그럴 때 나의 오감은 나비처럼 훨훨 날갯짓한다. 천석 궁, 만석 궁 딸처럼 키웠다는 엄마 표현이 맞다. 조부모님, 부모님, 선생님들과 친척들. 그분들이 보내주신 친절하고 따뜻한 관심이, 마음 깊은 곳에 뿌리 깊은 푸른 나무처럼 들어서 있다.

부모님 삶의 방식에 영향을 받은 나를 보며 지인은 "너무 물이 맑으면 물고기가 없다."고 우려했다. 그러나 그런 점이 나이 들면서 경건한 조화와 균형을 이루고 살도록 한 견고한 터라고 생각한다. 미리 먹어놓은 보약처럼 윤택한 힘이다.

나의 자화상이 비뚤어지지 않고 순수하도록 하나님은 나의 어린 시절, 섬세하고 따뜻한 부모님과 조부모님의 사랑 싸개에 쌓이게 하셨다. 부모님은 내 성장기의 자존심이었고 성인이 되어 삶이 팍팍할 때도 앞으로 뻗어 나가는 자신감의 원동력이었다.

삶을 담아내고

전환점

인생은 수많은 크고 작은 일들로 이루어지며 선택의 기회가 주어진다. 그 기회를 활용할 때 삶이 전환된다. 나도 크고 작은 삶의 전환이 있었다. 〈가지 않아도 될 길을 가는 당신〉이라는 책을 쓰기 몇 년 전이었다. 신학교 동기 여전도사님들이 모인 '겨자씨' 모임에서 한 분이 의견을 말했다.

"그동안 공부하느라 서로가 잘 모르니까, 삶에 대해 나누기로 해요."

내 순서가 되어 그간의 삶을 나누었다. 모두 눈물을 훔쳤다.

"항상 표정이 밝아 전혀 그렇게 어렵게 살아온 분처럼 안 보여요."

침묵이 흐른 뒤 한 분이 입을 열었다.

"여기 앉아있는 우리가 얼마나 말씀을 많이 알고 있고, 설교를 넘치도록 듣고 살지 않나요? 그렇게 말씀에 은혜를 받고 사는 사람들이라 웬만해서는 눈 하나 깜짝 안 하는데, 전도사님 간증에 다들 이렇게 마음이 녹네요. 앞으로 많은 사람들이 하나님 사랑을 알도록 해주면 좋겠어요."

그로부터 며칠 뒤 아침, 세안을 끝내고 로션을 바르려 화장대 앞에 있었는데, 마음에 이런 음성이 들리는 것 같았다.

"그동안 살아온 이야기를 아무 일도 없었던 일처럼 생각하고 지내면 좋겠다."

내 삶에 대해 생각하지 않고 지내던 어느 봄날, 여의도 침례교회 교구 목사님이 진지하게 말했다.

"지금은 잘 모르겠지만, 세월이 흐른 뒤 언젠가는 분명히 전도사님 삶의 이야기가 진하고 향기로운 커피 향처럼 사람들에게 전해질 것입니다."

나는 그 말을 듣고 기도했다.

"제 나이 마흔이 되었을 때, 글로 써서 책을 내도록 도와주세요."

마흔이 되던 1999년 1월부터 3개월 동안 글을 썼다. 엄마가 아버지를 간호하는 중에도 반찬을 만들어 택배로 보내셔서 글쓰기에 집중할 수 있었다.

표현

20대 중반, 주변에서는 나를 '동화속에서 나온 사람 같아 보호가 필요하다.'라거나 '하늘에서 떨어져 이슬만 먹고 사는 사람 같다.'고 했다. 그만큼 현실적이지 못하고 순진하다는 뜻이었다. 그런 까닭인지 현실에서 맞닥뜨린 일들을 통해 현실을 알아가면서 아픔이 많았다. 지나간 세월의 삶 속에 있었던 일들과 감정을 글로 표현하면서 신선한 경험을 했다. 글을 쓸 때 기억 속에 있던 일들이 주마등처럼 스치며 마음을 파헤치기라도 하는 것 같았다. 비워내고 헹궈지고 상쾌해졌다.

지금도 그렇지만 30년 전, 자발적으로 선택한 환경은 사회적 편견과 고정된 선입견이 심했다. 시간이 지나면서 그럴 수밖에 없는 세상의 관점과 사회적 경향을 이해했지만 의연하게 감사한 마음으로 살면서도, 한 번씩은 마음이 약해졌다. 생살을 찢는 듯한 통증을 느낄 때가 많았다. 그 순간들을 글로 옮기면서 자유로워졌다.

책이 출간된 2개월 후, 1999년 11월 22일 국민일보 지면에 인터뷰 기사가 실렸다. 가운데 행간에 큰 제목이 눈에 들어왔다. "가지 않아도 될 길을 왜 가느냐고, 그래서 행복하냐고?" 취재한 여기자에게 누가 붙인 제목이냐고 물었더니 편집부장님이 정한 거라고 했다.

많은 전화와 편지, 여성들의 방문을 받았다. 교회 간증과 신앙잡지사의 인터뷰 요청도 있었다. 그러나 나는 이 모든 것을 멈추었다. 어느 날 아침 불현듯, 요한복음 6장 15절 '그러므로 예수께서 저희가 와서 자기를 억지로 잡아 임금 삼으려는 것을 아시고 다시 혼자 산으로 떠나가시니라.'는 말씀이 묵직하게 다가왔기 때문이다.

민들레 홀씨

책이 던진 물결이 사람들의 마음에 긍정의 물보라를 일으켰다. 글쓰기 공부를 하지 않았지만, 내면과 상황을 진솔하게 기록했기 때문이었나 보다. 누군가를 위로하고, 희망을 주고 삶의 전환점으로 다가갔다.

신문에 기사가 나간 후 많은 분의 격려 전화를 받았다. 그 마음이 소중해 노트에 적었다. 어느 날 오전 10시쯤, 사회지도층 인사라고 밝힌 남성으로부터 전화가 왔다.

"책 참 잘 읽었습니다. '아, 참 좋구나.' 하고 지나갔을 것인데, 울림이 커서 바쁘지만, 꼭 전화 드리고 싶어 출판사를 통해 연락처를 알았습니다. 이 세상에서 여성의 힘만큼 큰 힘은 없습니다. 지금 우리 사회에 큰 바위 얼굴이 필요합니다. 신사임당, 한석봉 어머니나 이 책을 쓰신 분 같은 여성이 많아지면, 이 세상은 좋아지겠지요. 결국, 남성의 힘보다는 여성의 역량에 지배받게 되는 것이 세상입니다. 사람은 누구나 포장되어 삽니다. '일난거―難去 일난래―難來'라는 말처럼 한 가지 어려움이 사라지면 한 가지 어려움이 오는 것이 인생입니다. 남들이 볼 때는 제가 사회적으로 이 정도 위치에 있으니 좋겠지 하지만, 저도 어려운 일이 많습니다. 고생 많이 하셨는데 앞으로는 좋은 일이 많이 있기를 바랍니다."

따뜻하고 진정이 담긴 목소리였다. 감사하고 부끄럽고 얼굴이 화끈거리고 눈물이 났다. 친구로부터 연락이 왔다.

"이웃 아저씨가 세무서장인데 친구가 쓴 책이라고 하며 전했어. 조금 전 잘 읽었다고 전화를 했더라, 한달음에 다 읽었다고. 전혀 지루하지 않았고 엄청나게 감동받았다고. 다 읽은 뒤 책장을 덮고 밖으로 뛰쳐나갔다고. 눈물이 흐르는 걸 감출 수가 없었다고 하더라. 그러니 힘내."

한 권사님은 나를 집에 초대하고 점심을 대접하며 기뻐하셨다.

"제가 모태신앙으로 60년 이상 교회에 다니고 있습니다. 복을 많이 받아서 그런지 굵직한 봉사를 하지요. 봉사를 많이 하면서도 예수님이 막연하게 느껴져 그 부분에 고민이 있었어요. 쓰신 책을 읽고 예수님의 실체가 구체적으로 다가오고 확신이 생겼어요."

남편 후배도 전화로 비슷한 말을 했다.

"교회에서 안수집사로 봉사를 많이 하면서도 예수님이 실제로는 잘 안 믿어져서 고민했는데, 형수님 책을 읽고 믿음에 확신이 생겼어요."

또 나와 동갑내기이자 피아니스트인 한 여성은 몇 년 전 치매와 중풍으로 누우신 시어머님을 모시고 힘든 시간을 보냈다. 그녀는 오래전에 읽었던 이 책이 생각나 찾아서 욕실 선반에 얹어놓고, 저녁에 반신욕을 하면서 매일 읽었다고 한다. 이 책으로 어려운 시기를 잘 넘겼다고, 성악가인 남편과 함께 고마워했다. 이렇게 책이 나온 지 오래되어도 다시 사람의 손에 들려진다는 사실이 놀랍고 감사했다.

2013년 가을에는 아는 여자 목사님이 미국에 있는 딸의 출산을 도우러 갔다가, 딸에게 내 이름을 언급했다고 했다.

"이연재 목사가…."

"혹시 예전에 책을 낸 그 전도사님 아니에요?"

이름만 듣고 위와 같이 말하는 딸에게 놀라 어떻게 아냐고 물었다고 했다.

"오래전, 대학 졸업을 앞두고 진로에 대해 고민하며 도서관에서 시간을 많이 보내고 있을 때였어요. 그때 책 제목이 눈에 띄어 읽었어요. 다 읽고, 이런 믿음으로 살면 되겠구나 하는 마음이 들어 자신감을 얻었어요."

2014년 가을 어느 날 밤에는 한 여성으로부터 만나고 싶다는 연락이 왔다. 그렇게 똑똑하고 잘 나가던 남편이 암 진단을 받고 투병하다 어린 남매를 두고 세상을 떠난 지 1년이 다가온다고. 어려운 시간 보내면서 내 생각을 많이 했으며, 책을 다시 읽으면서 위안을 많이 받았다고 했다. 나를 만난 다음날 문자가 왔다.

"선생님을 만나고 집에 가서 책을 한 번 더 읽었어요. 다시 위안과 힘을 얻었답니다. 선생님 책을 3번 읽었네요."

한 여 집사님은 말했다.

"기도원에서 말씀을 전하는 한 목사님이 하나님 사랑을 말하면서 목사님의 삶을 이야기하더라고요. 참 신기했죠."

삶을 담아낸 글이 세월이 흐른 뒤에도 이렇게 누군가에게 계속 다가가고 있다는 사실이 경이로웠다.

지인 몇 명으로부터 이런 말을 들었다.

"내가 살아온 세월을 책으로 쓴다면 서너 권 가지고는 부족할 거예요."

물론 자신의 이야기를 말로 하기는 쉽지만, 글로 옮기는 일은 쉽지 않다. 그렇다고 시작해 보지 않고 포기하는 일도 아쉽지 않은가. 용기를 가지고 마음에 있는 내용을 친구에게 이야기하듯 적어보는 것이 시작이다. 그렇게 펜을 든 일이 전환점일 수 있다.

단맛, 신맛, 매운맛, 쓴맛의 재료로 맛깔스럽게 요리한 음식을 나눌 때 기쁘다. 마찬가지로 삶의 애환을 글로 풀어 나눌 때 보람이 크다. 요리 솜씨가 서툴고 익숙지 않더라도 나눌 때 기쁘듯 글로 삶을 담아 나누는 일도 마찬가지 아닐까 싶다.

이사,
그리고
머물던 자리

둘째 딸 학교 때문에 인천교대부속초등학교 근처에서 6년 가까이 세들어 살았다. 갑자기 주인집 사정으로 이사해야 했다. 아들은 대학에 들어갔고 두 딸은 중3, 중1이었다. 바로 집을 구해야 하는 상황인데, 어디에도 전셋집이 없었다. 남편과 부동산을 찾아다니고 연락이 오기를 기다리는데 감감무소식이었다. 고심 끝에 학교와 멀리 떨어져 있는 아파트 단지를 생각하고 아이들 의견을 물었다.

"학교 다니기가 좀 힘들어도 전철로 다닐 수 있는 곳이라면 저희는 괜찮아요."

하지만 수천 세대가 넘는 아파트 단지에서도 전세가 씨가 말랐다고 했다. 그러고 있는데, 목동에 사는 친구로부터 안부 전화가 왔다.

"집주인 사정으로 급하게 집을 구하는데 도무지 집이 없어. 아이들 전학도 어려운 시점이라 이 근처에서 살아야 하는데."

"잘은 모르는데 이 지역도 마찬가지 같더라."

며칠 후, 친구의 지인을 통해 소개받은 부동산에서 연락이 와서 곧바로 계약했다. 그래서 2000년 5월 30일 서울로 이사했다. 하지만 아이들은 전학이 안 되어 한 학기를 인천으로 통학했다.

이사한 지 한 달이 다 되어갈 즈음이었다. 6월 마지막 주 토요일 저녁 둘째 딸이 물었다.

"엄마, 내일 주일 새벽에 우리 가족 모두 새벽기도회 참석하지요?"

"응, 그래야지. 옷 꺼내놓고, 좀 빨리 자도록 하자."

"안 돼. 너무 먼 거리라 힘들어서 불가능한 일이야."

남편의 대답은 일리가 있었고 많이 생각해서 한 말이었다. 인천에 살때는 마지막 주일 새벽기도회에 아이들도 참석했다. 남편의 부담을 이해했지만 내 마음은 계속 새벽기도에 앉았던 자리로 갔다.

"우리 지금 수요 저녁 예배도 못 가고 있는데 주일 새벽만이라도 인천으로 가요."

"무리야. 아이들 데리고 새벽에 다녀와서 조금 눈붙이게 하고 깨워서 식사하고 곧바로 데리고 나가야 하는데 잠이 부족할 것이고, 그러다 보면 주일 낮 예배를 제대로 드리기 힘들 것 같아. 어려운 일이야."

남편이 좀 더 신중하게 말했다. 남편의 입장이 이해는 되었다. 남편은 인천에 살 때 내가 깊게 잠들어 있거나 피곤해 보이면, 깨우지 않고 혼자라도 꼭 참여하지 않았던가. 남편의 성실함을 헤아려 보는데도, 이상하게 마음이 불편했다. 수년 동안 지켜온 자리를 지키지 못하는 것 때문일까? 다시 시작되는 나의 애걸복걸한 사정사정에 남편은 말했다.

"비나 눈 올 때를 생각해봐. 그럴 때 고속도로가 미끄러운데 어떻게 가겠어? 들쭉날쭉한 모습은 좋지 않은 거라고."

"누가 보여지는 것을 신경 써요? 하나님이 아시니 그럴 때는 안 가는 것도 지혜로운 거고, 제가 말하는 것은 할 수 있을 때 최선을 다해보자는 거죠."

"하다 말다 하는 것은 모양새가 안 좋아."

"그런 모습은 나도 싫거든."

그날 밤 남편이 인천에서 학교수업을 끝낸 후 피아노 학원에서 연습하고 밤늦게 서울로 오는 큰딸을 데리러 다녀오더니 허리 통증을 호소했다.

"어머, 어쩌다가요?"

"양천구청역에서 운전석에 앉아 있는데 좀 피곤하더라고. 그래서 앉은 채로 몸을 이리저리 움직이던 중에 움찔하면서 따끔한 것 같더니 이상이 생긴 것 같아."

그래서 다음 날, 나 혼자라도 수요 저녁예배에 참석해 보려고 했다가 전철로 왕복 3시간이 걸리는 거리가 부담스러워 집 뒤에 있는 교회에 갔다. 금요일 저녁 식사 중에 기도회 참석 의향을 조심스럽게 물었다.

"거리가 멀어. 앉거나 서는 것도 이리도 힘든데 어떻게 가겠어?"

마음이 짠했다.

"그래요. 아쉽지만 할 수 없네요."

포기하고 설거지를 끝낸 후, 샤워까지 하니 9시가 지나고 있었다. 순간적으로 마음이 교회 쪽으로 달려갔다.

"늦었지만 지금 우리, 교회 가면 좋겠어요. 저도 얼른 옷 입을 테니, 당신도 어서 옷 입으세요. 허리도 아픈데 운전해야 하는 것을 생각하니 마음이 안 좋고, 이러는 내가 좀 이상하기도 해요. 이렇게 힘든 상황인데도 최선의 마음을 드리면 기뻐하실 거 같아서요. 이상하게도 주님이 도우시리라는 강한 확신이 오네요."

남편은 그 마음을 잘 알고 있다는 듯 고개를 끄덕이며 웃고 옷을 입었다. 예배시간이 9시인데, 출발 시간은 9시 20분이었다. 다행히도 차는 다른 때보다도 더 잘 빠졌다.

"2층으로 올라갈까 봐요. 우리가 교회에 온 것을 주님께만 보여드리면 좋겠어요."

"그래. 나도 앉고 일어서는 데 힘들고 시간이 좀 걸릴 것 같으니까."

부목사님이 한참 말씀을 전하고 있었다. 하나님의 복을 많이 받은 이스라엘 백성들의 완악함과 불순종에 대해서였다. 주님을 사랑한다고 말하면서 온전한 마음을 드리지 못하고 사는 내 모습 같았다. 집에 돌아오는 길에 남편은 아까와 다른 차원의 깊은 평안과 안정감을 느꼈고 나도 마찬가지였다.

"내일 한의원에 가보면 어떨까 하는 생각이 드네요."

"…"

대답이 없는 걸 보니 한의원이 낯설어 그런다고 생각했다. 그 뒷날, 남편은 지인이 소개해준 허리통증을 완화해준다고 하는 증기 백을 사러 나갔는데, 전화가 왔다.

"영등포역 앞에서 건강 제품 판매 대리점 쪽으로 가려고 횡단보도 건너려는데 파란불이 들어와 서 있었어. 그런데 앞쪽 건물 꼭대기에 한의원 '침'이라고 쓰인 간판이 눈에 들어오더라고. 그래서 그냥 한의원으로 올라갔지. 난생처음 침을 맞아봤네."

현관을 들어서는 남편의 얼굴이 환했다.

"침 맞으니까 어때요?"

"침 한 방에 효과가 있는 거 같아. 중기백은 사지 않았어."

다음 날 아침, 통증은 언제 있었냐는 듯 말끔히 사라졌다.

보 호

아들은 여름성경학교 교사로 인천에 있는 교회에 가고, 딸 둘은 중고
등부 수련회에 간 날 남편이 전화를 했다.

"먹고 싶은 것 있으면 사줄 테니까 밖으로 나와. 메뉴랑 장소 생각해
보고 연락 줘."

"고마워요. 그런데 먹고 싶은 음식이 딱히 없네요. 날씨도 무더운데
마침 집에 육수가 있으니까 냉면 삶아서 말아먹어요."

남편은 서운한 듯 전화를 끊지 않았다. 순간 너무하지 않나 싶은 생각
이 스쳤지만, 다른 때와 달리 '알았어요.'라는 대답이 나오지 않았다.

"고마운데, 이상하게도 마음이 내키지 않네요. 아, 이럴 때는 어떻게
하지? 내 마음을 내 마음대로 할 수도 없고. 아무튼, 고마워요. 그래서
나가는 거예요."

시간을 보니 5시 20분이 지나가고 있고, 거실에는 초여름 오후가 되
면 더 멋스러워지는 그림자 그늘이 천정과 벽면, 그리고 바닥에 각자의
언어를 담기라도 한 것인지 다른 채도로 넘실거리고 있었다. 약속 시간
보다 30분 정도 여유가 있어서 오후부터 읽고 있던 〈이사야서〉를 계속

읽고 있는데, 여전히 일어서고 싶지 않았다. '이렇게 간단하고 고마운 일인데도, 마음이 썩 내키지 않을 때 수락해야 하는 어려움이 이런 것이구나' 하는 생각을 했다.

집 가까운 백화점에서 남편을 만났다. '버섯 골'이라는 음식점에 자리를 정하고, 식사 전 손을 씻으려고 화장실을 찾았다. '몸무게 줄이는 곳'이라는 정다운 느낌을 주는 문구와 빨간색 디자인 표식이 깔끔하고 앙증맞았다. 몇 발을 내디뎠을 때, 내 몸은 순식간에 서 있던 나무가 쓰러지는 것처럼 바닥으로 떨어졌다. 머리가 마치 산산이 깨진 항아리처럼 부서진 거라는 생각이 들었다. 그래서 마음속으로 '내 머리. 머리. 뒤통수' 하며 신음하듯 머리를 감싸 안았다. 놀란 나머지 어떤 말도 나오지 않았고 멍멍한 통증에 눈물만 나왔다.

'아마 내 옆에는 핏물이 흥건하겠지.'

백화점은 바닥으로 물이 넘친 사실을 모르고 방치했고, 나는 그 흥건한 물 위에 발을 옮기다 뒤로 넘어졌다. 뒤통수가 약간 아프기는 했지만, 상상만큼 위험하지는 않았다. 머리를 감싸 안은 양손에 단단한 머리가 그대로 느껴졌다. 얼마나 감사한지, 주님을 부르며 일어나니 튕겨 나간 안경이 저만치서 눈에 띄었다. 추적추적 내리는 비를 맞은 듯 스산한 기분으로 물에 젖은 옷을 만졌다.

"여기 누구 없어요?"

목소리를 높였다.

"무슨 일 있나요?"

근처를 지나던 백화점 여직원이 달려왔다. 백화점 상부에 알리고 이

대목동병원에서 CT 촬영을 했다. 며칠 후 검사 결과가 나왔다. 의사는 머리 부위가 찍힌 사진을 보여주며 참 다행스러운 일이라고 했다.

천사가 손으로 막아 낸 듯한 극적인 보호에 감사한 마음으로 두 손을 모았다. 남편과 마음을 나누었다.

"하나님의 은혜가 크시네요. 얼마 전에는 당신을 허리 통증에서, 이번에는 이런 사고에서 내 머리를 보호해 주셨어요. 사람에게 허리, 머리, 부분이 얼마나 중요한가요? 이런 일로 더 감사하게 되네요. 이 사랑을 어떻게 다 갚겠어요. 이번 주부터 매 주일, 새벽 시간 주님께 나가는 것으로, 이 감사의 마음을 드리고 싶네요. 제가 억지스러움이나 규율에 묶여서가 아니라 마음이 저절로 우러나 하는 말이라고 잘 알 거예요."

그 주 토요일 밤, 기상대는 밤사이 전국에 태풍과 폭우가 올 것이라고 보도했다. 주일 아침, 식탁에서 아이들과 뽀송뽀송한 감사 마음을 나누었다.

"아, 좋다. 아가들! 사람이 하나님 앞에서 해야 될 도리를 어찌 다할 수 있겠니? 그런데 엄마는 이 아침, 조금이라도 마음을 다해 움직이고 난 뒤에 오는 이 편안함이 참 좋구나. 생각과 마음에는 있는데 실천하지 못했을 때 불편함이 있단다. 그것은 하나님 앞에서와 사람 앞에서도 마찬가지겠지?"

"네, 엄마."

세 아이가 똑같이 고개를 끄덕였다. 스펀지가 물을 쏙 빨아들이는 듯 받아들이는 아이들의 뽀얀 볼이 탐스럽게 잘 익은 복숭아 빛처럼 사랑스러웠다.

2000년 5월 30일 서울로 이사한 후, 7개월 동안 이런 마음으로 인천에서 신앙생활 하던 제이장로교회에 계속 나갔다. 이건영 목사님이 담임하는 제이장로교회는 역사가 깊은 큰 교회이다. 목사님과 김영주 사모님의 사람을 대하는 겸손함이 종으로 오신 예수님을 닮았다는 생각을 하곤 했다. 교회 전체가 가족처럼 화목한 분위기였고 서로 사랑하고 섬기는 모습이 아름다웠다. 우리 부부도, 아이들도 성도님들의 따뜻한 사랑을 참 많이 받았다.

하지만 2001년 새해가 되면서 집에서 가까운 교회로 출석해야겠다는 마음이 들었다. 그래서 92년 부평에 있는 아파트에 입주한 한참 후까지 다녔던 여의도 침례교회에 다시 갔다. 만 8년 만에 온 가족이 다시 찾은 교회. 친밀하게 잘 지내던 구역 식구들이 기쁨으로 반겨주었다. 여의도 침례교회는 그때부터 1년 4개월 후, 남편이 목사 안수를 받고 임지로 옮기기까지 따뜻하고 안정된 신앙의 요람인 교회였다.

무신경은
사랑이 아니지

"갑상선 기능 저하가 의심됩니다. 가까운 시일 내 내원해서 확인하시기 바랍니다."

"백혈구 수치가 낮습니다. 가까운 시일 내 내원해서 확인하시기 바랍니다."

"적혈구 수치가 낮습니다. 내원해서 확인하시기 바랍니다."

20년 전부터 건강진단 소견란에 기록된 내용이다. 그러나 딱히 어디 아픈 곳이 없는 데다, 병원에 잘 가지 않게 되는 심리적인 요인도 있었기에 그냥 지나치고 지냈다. 그러던 중에 의사 소견의 중요성을 인식했고, 부쩍 신경도 쓰였다. 남편에게 병원에 데려다 달라고 여러 번 부탁했다. 그러나 겉으로 보기에 씩씩하게 잘 살아서 그런지 그냥 지나쳐버린 채로 세월이 흘러갔다.

2000년 봄이었다. 하루는 교회에서 헌혈행사가 있었다. 예배 후 우리 가족도 모두 줄을 서서 헌혈을 했다. 내 차례가 되어 간호사가 팔에 바늘을 찌르는데 피가 안 나왔다.

"빈혈이 있는 것 같아요. 이 상태로는 본인 건강 유지도 어려우니, 병원에 가보세요."

간호사는 타이르듯 나에게 조심히 말했다. 남편과 아이들은 모두 헌혈했고, 나는 하지 못했다. 아프지 않은데 병원에 가는 일은 여간 쉽지 않았다. 헌혈을 못 한 것에만 아쉬움을 가졌을 뿐, 정작 내 상태가 어떠한지는 지나쳤다. 병원에 가는 대신 좀 더 잘 먹는 것으로 대체했다. 그 뒤에도 헌혈을 하려고 줄을 선 적이 있는데, 남편과 세 아이는 헌혈을 하고, 나는 똑같은 이유로 거절당했다. 그런 일이 있으면서도 여전히 병원에는 가지 않았고, 세월은 그럭저럭 흘렀다.

50년 전, 아버지는 엄마가 저혈압에 빈혈증세가 있는 것을 아시고 조혈제를 챙기셨다. 지금도 엄마가 자주색 알약을 꺼내어 물과 함께 삼키시던 일이 생각난다. 이런 기억이 나를 챙겨주지 않는 남편에 대한 실망을 더 하게 했다.

문제는 나이가 들고 폐경을 앞두면서 일어났다. 몸에 약간의 이상징후가 있었지만, 미련스럽게도 병원을 찾지 않았다. 언젠가 어떤 자리에서 나이 든 여성에게 들은 말에 의존하고 있었다.

"폐경 즈음에 여자는 많이 아프기도 하고 하혈도 하게 되고, 그러다가 폐경이 되는 거예요."

둔감함과 대책 없는 참을성이 어우러지다

어떤 면에서 나의 참을성과 끈기는 참 대단하다. 하지만 그런 왜곡된

참을성은 무익하고 해롭다는 것을 한참 후에 알았다. 살아가면서 어떤 계기가 되는 상황 앞에서, 자신이 어떤 선택을 하느냐에 따라 그 선택의 열매가 달라진다. 궁극적으로 영혼의 영원한 운명도, 이 세상에서 크고 작은 일들도 그렇다.

2010년 가을, 사역으로 바쁘게 지낼 때였다. 멀리 지방도 가고 서울과 수도권에서 움직였다. 생리주기와 일수가 평생 정확했는데, 그때는 생리가 20일이 지나도 멈추지 않았다. 이제나저제나 하며 참고 기다리는데, 기운도 없고 어지러웠다. 스마트폰이 아직 없었을 때였고 인터넷도 잘 하지 않았기에, 아침에 나가면서 남편에게 인터넷으로 검색해 알아봐 달라고 부탁했다. 남편은 알았다고 눈으로 대꾸했지만, 정보를 주지 않았고, 며칠이 지나갔다.

나는 여전히 주어진 일을 하고 있었다. 그런데 오후 내내 머리에 쥐가 나는 것 같이 아팠다. 도저히 안 되겠다 싶었다. 그러나 바로 다음 날 중요한 행사가 있었다. 그래서 병원 가는 일이 망설여지기도 했지만, 일단 집에서 5분 거리에 있는 병원에 갔다. 얼마나 잘한 일인지 모른다. 남편에게 아무 말도 하지 않고 혼자서 간 것이다.

내 설명을 들은 50대 후반쯤 되어 보이는 의사의 큰 눈이 더욱 커졌다. 쇼크사가 올 수 있으니, 곧바로 입원하고 수혈을 받아야 한다고 했다. 그러나 수혈을 앞두고 번민이 생겨서 한참 동안 답을 못하고 망설였다. 마음 한구석에서 내일 있을 행사의 책임감이 느껴졌다.

간호사는 하루 후에 입원하더라도 피를 구하고, 준비하는 데 시간이 걸리기 때문에 수혈 여부를 당장 결정해야 한다고 말했다. 또 의사가 퇴근할 시간이라면서 결정을 재촉했다. 그래서 약사인 지인에게 전화했다. 수혈이 필요한 상황인데 마음이 내키지 않는다고 했다. 그분은 마음을 충분히 이해한다면서 요즈음 혈액이 잘 처리되어 나오니 걱정하지 말고, 의사가 하라는 대로 하라고, 깨끗한 피가 주어지도록 기도 많이 하겠다고 격려했다. 의사는 행사 참석을 만류했지만 중요한 일이라고 설명하는 말에 할 수 없다며 응급조치를 해 주었다. 그리고 일이 끝나는 대로 곧바로 병원으로 올 것을 당부했다.

검사결과가 나와 과다 출혈의 원인이 밝혀졌다. 갑상선 기능이 극도로 저하되어서 내분비 호르몬이 조절을 못 하고 있다는 것이었다. 이 일을 계기로 건강검진과 그 결과에 대한 초기 대처가 얼마나 중요한가를 절감했다. 살아가는 동안 사람에게 주어진 지각을 올바르게 사용할 수 있는 것이 사람의 능력이 아닐까 싶다. 또 육체적, 정신적, 영적 돌봄이 총체적으로 필요하다는 것을 깨달았다. 삶의 전반에서도 그렇다. 지, 정, 의의 균형과 조화를 이룬 똑바른 기민함과 지혜가 필요하다. 사람 좋다는 말을 백 번 듣고 살더라도, 하나님이 보시기에 인정받지 못하면 그 인생이 쭉정이로 보이는 것처럼, 모든 상황에서 건강한 정신과 태도와 반응이 중요한 것이다.

"육체의 생명은 피에 있음이라."

-레위기 17장 11절

육체에 피가 부족할 때 생명이 위태해지는 것과 같이, 우리 영혼도 예수님이 흘리신 보혈의 사랑을 공급받지 않을 때 그 영혼의 샘이 메마르게 된다. 조금은 비통한 마음으로 수혈을 받으면서 이렇게 해서라도 목숨을 건질 수 있게 된 일에 감사했다.

천국의 향취를 시샘하는 꽃샘바람

남편에게는 할 말을 잃었다. 그동안 살아오면서 아내에 대한 사랑은 절절한 것 같았다. 그러나 둔감함이 좀 지나쳤다. 이런 부분에 걸림이 되면 친밀함이 방해받았다. 물론 대범하게 뛰어넘고 지나치지 못하며 쉽게 용납 못 하는 나의 연약함도 한몫했다. 그런 작은 점들은 우리 가정에 있는 천국의 향내음을 시샘하는 꽃샘바람 같았다.

남편의 마음은 비단결이었다. 나에 대한 사랑도 깊다. 표현이 잘 안 되는 부분도 안다. 사람마다 기질과 성향이 다르고, 장점이 있으면 단점이 있음이 인간다운 것이므로, 그런 건조함을 탓할 수는 없는 일이다. 그런데 기능 저하가 의심된다는 검진 결과를 20년 동안 알고도 그토록 무심한 남편이 한심했기에 속상했다. 그런 일이 아니어도 매번 기계적인 답답한 성향과 마주했다.

"좀 전체를 보세요. 지나치게 지엽적인 부분만 보면 발전이 없어요. 그러면 앞으로 나아갈 힘이 안 생겨요."

그러면 자존심이 상했는지 마음을 닫고 삐졌다. 한번은 그런 일로 내가 속상해하는 상황을 본 아들이 안방 문을 살며시 열고 따뜻한 눈길과 위로가 느껴지는 목소리로 말했다.

"엄마! 힘드시지만 조금만 더 이해하세요. 제가 군대 있을 때 들은 말인데요. 원래 남자들은 나이 들어가면서 더 답답해진다고 하더라고요."

아들은 군대 가기 전에는 아빠가 답답하다는 것을 잘 몰랐는데, 제대하고 나서 많이 느끼게 된다고 했다. 나도 마찬가지였었다. 처음 책을 쓰기 전까지는 남편의 그런 점을 잘 못 느꼈다. 내면의 아픔과 아이 양육에 대한 책임감을 더 크게 느끼고 살았기 때문이다. 한 번씩 사람이 물에 물 탄 듯하다고, 밀가루 풀 쑤어 놓은 것처럼 밍밍하다는 생각은 했다. 그런 점을 박력이 없다고 한다는 말을 나중에 알았기에 그동안 한 번도 그렇게 생각하지 않았다.

나는 책을 쓰고 나이가 들면서 마음의 치유를 받고 여러 가지 면에서 자유로워졌다. 그런데 오히려 내 시야에 남편의 답답함이 드러나기 시작했다. 어디에 문제가 있는 것일까? 하면서 고개를 갸우뚱하기도 하고, 가끔은 한심스러웠다. 그럴 때면 결혼 초기에 둘째 시동생이 해준 말을 떠올려 보았다.

"형님이 진짜 착하고 온순해요. 사람 성가시게 하지 않는 사람이에요. 그런데 한 가지 답답한 면이 있어요. 그 부분이 좀 심해서 문제예요. 제가 어렸을 때부터 느껴왔거든요. 형수님이 그런 점 때문에 힘드실까 봐 그러려니 하고 이해하시라고 드리는 말씀입니다."

이런 일도 있었다. 서울로 이사 온 후 살던 아파트에서 마주 보이는 목동 아파트에 관심이 부쩍 가기 시작했다. 전세금에 3천만 원만 보태면 단지에 30평 미만을 살 수 있었다. 남편이 많이 반대했다. 그럼에도 자꾸 아파트가 사고 싶었다. 마트에 다녀오다 상가에 있는 부동산에 들러 알아보기도 했다. 평소에 내 의견을 거의 다 존중해 주는 사람인데, 그렇게 단호하게 반대하는 이유를 물었다. 단지의 아파트는 지은 지 오래되어서 천장이 낮고 답답하다고 했다. 나는 마음이 계속 갔지만, 결국 매입을 포기했다. 전체를 못 보는 남편의 무능함이 원망스러웠다. 그러나 목회를 하고 영혼구원에 신경 쓰고 살게 되니, 그런 일도 점점 감사하고 자족하는 마음으로 바뀌었다.

나는 제발 남편이 누가 시켜서가 아니라, 우러나오는 마음으로, 전체를 보면서 움직일 수 있기를 소원하고 기도했다. 정체된 에너지를 이해하려고 했지만, 나의 마음 용량부족으로 이해가 안 될 때는 연구대상으로 인식의 선반 위에 올려놓기도 했었다. 때로는 이런 생각도 해보았다. 22,900볼트에 감전되면서 몸의 80% 이상이 타버릴 때, 사고와 감정체계의 80% 이상이 마비되어 버린 거라고. 그래서 건강한 육체에 건강한 정신이 깃든다고 했구나 하고, 측은한 마음이 들어 이해해 보려고 했다. 그런데도 나의 건강에 대한 무신경의 결과에 대해서는 쏘아붙여 주고 싶을 만큼 화가 났다. 자신의 눈에 보기에 내가 씩씩하고 열정을 가지고 생활 잘하니까 그 사실에만 만족한 것과 20년 전부터 진단된 질환이 신경 쓰여서 남편에게 몇 번씩이나 알아봐 달라고 부탁했던 것들.

"혈액에 관한 부분은 여의도 성모병원이 잘 본대요. 이상하게도 나 혼자는 안 가지니까 언제 같이 가줘요."

그 부탁에도 그냥 지나쳐버린 무신경함에 화가 났다. 이런 사람이 진짜 내 남편이라고? 순하고 착하기만 하면 뭐하나 하는 생각도 들고 한심스러웠다. 나의 잘못도 비켜갈 수는 없는 일이었다. 남편이 병원 데려다 주기만을 바라고 스스로의 건강을 소홀히 한 일도 잘한 일은 아니다. 그럼에도 나는 남편이 잘못했다고 섭섭해 했다.

영혼에 시원한 바람과 햇살이

둔감한 영혼의 몸짓을 하고 있던 남편에게 조금씩 변화가 있었다. 내가 내분비 조절 장애를 일으켜 과다출혈 지경까지 가고 나서, 자신의 무신경한 둔감함이 어떤 결과를 가져왔는지를 똑똑히 보면서였다. 무표정함이 특징인 사람인데 충격을 받은 것을 느꼈다. 그러나 처음에는 사과도 하지 않았고, 한꺼번에 달라지지는 않았지만, 점차 시간이 지나면서 자신의 내적 상태를 인정하기 시작했다. 남편이 그렇게 조금씩 달라지자 얼마나 신기하고 신나고 감사했는지 모른다.

우리 교회에서 행사가 있었다. 남편 동창생들과 친척과 이웃, 많은 내빈들 앞에서 남편이 인사말을 했다. 남편의 한 가지 언급이 나를 당황스럽고, 부끄럽고, 쑥스럽게 했다. 자신을 바보온달로 나를 평강공주로 묘사한 것이다. 그 자리에 있는 친구들이 알다시피, 자신이 학창시절에 둔재도 아니었고 총명한 편에 속했다고 했다.

그런데 병원에서 화상 부위의 통증이 극심해서 모르핀 진통제로 버텼다는 사실과 그런 이유 때문인지 나이 들어가면서 자신이 생각해도 둔하고 답답하다고 했다. 그럼에도 하나님 은혜로 하나님 말씀을 전하는 데에는 어려움 없도록 해주시니 감사하다는 내용이었다. 갑작스런 남편의 가슴 아픈 이야기에 사람들도 내 마음도 숙연해졌다.

행사가 끝난 후, 나는 남편에게 평소 말이 없는 사람이 어떻게 갑작스럽게 그런 이야기를 할 수 있었는지 물었다. 남편은 그렇게 말하고 싶은 마음이 생겨서 그렇게 말했는데, 말하면서 마음이 울컥했다고 했다.

남편의 변화를 보면서 마음에 이런 그림이 그려졌다. 감옥처럼 밀폐되어있던 공간에서 답답한 줄도 모르고 있던 사람이 있었다. 어느 순간 고개를 들어 위를 보니 작은 창이 있는 것이 눈에 띄었다. 문을 열고 싶은데 창문 높이까지 손이 미치지 않았다. 그래서 옆에 있던 막대기를 들어 문을 열었다. 참 이상하게도 그동안은 그 창문을 보지도 못했고, 열어서 사용하는 방법도 모르고 있었다. 그 창문을 열자 시원한 바람이 들어오고, 햇빛도 들어와서 '아, 이거구나.' 스스로 맛보고 알게 되는 것과 같다고 할까?

여름날 잘 돌아가는 선풍기의 바람이 좋다. 그런데 작은 비닐 같은 것이 끼어들어 바람의 순환을 막아버린다면 땀이 날 것이다. 남편에게서 비닐 조각이 끼어드는 것 같은 느낌을 받을 때면, 사랑의 탱크 용량 미달인 내 마음이 아프고 숨 막혔다. 남편에게 드넓은 바닷가 같은 곳에 다녀오기를 권하기도 했었다. 그러나 이제는 함께 있는 공간에 햇살도, 상쾌한 바람도 선풍기 바람도 막히지 않고 잘 돌아간다.

인생은 깨달음을 통한 경이로움으로 자라간다

남편이 병원에 데려가 주지 않았던 이유를 나름대로 이해했다. 그것은 건강했던 27세 청년이 온몸에 화상을 입고, 통증으로 인한 불면증에 몸서리치면서, 치료 받았던 기억속에 내재된 아픔이 아니겠는가 싶었다. 또 한 가지 이유는, 부인이 병원에서 세상을 떠났다는 상실감으로 병원과 가까이하고 싶지 않은 심리적 방어기제가 작용해서라고 사려 되었다.

남편은 자신의 변화를 경험하면서 많이 부드러워졌다. 자신의 둔감함과 어떤 면에서 지나치게 세심하지만, 중요한 부분을 놓아버리는 그런 부분을 직면했다. 그리고 한동안 애통한 마음을 가졌다. 그런 마음 때문인지, 현실의 사안에 대해 민감해지고 예리해지는 전환점이 되었다. 나 역시 이 일로 인하여 온몸으로 깨달았다. 살아가면서 소소하지만, 그 사안을 그저 흘려보내지 않고, 그 상황에 맞추어 적절하게 반응하는 것이 무척이나 중요하다는 것을!

이런 과정의 단련이 지금의 삶에 풍성함을 가져왔다고 생각한다. 무신경이 가져다준 피의 손실은, 생명을 잃게 하는 데까지 갔다. 그 과정을 통해 예수님의 십자가 보혈이 나에게 주신 생명은 돈으로도, 첨단 과학으로도 살 수 없고, 그 고귀한 생명을 예수님께서 치르신 희생적 사랑으로 선물해 주셨는지를 뼛속까지 깨달았다.

하나님을 사랑하고 이웃을 사랑하라는 계명이 실제 삶에서 어떻게 구체적으로 실제가 되어야 하는지를 배웠다. 하나님을 사랑한다고 입으로 말하면서, 가장 가까운 이웃인 아내와 남편을 사랑함이 어떤 상태에 머물고 있는지 진단해 보았다.

인생은 하나님께서 하루하루 일을 통해서, 점점 더 나은 사람이 되도록 이끌어 가는 과정이다. 어느 한순간도, 어떤 일도 무가치하게 버릴 것이 없으니 감사하고 경이롭다.

story 2 만
남

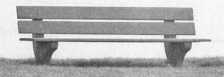

37년 동안

　회사 다닐 때 만난 몇 분들이 참 귀하다. 나보다 나이가 모두 1살에서 4살 정도 많았다. 서울에서 태어난 분도 있고, 지방이 고향인 분도 있다. 모두 성실하고 미모도 출중했고 학구열과 독서력까지 뛰어났다. 80년대 중반에 결혼한 후, 서로가 사는 일이 바쁜 탓에 몇 년간 연락이 끊겼었다.

　89년 꽃샘추위가 기승을 부리던 초봄이었다. 나는 어떤 집에 심방이 있어서 딸들과 함께 1시에 구로역에서 김순자 목사님을 기다리고 있었다. 그런데 2시간을 기다려도 목사님이 안 왔다. 이곳저곳 다니시느라 지연될 수도 있으려니 생각하고, 3시가 넘었는데도 기다렸다. 다리도 아프고 4살, 6살인 큰딸, 작은딸의 볼이 꽃샘추위 때문에 언 것 같아 안쓰러웠다. 조금만 더 기다려 보기로 하고 구로역 통로로 나오는 많은 사람들을 유심히 살피는데, 몇 년간 연락이 안 되던 얼굴이 보였다. 김복례 언니가 두 딸을 데리고 지나간 것이다.

　"웬일이세요?"

　"너 여기 웬일이니?"

언니가 평소의 성품대로 조근조근 말했다.

"남편이 출장을 갔어. 오늘따라 바람도 불고 마음이 좀 외로워서 별로 친하지는 않지만, 갑자기 생각 난 친구가 있어서 만나러 가는 길이야. 근데 너를 만나려고 내가 그렇게 황급히 움직였나 보다. 이 추위에 성남에서 아이들을 데리고 여기까지 오면서 '내가 왜 이러지? 미쳤나?' 하면서 왔어."

회사 사보에 에리히 프롬의 〈소유냐 삶이냐〉에 대한 독후감을 기고한 적이 있었다. 그때 언니는 다른 부서에 근무했는데, 독후감을 읽고 누군가 궁금해서 나를 찾아왔었다. 그 일을 계기로 교회도 함께 다니며 교제를 나누었다.

2시간 이상을 기다리며 지친 나, 모자를 쓰고 코트를 입었지만 춥고 지루할 텐데 꾹 참고 있는 두 꼬맹이를 향한 안타까움이 언니를 보자 기쁨으로 바뀌었다. 언니와의 우연한 만남은 그동안 연락이 끊기고 궁금하던 몇 분들과의 연락이 다시 시작된 계기가 되었다.

집으로 돌아온 뒤 김순자 목사님 댁으로 전화를 했다. 약속장소가 구로역이 아니고 구로공단역인 것을 알았다. 한참 기다리다 그냥 갔다고 했다. 당시 전철이 없는 지역에서 살던 나는 전철노선이 낯설었고, 특히 구로역이나 구로공단역은 생소해, 약속장소를 잘못 생각한 나의 불찰이었다.

언니는 중단하고 있던 신앙생활을 다시 시작하기를 원했다.
"네가 신학을 공부했으니 성경을 가르치면 좋겠다."
90년 3월부터 1주일에 한 번 우리 집에서 모였다. 많을 때는 30명이 모였다. 회사선배, 학교 선·후배, 어렸을 때 함께 자란 친구들과 이웃들이었다. 1년이 지난 후에는, 성경을 배우고 지식으로 간직하는데 머무르지 말고, 작더라도 선한 일을 실천하기로 했다.

91년 3월 27일, 지금 지구촌 사랑선교회의 전신인 촛불선교회를 창립했다. 재활기관 몇 곳을 후원하고 방문하다가 97년 3월 상담실을 개소했다. 2008년 지구촌 사랑선교회로 이름을 바꾼 뒤 국내, 세계 여러 나라를 선교하고, 인도와 아프리카 고아 어린이를 후원하고 있다.

사슴 닮은 여성

사슴 닮은 여성은 90년 3월 우리 집에서 성경공부를 시작한 지 며칠 안 되어 만났다. 나는 그 아파트로 이사한 지 몇 개월 안 됐었다. 화장품이 필요했는데 지역이 생소해서 어린 두 딸을 데리고 화장품 가게를 찾아 골목을 서성거렸다. 산뜻하고 세련된 간판이 눈에 띄어 반가운 마음으로 들어갔다. 매장을 둘러보는데 독일과 프랑스 수입화장품이 많았다. 설명을 듣고 나중에 다시 온다 하고 그냥 나왔다. 내가 그곳을 다시 방문하자 그녀가 말했다.

"지난번 처음 오셨을 때 저는 기도하고 있었어요. '지금 외롭고 삶의 희망에 자신이 없어요. 누군가 저에게 도움이 될 만한 선생님 같은 사람을 보내주세요'라고요. 근데 마음에 이런 말이 들리는 것 같았어요. '지금 문을 열고 들어오는 사람이 앞으로 너를 지도해 줄 사람이며 내가 보내는 것이다'라는 듯했어요. 고개를 드는 순간 문이 열리고 선생님이 아이들 손을 잡고 들어오셨지요. 지금도 선명하게 떠올라요. 신기해요."

그녀를 처음 본 날, 하얀 가운을 입고, 큰 키에 긴 생머리를 하나로 묶고, 고전미가 풍기는 미모에 침착한 표정으로 나를 바라보는 순한 눈길이 무척 다소곳했다. 눈빛이 곱고 목이 길고 얼굴이 갸름해 사슴을 닮았다고 생각했었다. 이 자매는 나에게 "무슨 일을 하시는지요?"라고 물었다. 나는 세 아이를 키우고 있고 얼마 전 집에서 1주일에 한 번씩 성경공부 한다고 하자, 자신도 신앙이 있다면서 눈을 반짝거렸다.

낮에는 일을 해서 시간이 안 되므로 저녁에 시간을 내주면 안 되겠냐면서 성경을 함께 공부하고 싶다고 했다. 그녀는 1주일에 한 번 가게 문을 닫고 밤 9시쯤 여직원과 함께 우리 집에 왔다. 아이들을 예뻐했다.

"제가 요즈음 아이를 가지려고 기도하고 있어요. '큰따님처럼 환하고 밝고 누가 봐도 행복해질 수 있는 그런 마음과 분위기를 지닌 아이를 주세요.'라고 기도해요."

가깝게 지내면서 그녀는 그동안의 삶을 말했다.

"고2 때 가정교사가 서울대학교 공과대학 재학생이었어요. 너무 사랑해서 대학교 2학년 때 학교를 그만두고 결혼했습니다. 결혼 후 뉴욕으로 유학을 갔고 딸을 출산했어요. 그런데 외로운 이국 생활도 힘든데 그의 무관심과 이기심이 노골적으로 드러나서 애를 태웠습니다. 무엇보다도 저를 남처럼 대하는 그의 차가움을 견디기 힘들었어요. 이혼하고 딸을 데리고 돌아왔어요. 그는 나와 이혼하고 3개월 후 다른 아가씨와 결혼했고, 아들을 낳고 대기업 중요 보직에 있다는 사실을 알았습니다. 배신감과 상처로 인한 슬픔을 견딜 수 없었어요. 제가 햇빛을 보지 않고 방문을 잠그고, 신음하며 지낸 시간을 전도사님은 이해 못 하실 거예요. 얼마나 고통스러운 마음의 암흑기간을 보냈는지요."

그녀는 삶의 자리를 포기하면서 아이를 데리고 나왔다. 위자료 한 푼도 없이 아이 양육을 책임져야 했다. 그렇게 하는 것이 더 마음이 편해

지금까지 티끌만 한 도움 없이 키우고 있다고 했다. 혼자 힘으로 살아보려고 평소 좋아했던 미용기술을 배우고 피부 관리를 배웠다.

유치원 때부터 친하게 지내던 남자 친구로부터 연락이 왔다고 했다. 그녀는 그 친구가 오래전부터 자신을 좋아했다는 사실을 알면서도 가정교사에게 이미 마음을 빼앗겨 관심 밖이었다. 결혼에 실패한 후에도 그의 관심이 계속되자 그녀는 결국 마음을 열었다. 그는 학구열이 강했고, 그의 스승인 과학자 고 조경철 박사 주례로 결혼식을 올렸다. 유전공학을 전공한 그는 카이스트에서 박사과정을 공부하고 일본 유학을 계획하는 중이라고 했다.

"전도사님은 내가 하나님을 어떻게 알고 신뢰해야 하는지 확실하게 가르쳐준 분이에요. 그 은혜는 어떤 것으로도 갚을 수가 없네요. 시어머님과 친정어머니 선물 준비하면서 함께 샀어요."

그녀는 어떻게 알았는지 나에게 필요한 구두, 가방, 좋은 화장품을 챙겨줬다. 그리고 "필요한 곳에 사용해주세요. 이 물질은 촛불선교회를 통해 하나님께 드리려고 매일 만 원씩 따로 떼어서 마음먹고 모은 것인데, 이렇게 많이 모였어요." 라며 기쁜 마음으로 물질을 내놓았고, 나는 그것을 아주 귀하게 사용했다.

97년 3월 초, 촛불선교회에서 상담실을 임대하고 수리하고 있을 때였다. 그녀가 조심스러운 목소리로 전화했다.

"일본으로 유학 가는 것이 결정되었어요. 제가 참 아끼는 가구와 소품들을 어떻게 하나 고민하다가 상담실을 준비하고 계신다는 생각이 났어요. 사용한 지 얼마 안 되어서 새것 같아요. 상담실에서 사용하신다면 큰 영광이에요."

나는 선배 부부에게 부탁해서 그녀의 클래식하고 모던한 분위기의 책상과 책장, 스토브, 원탁, 소품들을 실어왔다.

"사용하던 것만 드려서 좀 죄송했어요. 그래서 사무실에 필요한 컵과 찻잔을 샀어요."

한눈에 보기에도 세련되고 예쁜 집기들을 그녀가 보내왔다. 그녀의 남편도 아내가 아끼던 물건들을 내가 사용한다고 해서 무척 기뻤다고 했다. 그런 모습을 보고 아이들이 말했다.

"아줌마는 정말로 엄마를 참 많이 생각하고 사랑해 주는 것 같아요."

2~3년간의 예정된 헤어짐이 아쉬워 음식을 대접하기 위해 만났다. 그런데 이 자리에서 그녀는 또 나를 놀라게 했다. 전혀 생각하지 못한 선교비를 내놓은 것이다.

"그동안 제게 주신 많은 것들에, 제 영혼 깊은 곳에서 많이 감사하고 있어요. 어떻게 표현해야 할지 마음이 벅차 한 번씩 주변에 많이 말했어요. 그래서 부모님, 여동생들, 남편도 알고 있어요. 이번에 남편이 국제 로터리 재단 장학금을 받게 되었어요. 그동안 기도해 주신 일에 감사드립니다."

이 손길은, 상담실을 임대하고 수리하고 개소를 준비하던 때에 유용하게 쓰였고 선한 뜻으로 한마음이 되어있던 회원들에게 큰 격려가 되었다.

학교 게시판 앞에서

둘째 딸 학교 근처로 이사 온 지 3개월 후인 1994년 12월 14일, 내가 전에 살던 아파트 '꿈나무 모임' 다솔이 엄마가 전화를 했다.

"오늘이 인천교대부국 합격자 발표일인데 마음이 떨려요. 또 거리도 좀 멀고 그러니 학교에 가기가 좀 그래요. 학교와 가까우니 게시판에 다솔이 번호가 있나 없나 보시고 전화해 주시면 감사하겠어요." 하며 다솔이 번호를 불러줬다. 다솔이는 교대부국에 입학하려고 발레를 배우고, 호주와 홍콩에 연수도 다녀왔다. 또한, 여러 예능대회에 참석하며 많은 준비를 했다. 학교 정문 앞 게시판 세 군데에 합격자 번호와 명단이 붙어 있었다. 자녀들을 이 학교에 보내고자 애쓰는 학부형들의 기쁨과 아쉬움이 추운 겨울 날씨와 두꺼운 코트 차림 사이에서 섞여 나왔다.

첫 번째 게시판 앞에서 다솔이 번호를 찾고 있었다. 아무리 보아도 없어서 더 자세히 보려 다가갔다. 그런데 내 바로 앞에 10년 동안 소식이 끊겼던 언니가 번호판을 보고 있었다. 꿈 같았다. 그러나 10년이라는 세월이 흐른 후라서 실수할까 봐 몇 걸음 뒤로 물러나 옆으로 앞으로 살펴보았다. 확실히 그 언니였다.

"언니, 여기 웬일이세요?"

"아니, 너 연재 아니니? 이게 얼마 만이니? 그런데 너는 여기에 웬일이니?"

언니는 큰아들의 원서를 넣었는데 번호가 없다고 아쉬워했다.

"워낙 경쟁률이 높고 문이 좁은 것은 알았지만 그래도 혹시나 하고 넣었는데 안 되었구나."

서울에서 태어나고 자란 그 언니는 시골을 동경했다. 언니는 서울에서 혼자 지내는 나를 각별히 신경 썼다. 생일 카드, 케이크, 선물은 물론이고 가끔 집에 초대도 했다. 얼굴이 창백할 때면 고기를 구워줬다. 여동생이 나를 만나러 서울에 오면 우리 집에 보낼 선물까지 마련했다. 언니의 부모님도 막내딸이 좋아하는 나를 잘 알고 귀히 여겼다. 결혼 전 언니의 어머니는 상심한 나의 어머니를 만나 위로하기도 하셨다.

"시골이 집이라는데 얼굴에 귀티가 있고 단정해서 짐작은 했지만, 어머니를 보니 연재가 귀한 집 아이 같았던 이유를 알겠어요. 신앙이 있으니 잘 이기고 살 거예요. 마음 놓고 잊어버리세요."

이어 나에게 당부했다.

"어찌 이런 험한 길을 택해서 저 고운 어머니 애를 태우니? 부모가 무슨 죄가 있다고. 마음 단단하게 강하게 먹고 잘 살아야 한다."

내가 결혼한 지 6개월 후, 언니는 우리 집에 사귀는 남성을 데리고 와 소개했다. 잘생기고 서글서글했지만, 왠지 믿음이 가지 않았다. 이상한 생각을 하며 현관을 나서는 언니 뒷모습을 한참 바라보았다. 그 후 언니가 혼자 찾아왔다. 한 번도 돈 빌리는 일이 없던 언니가 돈을 빌려달라고 했다. 여유도 없고, 마음이 안 내켜서 거절했다. 그 후 연락이 끊어졌다. 나는 그 거절을 후회하며 마음 아파했다.

몇 년의 세월이 흐른 어느 날, 버스 안에서 자주색 가디건을 입은 여성이 책을 보고 있는 것을 보았다. 언니의 모습과 흡사해 그 여성이 고개를 들 때까지 기다렸다. 언니가 아닌 사실을 알고 나서 실망감에 눈물이 나왔다. 나는 남편에게 언니가 돈을 빌려 달라 했는데 거절했던 일을 말하며 어떻게 다시 만날 길이 없나를 물어봤다.

그렇게 다시 만나기를 바랐던 언니를 10년 만에 교대부국 정문 앞 게시판에서 만난 뒤 우리 집에 와서 그동안의 삶을 이야기했다.

"악한 목적을 갖고 교묘하게 접근하는 계략에 속았어. 나 만나기 전에 기혼자였던 그 남자에게 잘못 걸려든 거지. 부인이 아들을 낳자 서울 가서 누구 등을 쳐서라도 한몫해서 내려오겠다고 벼르고 올라왔는데 그게 나였대. 감쪽같이 나를 속였고, 나는 아무것도 모르고 속았어."

언니는 그 남자의 유혹에 자신도 모르게 넘어갔다고 했다. 그를 뒷바라지 하려고 부모님과 형제들에게까지 손을 내밀어 줬는데도 돈이 부족해 10년 전 나를 찾아와 부탁했던 것이었다. 나중에 부모님과 형제들이 모든 것을 버리고 나오라고 했을 때 언니에게 남은 것은 상처와 쓰라림과 후회, 번민이었다. 돈으로 계산될 수 없는 모든 소중한 것들이 날아가고 탄식만 남았다고 했다.

그 뒤 언니는 지금의 남편을 만났다. 그는 언니의 과거를 다 알고 측은히 여기며 다가왔다고 했다. 마음이 넓고 성격이 좋은 사람으로 언니와 결혼을 한 후 두 아들을 뒀다. 그는 그림 그리기를 좋아하는데 나에게 선물해 준 수채화 작품을 보면 그 실력이 수준급이었다. 언니를 사랑하고 아끼는 마음은 변함없다고 했다. 잃어버린 것들에 대해 속상해하면 다 잊어버리라고, 자신이 곁에 있는데 그런 것들이 무슨 문제가 되냐고 오히려 다독거리고 위로한다고 했다.

"이렇게 10년 만에 다시 만난 것은 네가 하는 일에 협조하라는 뜻 같아."

언니 부부는 상담실 이사할 때 이사를 돕고, 내가 손이 필요할 때마다 꼭 필요한 도움을 줬다.

서영이

어린 소녀 목소리가 조심스럽다.

"거기 상담실이죠? 제가 집을 나왔는데 갈 데가 없어서요. 청소년 쉼터 가려고요. 쉼터 연락처 좀 가르쳐주세요."

청소년 쉼터가 있다는 사실을 누구에게 듣고 전화한 건지, 아니면 있을 거라는 막연한 기대감으로 물어보는 건지 싶었다. 초·중·고등학교 학생들이 상담을 필요로 하는 전화가 아니라 다짜고짜 원하는 곳 안내를 부탁하는 전화를 많이 한다. 그래도 무작정 배회하지 않고, 시설안내를 원하니 다행스럽다. 현실적 위험에 대한 인식이 필요하다는 생각에, 몇 가지를 타일러 주고 쉼터를 몇 군데 알려줬다.

가출 이유를 묻는 말에는 한참 대답을 멈췄다. 되물으면 '집에 있을 수가 없어서'라고 하거나, '가정불화 때문에 있기가 힘들어서'라고 했다. '가정불화로 집에 있을 수가 없어서'라고 말하는 소녀의 대답에, 한 소녀가 떠올랐다.

어느 해, 추운 겨울밤이었다. 몇 명과 함께 교회에서 기도했다. 화장실을 가려고 나오는데 누군가가 문 앞에 서 있다가 후다닥 도망쳤다. 그런 일이 몇 번 있었던 터라 그 날은 누구인지 알아보려고 재빨리 사람이 뛰어나간 쪽으로 따라갔다. 정문 앞에서 17살 정도 돼 보이는 소녀가 맨발에 슬리퍼를 신고, 얇은 셔츠를 입은 채 서 있었다. 엄동설한 겨울 밤, 추운 공기가 뼛속까지 매섭게 들어왔다. '아니, 이렇게 추운 날, 슬리퍼라니?' 깜짝 놀라 다가가서 연민 가득한 마음으로 물었다. 들켜서 혼날까 봐 그런지 겁먹은 눈빛으로 사정을 말했다.

"가정불화가 심해 집에 있을 수가 없어 여름에 집을 나왔는데, 잠잘 곳이 없어 그동안 문이 열린 교회에 와서 잠을 잤어요."

이른 아침에 이 소녀와 함께 집으로 왔다. 낯선 소녀를 본 남편은 영문을 몰라 놀랐다. 설명을 들은 후, 이해하고 따뜻이 맞았다. 난방이 잘 된 거실로 들어서니 오랫동안 씻지 못한 아이에게서 악취가 진동했다. 욕조에 뜨거운 물을 받아 먼저 몸부터 씻게 했다.

이름이 서영이라고 했고, 얼굴이 예뻤다. 얼마간 우리 집에서 지내게 된 상황을 안 담임목사님은 필요한 것을 사주라고 봉투를 주셨다. 집사님들은 서영이를 위해 기도하고, 기숙사가 있는 공장을 소개했다. 3주 정도 함께 지내면서 친해지자 서영이가 나에게 조심스럽고 안쓰러운 눈빛으로 말했다.

"교회에서 처음 만났을 때 많이 행복한 부잣집 사모님 같았어요. 그런데 어려움이 많으신가 봐요."

남편의 장애를 두고 한 말이었다. 살짝 웃음이 나오다가 서영이의 눈에 비치는 모습이 그렇다니, 순간적으로 살짝 기운이 빠졌다.

"어머, 집에서 보니 내가 안 행복해 보이니?"

서영이는 고개를 끄덕였다. 약간 당황스러웠다.

"내가 힘들어 보이니?"

서영이는 또 고개를 끄덕였다.

"나는 힘들지 않은데."

"힘들지 않아 보이는데요. 그래도 힘들 거 같아서…."

서영이는 결코 자기 생각을 양보하지 않았다. 큰 눈망울에 안타까운 표정을 한 채로 나를 바라보았다.

서영이와는 콩나물도 다듬고, 떡볶이도 해먹고 밑반찬도 같이 만들면서 지냈다. 교회 집사님이 부탁한 회사에 기숙사 자리가 났다고 연락이 왔다. 함께 마트에 가서 겨울 내복과 두툼한 외투, 봄에 입을 수 있는 몇 가지 의류와 월급 받기 전까지 필요할 소품들을 샀다. 그리고 약간의 용돈을 주면서 잘 지내고 무슨 일 있으면 연락하라고 부탁했다.

오전 10시, 아파트 후문 앞에서 직원과 만나기로 했다. 20분이 지나도 안 와서 근처에 있는 공중전화 부스로 가 기숙사를 소개한 집사님에게 전화했다. 데리러 오는 중이라는 말을 듣고 조금 전 서 있던 곳으로 돌아섰다. 그런데 큰 가방과 쇼핑백 2개를 들고 서 있던 서영이가 보이지 않았다. 가방도 쇼핑백도 사람도 없었다. 금세 어디로 갔는지, 정문으로 갔는지, 후문으로 갔는지, 어디로 가봐야 할지 당황스러워하다가 정문 쪽으로 뛰었다. 그곳에는 없어서 후문 쪽으로 뛰어갔다. 전화부스 앞과 정문, 정문에서 후문까지는 거리가 상당했다. 안 뛰다 뛰어서인지, 찬 공기에 숨을 들이켜서인지, 가슴이 아프고 숨이 찼다. 그러나 서영이는 없었다.

교회집사님들은 최선을 다했으니 맘 놓으라고 위로했다. 한동안 마음이 안 좋았다. 어디론가 사라져 또 잘못되었으면 어쩌나 싶다가도, 우리 집에서 함께 지낸 시간과 교회에서 보내준 사랑이 그녀에게 힘이 되었으리라고 믿고 위안을 삼았다.

많은 세월이 흘렀다. 서영이의 이름만 기억할 뿐 얼굴은 생각나지 않는다. "갈 곳이 없어서요. 집에 있을 수가 없어서요."라고 하며, 쉼터를 찾는 청소년들 말을 들으면, 김서영이라는 이름이 떠오른다.

자녀들이 가장 힘들어하는 것이 부모가 싸우는 것이라고 한다. 가정불화로 청소년들이 집을 벗어나 배회하며, 위험에 노출되는 일이 없으면 좋겠다.

영원 여사님

상담실을 운영할 때였다. 상담실이 쉬는 날일 때도, 전화가 와서 핸드폰에 착신시켜 놓았다. 2006년 10월 30일 월요일, 광화문 근처 모 재단이 주최한 워크숍에 참석했다. 워크숍이 거의 끝나가는 오후 4시 20분에 상담전화가 왔다. 중년 여성의 절박하고 다급한 목소리였다.

"여보세요. 저 좀 도와주세요. 제가 지금 어떻게 될 것 같아요. 지금 미아리 쪽인데 이쪽으로 와 주시면 안 될까요? 길음역 근처에 가서 있을게요. 오늘 저녁에 집에 들어가면 무슨 일 저지를 것 같아서요. 저희 집이 15층 아파트인데 거실에 들어서면 바로 뛰어내릴 것 같아 집에 가야 하는데 못 가겠어요. 일 끝나고 지금 집에 가야 하는데 너무나 두려워요. 저 좀 만나주세요. 연보라색 사파리에 청바지 입고 있어요."

자살 충동 고통을 호소하는 중년여성은 나에게 간절하게 부탁했다. 나는 중간중간 전화를 해 대화를 이으면서 그녀가 말한 성북구 길음역 근처로 갔다. 10월 말, 청명한 하늘과 날씨가 좋은 가을 오후, 노랗게 물든 가로수 이파리들이 햇살을 받아 반짝반짝 빛났다. 그녀는 인사하기가 바쁘게 자신의 불안한 상황을 쏟아냈다. 근처 도넛 집으로 자리를 옮기기를 권했지만 사양했다.

"지금 저에게는 커피도, 빵도 필요 없어요. 그저 제 말을 좀 들어주시면 고맙겠어요."

상가로 들어가 계단 앞에 한참 서서 이야기했다. 건물 안으로 들어오니 편하다고 했다. 이름이 조영원이며, 57세라고 스스로 밝혔다.

"이름이 참 좋아요. '영원'요. 며칠 전, 강의 자리에서 강 신도라는 어른을 만났어요. 장학사 출신인데, 제가 이름이 좋으니 '신도'가 되셔야겠어요라고 말하자 웃더라고요. 여사님도 영원한 것을 붙드시면 이리 안 힘드시죠."

내 말이 재미있다는 듯 그녀는 소리 내어 웃었다. 짧은 웨이브 파마 머리에 약간 마른 체형, 깔끔하고 살림 잘할 것 같이 여성스러운 인상이었다.

"집에 있으면 이러는 제 자신이 두려워서 칫솔을 가지고 나왔어요. 저 하룻밤만 재워 주시면 안 될까요?"

만나서 상담만 하리라는 생각으로 달려왔는데, 집에 가서 재워달라는 의외의 요청이 당황스러웠다. 남편에게 전화했더니 좋을 대로 하라고 했다. 길음역에서 전철을 타고, 서울역에서 1호선으로 갈아타고, 신도림에서 양천구청역으로 가는 지선을 갈아타고 우리 집에 왔다.

이 여성은 새벽 2시까지 쉴새 없이 자신의 삶을 이야기했다. 남편과 사별한 후 손뜨개질 솜씨가 좋아 오랫동안 그 일로 돈 벌었고, 딸과 아들이 잘 자라 취직하면서 삶이 안정되었다고 했다. 하지만 이 심리문제의 발단은 몇 년 전 친구소개로 뉴질랜드 시민권자인 남성을 만나면서였다. 뉴질랜드에서 택시를 운전하는 그 남성은 처음에는 그녀와 잘 지내다가 1년 전부터 거리를 두었다고 했다.

"배신감에 치를 떨고 한국으로 돌아왔어요. 그런데 잘 지내다가도 이렇게 한 번씩 불안감과 자살 충동에 시달린답니다."

그녀는 불안하다고 내가 그녀와 한 침대에서 자는 것을 원했지만 나는 정중하게 사양했다. 대신 기도하겠다고 편히 자라고 했다. 아침에 일어나 인사하는 목소리가 밝았다.

"오랜만에 참 잘 잤어요. 온천탕에 들어가 몸을 담그고 나온 기분이에요. 감사해요."

아침 식사 후 차를 마시고 천천히 걸어 전철역까지 배웅하며 부탁했다.

"삶의 의미와 보람을 찾는 일이 필요하다고 생각해요. 요즘 구청이나 동사무소에서 실시하는 독거노인 반찬 배달 봉사나 말벗 봉사 같은 일을 찾아보시면 어떨까요?"

집에 도착한 후 전화가 왔다.

"거실에 들어서는데 무섭지 않았어요. 제가 계속 이 상태로 지낼 수 있도록 기도해 주세요."

며칠 후 다시 연락이 왔다.

"선생님이 저에게 삶의 의욕을 갖고 의미를 찾으라고 부탁한 말이 마음에 남았어요. 노인들 도시락 배달을 알아봤어요. 꾸준히 하면서 지내겠어요. 뉴질랜드의 정신 나간 바람으로 허깨비를 붙드느라 놓아버린 신앙도 회복하고요."

"네, 영원 여사님! 힘내세요. 영원을 바라보고 살면 흔들리는 어떤 것 때문에 함께 흔들리지 않는답니다."

호동이 엄마와
꿈나무 엄마들

사람은 경험을 통해 단단해진다고 한다. 대부분 사람들처럼 세상 물
정 모르던 나도 어려운 일을 겪으면서 현실에 눈을 떴다. 살아가는 방법
을 조금씩 배운 것이다. 그런 과정에서 경험은 단지 어려움만으로 끝나
지 않고, 뜻하지 않은 보상을 받기도 한다.

순진한 선택

결혼한 후 화곡동 20평 아파트에서 새 삶을 시작했다. 교회 자매를
통해 남편이 방 두 개짜리 전세도 구하기 힘든 형편이라는 이야기를 들
었기에 이런 집을 얻은 것에 감사했다. 그러나 남편이 돈이 없는 상태에
서 은행융자가 많이 들어있는 집을 산 것이었다.

월급 다음 날이면 은행에 가서 원금과 이자를 냈는데, 불입액수가 제
법 많았다. 시간이 지나면서 비싼 월세 집에 살고 있다는 부담이 점점

커졌다. 집을 팔고 전세로 가는 것이 좋겠다고 생각했다. 남편은 나보다 9살이나 많고 사회생활도 많이 했지만, 경제적인 개념이 없기는 나이 어린 나와 마찬가지였다.

집을 내놓았는데 한동안 아무도 찾아오지 않았다. 그러다가 86년 아시안게임을 몇 개월 앞두고 있을 때, 50대 중반쯤 되어 보인 동그란 얼굴형을 가진 여성이 집을 보러왔다. 나는 고마운 마음에 귀한 손님 대하듯 다과를 대접했다. 그리고 그 사람이 부르는 값으로 집을 팔았다. 하지만 아시안게임 영향으로 정체되어있던 집값이 오르기 시작했다. 그때부터 세 아이를 데리고 전세로 이곳저곳에 이사를 다녀야 했다. 그럴 때면 집을 사러 왔던 그 여성의 입가에 띠고 있던 야릇한 웃음이 떠올랐다.

대림동 우성아파트에서 전세를 살 때였다. 그때나 지금이나 주택청약을 넣어야 했고 한 가정에 한 번만 분양을 받을 수 있었다. 어렵게 모은 돈을 들고 주택은행에 갔다. 청약을 받는 기간이라 사람들로 붐볐다. 이미 줄을 길게 서 있어서 오래 기다렸다. 오후 2시가 지나서야 내 차례가 되었다. 창구에서 남편의 주민등록번호를 말했다. 한참 동안 전산을 들여다보던 남자직원이 "안명섭 씨 명의로 된 집을 갖고 계시는데요." 하고 말했다. 나는 "아닌데요. 집이 없으니까 분양받으려고 하지요."라고 했다. 직원은 남편 이름으로 당첨된 사실이 전산 기록에 뜬다면서, 잠실 미성아파트 ○동 ○호라고 했다. 한 번도 들어본 적이 없던 사실에 적잖이 놀랐다.

남편에게 전화를 걸었다. 설명을 듣던 남편은 미안하다면서 친구에게 명의를 빌려준 일이 있다고 말했다. 목이 탔다. 점심도 거르고 힘없이 집으로 걸어왔다. 저녁에 남편에게 다시 물었다. 명의를 빌려주면 사례한다는 이야기를 들었던 기억이 떠올라서, 그 친구가 어떤 답례를 했는지 궁금했다. 남편은 책 한 권을 선물로 받았다고 했다. 그날 저녁 나는 하지 않아도 되는 빨래를 했다. 세탁기도 돌리지 않고 손으로 비비고 발로 치덕치덕 밟고 눈물인지 땀인지 모를 액체를 비 오듯 쏟아 냈다.

새로운 곳에서 만난 이웃들

서울에서 집을 마련하기 어렵다고 판단하여 부평에 있는 새 아파트로 이사했다. 처음으로 서울을 벗어났다. 아쉬움은 있었지만, 전철역에서 도보로 가까운 거리에 위치했고 주위에 산이 있어서 위안 삼았다. 큰딸이 초등학교에 입학한 후 3개월이 지나 막 친구를 사귀기 시작하던 시점이었다. 전학으로 학교에서 만난 병아리같이 사랑스러운 친구들과 헤어질 것을 생각하니 마음이 아팠다. 전학 절차를 마치고 돌아오는 길에 여러 번 학교를 향해 뒤돌아보는 아이의 눈에 눈물이 어려있었다.

새로 이사한 아파트에서의 생활이 시작되었다. 얼마 후 둘째 딸 친구 엄마들을 만났다. 아이들이 모두 유치원 입학 전이라서 '꿈나무 엄마들 모임'이라고 불렀다. 그때 나는 서울 대림동에 있는 교회에서 파트타임 전도사로 있으면서 상담을 공부하고 있었다. 그런 나와 다르게 그 엄마들은 시간도 여유로웠고, 아이들 교육에 관심을 집중했다. 마음이 따뜻했고 서로를 배려하면서 아이들을 데리고 잘 뭉쳤다.

유치원 입학을 한 달 앞둔 어느 날, 이 엄마들이 내가 새벽 기도회에

나간 이른 새벽에 어느 유치원 복도에서 줄을 섰다고 했다. 서울에서 온 나는 전혀 알지 못하고 관심도 없었던 유치원이었다. 둘째 딸을 아이들과 함께 보내고 싶어서 나에게는 말도 안 하고 번호표를 받았다고 했다. 경쟁률이 높은 특정 유치원인데 인천에서 규모가 가장 크고 전통이 있는 교육기관이라는 사실을 나중에야 알았다. 나는 당연히 아파트 단지 안에 있는 유치원에 보내려고만 생각하고 있었는데 이 뜬금없는 소식에 짐짓 놀랐다. 하지만 그 마음이, 수고로움이 고마웠다.

호동이 엄마의 친절

유치원 졸업시즌이 가까워지던 어느 날 저녁, 호동이 엄마로부터 전화가 왔다.

"제가 아는 정보인데요, 교대부속초등학교 접수 날짜가 다가오는데 경쟁률이 엄청 높다고 하네요. 우리 아이들, 둘만 넣어 봐요."

나는 초등학교 입학도 당연히 아파트 바로 정문 옆에 있는 학교에 입학시키려고 생각하고 있었다. 아들과 큰딸도 그 학교에 다니고 있었다. 관심 없는 반응을 보이는 나에게 호동이 엄마는 교대부속초등학교에 대해 많은 정보를 알려줬다.

"전혀 신경 쓰지 마세요. 제가 다 알아서 서류 접수할 테니까요. 그리고 합격하더라도 제가 데리고 다니면 되고요. 다만 면접시험 볼 때는 학부모도 면담이 있으니 그날만 시간 내시면 돼요."

내가 계속 망설이자, 서류만 준비해 주면 본인이 함께 접수하겠다고 적극적으로 권했다. 나는 그래도 교육비가 많이 들면 어려운 일이라고 했다. 호동이 엄마는 다시 이 부분을 자세히 알아본 뒤에, 교육은 사립학교 이상 수준인데 교육비는 거의 없다고 전해 줬다. 인천교대부속초등학교는 22년 전, 열린 수업을 시범운영 했을 당시에 전국에서 선정된 몇 개에 속한 학교로 유명했다. 매시간 그룹을 만들고, 주어진 문제에 대한 토의를 통해 다양한 의견을 제시하게 함으로써 창의적인 문제 해결 능력을 키웠다.

120명 뽑는데, 2천 명이 지원했다. 필기와 면접과 학부모 면접까지 진행된 시험이었다. 그런데 내 아이는 합격하고 호동이는 합격자 명단에 없었다. 합격자 발표 날도 나는 시간이 안 되어서 못 갔다. 호동이 엄마가 확인하고 전화해 줘서 알았다. 얼마나 미안했는지 모른다. 차라리 내 아이는 안 되고 호동이가 합격했어야 한다고 진심으로 생각했다. 지금도 그때 호동이 엄마의 차분하고 따뜻한 음성이 귀에 선하다. 그러나 많이 아쉬웠을 그 마음을 헤아려 보노라면, 여전히 미안하다.

호동이 엄마는 외모가 수려했다. 경제적 여유가 느껴지는 만큼이나 마음 자락도 넓은 사람이었다. 둘째 딸은 호동이 엄마의 수고 덕분에 한 번도 생각해보지 않았던 학교에 입학했다. 호동이는 내가 이사 온 후 아들과 큰딸을 전학시켰던 아파트 정문 옆에 있는 학교에 갔다. 호동이 엄마는 예전과 다름없이 친절한 미소를 잃지 않았다.

엄마들은 내가 교회에 안 가고 온종일 시간 나는 날을 기다리기라도 하는 듯했다. 그런 날이면 우리 집으로 왔다.

"전도사님 댁에 오면 편안하고 좋아서 시간 가는 줄 모른다."면서, 남편들이 우리 집에서 노는 것을 좋아한다고 했다. 잘 지내는 친구들이 이웃 간에 있어 행복했다. 예수님을 모르는 그들의 영혼을 위해 기도하며 지냈다. 자연스레 자녀교육과 가정생활에 대한 좋은 자료들을 나누고 삶을 나눴다. 그리고 같이 성경을 공부하게 되었다.

호동이 엄마 덕분에 딸이 입학한 초등학교는 인천시 남구청 옆에 있었는데, 집에서 제법 먼 거리였다. 아이가 어리고 몸집이 작아 다니기 힘들어서, 학교 근처로 이사했다. 아들은 중학생이라 통학할 수 있어 그대로 다녔지만, 큰딸은 서울에서 전학 온 후 사귄 친구들과 또 헤어져야 했다. 다행히도 아이는 이런 경험들이 미국에서 적응할 때 도움이 되었다고 했다.

성경공부는 1주일에 한 번씩 호동이네 집에서 진행했다. 그러나 내가 교대부속초등학교 근처에 상담실을 개원하면서 그마저도 시간을 내기 어려워졌다. 그래서 우리 가족이 출석하던 교회에 연락해 교회에서 발행하는 신문을 보내주고 방문해주기를 부탁했다. 엄마들은 상담실 오픈에 필요한 것들을 챙겨주고, 개원 예배에 참석해서 축하해줬다. 그 엄마들과 그들이 사랑하는 자녀들의 삶이 진정으로 행복하기를 기도했다.

우리 가족이 서울로 이사 온 후, 통화를 몇 번 했다. 그러나 내가 사역으로 바빠져서 연락 없이 세월이 흘러갔다. 둘째 딸이 대학입시 준비할 때, 부쩍 호동이 엄마 생각이 났다. 부평에 있는 호동이네 약국으로 전화를 걸었다. 잘 생기고 예의 바르고 듬직하던 호동이 안부를 묻고 감사했던 마음을 담아 입시를 축복하며 초콜릿을 보냈다.

호동이 엄마 덕분에 둘째 딸은 차별화된 교육 시스템에서 열린 학습을 통해 창의력을 키우면서 6년을 보냈다. 그 덕분에 지금 사회생활을 잘 해나가는 성인이 되었으니, 더욱 고마운 마음이 든다.

부평에서 이웃과의 만남은 25년의 세월이 흐른 지금 이 순간에도 행복하게 떠올려지는 추억이다. '꿈나무 엄마들'의 환한 미소가 어제 본 듯 생생하다. 아이들과 함께 엄마, 아빠들이 모두 모여 아파트 뒷산으로 소풍을 가기도 했다. 그런 날이면 초록 숲에서 뿜어져 나오는 생명력을 덧입어 웃음소리가 더 빛나고 생기 넘치던 엄마들. 그때로 돌아갈 수는 없지만, 추억이 있는 것만으로도 감사하다. 그 푸른 꿈나무들이 이제 서른 살이 되었고, 아이들의 엄마였던 우리는 어느덧 인생의 가을을 맞이하고 있다.

세상 물정 모르던 남편의 순진한 선택으로 서울에서 집 마련의 기회가 물거품이 되었다. 그래서 어린아이들을 전학까지 시키면서 부평으로 이사하게 되었지만, 다른 곳에서 경험해보지 못했던 이웃과의 소중한 만남이 이루어졌다. 아파트 분양을 받은 것보다 더 커다란 선물이었다.

김명진 교수님과의 만남

톨스토이에게 한 독자가 물었다.

"어떻게 하면 잘 살 수 있는지요?"

톨스토이는 곧바로 이렇게 대답했다.

"우선 좋은 사람을 만나든가, 아니면 좋은 책을 만나라."

인생은 만남을 통해 시작되고 수많은 만남으로 이루어진다. 그리고 우리는 만남에 영향을 받으며 살아간다. 만남은 참으로 소중하다. 어떤 사람을 만나느냐에 따라 삶의 성패가 좌우된다. 그러므로 사람을 보는 안목과 분별이 필요하다.

오디션

큰딸이 피아노를 전공한 계기는 김명진 교수님과의 만남 덕이다. 책 읽기와 그림 그리는 것을 좋아했던 큰딸은 언어 영역은 제법 잘했지만, 수학, 과학은 좋아하지 않았다. 그 대신 6살 때부터 배운 피아노는 좋아했다. 피아노를 치면 저절로 그 곡의 그림이 마음속에 그려진다고 했다. 작은 규모의 대회에서 몇 번 상을 타오기도 했다. 피아노를 전공시키면 어떨까 하는 생각을 해봤다. 그냥 생각만 해보았을 뿐이다.

교대부국 근처로 이사 온 후 6개월이 지났을 때 사순절 새벽기도회가 있었다. 세 아이는 40일 동안 하루도 빠지지 않고 참석했다. 기도회가 끝날 무렵 전 성도가 기도제목을 적어서 제출했다. 아이들은 직접 자신의 손으로 기도제목을 적었다. 김명진 교수님과의 만남은 이 기도의 응답이었다.

그때 우리는 등나무 집이라고 불리는 이층집에서 살았다. 어느 날 아침 아이들을 학교에 보낸 뒤 청소를 하는데, 다른 날과 다르게 계단을 내려가 1층 현관문을 열어보고 싶었다. 문 열기를 기다리고 있기라도 한 듯 구독하지 않은 다른 신문이 있었다. 한겨레신문이었다. 그냥 그대로 둘까 하다가, '홍보용'으로 놓고 간 신문 같아 들춰 보았다.

'피아노 교수 레슨 기회가 주어지는 예술성을 가진 영재 소수 인원 발굴 오디션'이 있다는 공고가 눈에 띄었다. 큰딸이 '영재'라고 할 순 없지만 좋은 기회라고 생각했다. 욕심일 수도 있고, 인천 제물포역에서 양재동까지 가려면 멀어서 망설였다. 그러다가 실력을 객관적으로 검증받아 보는 기회로 끝나더라도 접수를 해보자며, 둘째 딸도 같이 접수했다.

오디션 보는 날, 약간의 긴장감과 설렘을 가진 채 참석했다. 강당 안에는 신문을 보고 전국에서 찾아온 학부모와 아이들로 가득 찼다. 며칠 뒤 합격자 발표가 있었다. '소수 인원'만 뽑기 때문에 큰 기대는 안 했는데 떨리기조차 했다. 그런데 두 아이 모두 합격했다.

"세상에, 하나님! 저희의 기도를 이렇게 멋지게 응답해주시는군요. 감사합니다."

오디션 현장에 함께 있었던 아이들과 엄마들의 모습이 떠올랐다. 왠지 미안한 마음이 들었다. 하나님께서 그 아이들의 재능을 키워서 꽃피울 수 있는 좋은 길로 인도해 주시기를 진심으로 기도드렸다.

진정한 스승으로서의 피아니스트

담당 직원으로부터 축하인사와 함께 레슨 안내 연락이 왔다. 다음 주부터 김명진 교수님의 레슨이 있다고 했다. 직원은 김 교수님을 경기여고와 서울대를 졸업하고, 독일에서 공부하고, 서울예고와 연세대에 출강하여 제자들을 지도하고 있다고 소개했다. 두 딸은 일주일에 한 번씩 연희동 교수님 댁에서 레슨을 받았다.

김명진 교수님은 1주일 1회로 부족하다면서 연세대 제자이자 다른 대학에 출강하는 원혜경 선생님을 붙여주셨다. 일주일에 한 번은 김 교수님 댁으로, 또 한 번은 원 선생님 댁으로 갔다. 내가 몇 번 아이들을 데리고 갔을 때다. "어머니, 인천 끝에서 이곳까지 아이들만 다니기에는 무리가 있어요. 차도 몇 번 갈아타야 하니까요. 그래도 아이들만 보내시는 것이 좋습니다. 의지력도 키우고 피아노도 담력이 필요하니까요."

교수님의 조언대로 아이들만 그 길을 다니게 했다. 이 일은 큰딸이 나중에 미국에서 홀로 서는 데 도움이 되었다고 한다.

둘째 딸은 언니랑 한참 잘 다니다가 공부한다고 포기했다. 김 교수님은 "언니는 소리가 야무진 것으로 뛰어났지만, 곡의 이해는 동생이 더 쉽게 했어요. 자매 듀엣으로 키워보고 싶었는데…"라며 아쉬워했다. 한 명도 아닌 두 명을 키워보려고 하신 열정과 사랑이 멋지고 감사했다.

이렇게 해서 큰딸의 진로는 '피아노 전공'으로 정해졌다. 지원했던 예고에 합격했다. 교수님은 누구보다도 합격을 기뻐했고 나에게 축하 전화를 했다.

"어머니! 입학 축하합니다. 그런데 오늘 원 선생님하고 둘이 앉아 고민했습니다. '말이 쉬워 예고이지 레슨비와 연주회비 등으로 돈이 참 많이 들어 감당하기 어려울 텐데…. 어쩐다니' 하며 걱정했습니다. 입학하면 학교에서 레슨 교수를 정해줄 거예요. 마침 서울대 동창이고 한양대 출강하는 제 친구 정홍자 교수가 그 학교에 있어, 친구에게 아이를 부탁해 놓았습니다. 그러니까 어머니가 학교 측에 원하는 교수가 있다고 말씀하셔서 친구에게 레슨을 받도록 하면 좋겠어요."

전화를 끊기 전, 정감과 여유가 느껴지는 목소리로 예술교육의 현실을 언급하셨다.

"그동안 주변에서 상당히 잘사는 집안인데도 입학을 해서 다니다가, 엄청난 레슨비 때문에 아까운 재능을 꽃피우지도 못하고 그만두는 일을 여러 번 봐왔어요. 그래서 원 선생님과 함께 아이를 염려한 것이랍니다. 제가 이렇게라도 도와드릴 수 있는 것이 참 기쁩니다."

김 교수님은 큰딸의 대학입시 준비까지, 또 재수 기간까지 만 9년 동안 주 1회 레슨 지도를 해주셨고 시험을 앞두고는 주 2회 레슨 지도로 헌신하셨다. 김 교수님의 제자인 원 선생님의 변함없는 수고도 함께였다.

이 세상 살아가면서 좋은 사람과의 만남이 얼마나 행복한 일인지 모른다. 그동안 내가 만난 만남을 생각해본다. 좋은 만남, 감사한 만남이 많았다. 나쁜 만남은 아주 드물었지만, 그 만남을 통해 분별이 필요하다는 것을 깨달았고, 사람 보는 안목이 커졌다.

천양희 시인은 '좋은 책을 만나는 일은 어렵지 않으나 좋은 사람을 만나는 일은 쉽지 않다'고 했다. 그래서 좋은 만남을 '만남의 복'이라고 하는가 보다. 나는 그동안 누군가에게 어떤 만남의 대상이 되었을까? 축복의 통로로 살고 싶었지만, 본의 아니게 상처와 아픔을 주지 않았는지 돌아본다. 만남의 복이 소중한 걸 알고 감사한 만큼, 나도 누군가에게 복과 감사의 사람이 되어야겠다고 다짐한다.

故 정홍자 교수님과의
마지막 대화

큰딸 고등학교 합격자 발표 며칠 후 김명진 교수님에게서 전화가 왔다.

"원하신 대로 합격해서 기쁩니다. 그런데 원 선생님과 많이 생각했어요. 교육비가 만만찮을 텐데 어떻게 하실지에 대해서요. 원 선생님 이력서를 그 학교에 넣어보는 방법도 생각했고요. 그러던 중 서울대 친구가 그 학교에 강사로 가게 되어 아이 말을 했더니 한번 만나보겠다고 하네요. 일단 아이의 재능을 테스트해 보겠다고요."

찬바람이 매섭고 도로가 얼음에 얼어붙은 2001년 2월 초, 어느 겨울 저녁, 큰딸과 정홍자 교수님 댁에 갔다. 대방동 주택가에 양옥집, 마른 잔디에 현관문 앞까지 디딤돌이 놓여있고, 마당 한쪽에 아담한 나무들이 시린 몸으로 가로등 불빛 아래 겨울밤을 맞고 있었다. 벨 소리를 듣고 나온 정 교수님의 정중하고 다소곳한 모습에 마음이 훈훈했다. 큰 키에 가냘픈 체구, 단발 웨이브 파마 헤어 스타일이, 윤곽이 뚜렷한 얼굴에 쓴 안경과 잘 어울렸다. 섬세하고 이국적인 분위기가 딱히 어떤 작품이라고 할 수는 없지만, 독일풍 고전 작품에 나오는 여주인공과 닮았다고 생각했다. 고즈넉한 거실 분위기. 조용하고 깊이 있는 저음의 목소리가 겸손했다.

"뭘 내올까 생각하다 몸에 좋다는 차로 끓였어요."

말린 국화를 우린 차의 향기가 풍요로웠다.

"친구가 아이 이야기를 하더군요. 그래서 한 번 보자고 했어요. 일단 어느 정도 가능성이 있어야 하니까요."

아이를 피아노가 있는 방으로 데려갔다.

"친구가 아이를 몇 년 동안 참 잘 가르쳐놓았네요. 제가 바통을 이어볼게요. 제가 가장 좋아하는 친구가 5년을 가르쳤는데, 제가 3년을 못하겠어요. 한번 가르쳐보겠습니다."

딸이 미국으로 떠나기 전, 정 교수님의 건강이 점점 안 좋아진다는 소식을 들었다. 말로 할 수 없을 만큼 안타까웠다.

2006년 초가을 어느 날, 외출에서 돌아오자 부재중 전화에 정홍자 교수님 댁 번호가 찍혀 있었다. 전화했다.

"지금 와 주시면 해서 전화했어요. 혼자 있는데 말을 좀 하고 싶어서요."

TV만 켜진 채, 가을 햇살이 찬란하게 들어차고, 혼자 있는 방. 10kg의 체중이 줄었다고 했다. 많이 여의었지만 단정해서인지 생기 있고 단아한 기품에 로맨틱한 소녀 같은 분위기가 그대로였다.

"소녀처럼 로맨틱한 분위기, 그 비결이 뭘까요? 아마도 클래식 음악에 젖어 지내시기 때문인가 봐요."

나는 포근한 기분으로 말했다.

"안 그래도 주변에서 저한테 클래식 음악만 듣지 말고, 차라리 세미

클래식이나 가곡이나 성가를 들으라고 하네요. 사실 누워있으면서 클래식 음악만 쭉 들었더니 더 우울해지던데요. 그래서 요즘은 세미클래식, 성가를 들으니 좀 나아요."

"네. 잘하셨어요."

"몇 년 전 어머니 목소리를 처음 들을 때 목소리가 참 좋았어요. 특이한 음색인데 힘이 있었어요. 그래서 하나님께서 상담 일로 쓰시나보다고 생각했죠. 오늘 이렇게 시간 내주셔서 참 고마워요. 12년 전, 한쪽에 폐암이 생겨 수술을 받고 나았는데, 4개월 또 다른 한쪽에 폐암이 생긴 것을 알았어요. 그것도 참 이상하죠. 하나님께서 저를 많이 도와주시는 것이라고 생각해요. 12년 전, 수술 후 정기적으로 검진을 받아온 선생님이 몇 년 전 집 가까운 곳에 여성병원을 차려서 그곳을 다녔어요. 1년 전부터 심한 기침을 하는 저를 보고 집에 자주 오시는 여교장 선생님이 데려가 주셔서 검사를 받았어요. 그런데 혈액검사에서 수치가 장난이 아니었죠. 제가 지나치게 심한 구토를 해서 문제에요. 원래 항암치료가 고통은 있지만 다른 사람보다 고통이 너무 심하니까 내내 의문을 가졌어요. 주치의께서는 저한테 쓰는 약이 그럴 리가 없다고 하고, 교장 선생님은 문제가 있다고 하면서 내기까지 했어요. 그러다가 결론은 신경상의 문제를 생각해냈고, 정신과 치료를 병행하면서 상태가 이만큼 호전되고 많이 나아졌네요. 정신과 의사가 그래요. 어렸을 때부터 혼자 많이 힘들었다고요."

교수님은 말 중간중간 눈시울을 붉히며 연신 티슈로 눈가를 닦았다.

"저 때문에 세브란스 암 병동에 병원이 생긴 후 처음으로 정신과 진료가 병행된대요. 저의 진료과정을 본 의사들이 결정했대요. 주 2회 정신과 의사가 진료하는 진료실이 만들어진다고 해요."

손목과 등을 두들기고 주물렀다. 가녀린 몸짓, 그렇지 않아도 마른 체형이었는데, 10kg 이상이 빠졌으니 키 크고 작은 소녀처럼 가냘팠다.

"사람의 체온이 필요해요. 함께 있다는 느낌이 절실해져요. 아무도 없고 혼자 있으면 더 힘이 드네요. 그래서 TV를 좋아하지도 보지도 않으면서 그냥 켜두게 되고요."

침대에 누워계시는 친정아버지가 생각났다. "방에 아무도 없으면 힘이 더 빠지고 불안감을 느끼는구나. 누가 같이 있으면 마음 안정이 된단다."라고 하신 말씀이. 엄마가 헌신을 다해 웃고 말을 걸고 하면서 섬세하게 아버지를 보살펴 드리고 계시는 수고가 얼마나 감사한지. 자식들 모두 멀리 떨어져 있어 자주 못 뵈니 죄송했는데, 전화로 마음 담은 목소리라도 자주 전해야겠다고 생각했다.

"교수님, 어린 시절이 궁금해요. 피아노는 어떻게 전공하시게 되셨어요?"

"아버지는 의사이셨어요. 군의관으로 전방근무만 했어요. 서울에 개원하지 않으시고 군부대 근처에 개업했어요. 무척 청렴결백하고 신학자, 성자 같은 분이셨어요. 그런데 너무 엄격했습니다. 초등학교 때 엄마가 돌아가시고 아버지가 재혼하셨어요. 3살 위 언니하고 할머니와 따로 살았어요. 모두가 다 너무 엄격하고 무서웠어요. 아버지도 할머니도요. 남편도 의사였는데 남편도 똑같이 무서웠어요. 제 인생에는 모두 무서운 것, 엄한 것밖에 없었죠. 그 무서움이 싫었어요. 좋아하는 피아노 치는 것으로 위안 삼았어요. 죽어라 피아노를 쳤지요. 지금 생각하면 할머니라도 좀 따듯하셨더라면 좋았을 걸 하는 아쉬움이 묻어나네요."

처음 만났을 때 온화함 가운데 이지적 예리함과 얇은 살얼음 같은 그늘이 느껴졌었다. 조곤조곤 나지막한 목소리에 담은 이야기였다. 슬픈 이해로 다가왔다. 따끈한 차, 고즈넉하지만 안온한 거실 분위기, 품격 있는 저음의 깊고 부드러운 목소리. 무서움, 아픔, 슬픔을 곰곰이 생각했다. 듀오 연주와 독주회 때 교수님의 긴 손가락과 정교한 테크닉을 타고 리드미컬하게 흐르던 선율이 떠올랐다. 교수님의 눈빛에 그 단조의 선율처럼 아프고 일렁거리는 슬픔을, 교육의 열정과 따뜻하고 성실한 삶으로 승화시킨 정신이 빛나고 있었다.

"교수님 생신이 언제신가요?"

"가을이에요."

"아, 가을이요? 좋은 계절이네요."

이런저런 이야기를 해가며 지압 안마기로 등을 두드리고 손으로 등을 주물렀다.

"아아, 참 시원해요. 정말 좋네요."

몸에 친밀함과 소통을 원하시는 듯 다시 손을 내미셨다.

"이제 손 좀 주물러 주세요. 한 번만 더요."

"연세는 어떻게 되시는지 궁금했어요."

조심스럽게 물었다. 몇 년 전 김명진 교수님이 친구 교수가 회갑이라고 했던 말이 생각나서다.

"65살 먹었어요. 김 교수는 나보다 3살 어려요."라고 말하며 "나 할머니예요." 하고 덧붙이는 입가의 미소가 20대를 막 벗어난 미혼여성의 수줍고 앳된 표정 같았다.

"정말 놀라워요. 무척 젊어 보이시고, 어쩌면 그렇게 맑은 분위기를 가질 수 있는지요?"

야위었지만 레이스 달린 검정 드레스가 잘 어울렸고, 고즈넉하지만 밝고 화사한 내면에서 묻어나는 깊이가 느껴지는 65세, 이분의 나이를 한참 생각하지 않을 수 없었다. 시련들을 끌어안고 마냥 견뎌오면서 다져진 무늬일까? 깊이 가라앉아 있기에 더할 나위 없는 안정감으로 돋보이는 걸까. 많이 여위었을 뿐 암 진단 후 4개월 동안 혹독한 고통을 거친 분 같지 않았다.

예전에 김명진 교수님이 나에게 친구와의 우정을 말하며, 정 교수님과 가까워진 계기를 말했다.

"다른 사람들은 재능과 실력이 뛰어나 두각을 나타내면 시기하고 질투하잖아요. 그런데 정홍자 친구는 남달랐어요. 나보고 총명하고 성실하다고 칭찬했지요."

두 분은 나에게 전화할 때면 서로를 착하고 진실하며 성실하다고 칭찬하며 웃고 행복해했다.

"오늘 햇볕이 참 좋았지요. 그래서 마당을 좀 걸어봤답니다. 4개월 만에 처음으로 흙을 느끼며 발을 딛고 서서 스스로 걸어봤어요."

교수님의 만족하는 웃음이 쫙 퍼진 햇살 같았다.

"퇴직한 시아버지 교장 선생님이 현직에 있는 며느리 교장의 식사를 준비해 준다는 이야기 들어봤어요?"

"아니요. 못 들었는데요."

"고등학교 여자 교장 선생님이 출근하면서도 중풍을 앓으신 시어머니를 3년 동안 잘 모셨대요. 방학 때는 온종일, 평소에는 시간 되는대로 지극정성을 다 했대요. 시아버지 교장 선생님께서 며느리에게 '고맙구나, 내가 네 은혜를 잊지 않겠다.'고 하셨대요. 시어머니가 돌아가셨고,

시아버지 교장 선생님은 퇴근하면 찌개에 생선구이에 밑반찬에 깔끔한 밥상을 준비해 며느리 저녁 식사를 차려놓는대요. 측근의 이야기인데 아름답지요?"

거실 전체가 따사롭게 느껴지는 햇살을 한참 바라보며 교수님은 말을 이었다.

"용인에 실버 홈 타운이 있는데 요즈음 그 시아버지 교장 선생님이 알아보고 있는가 봐요. 보증금과 입주금이 만만찮지만, 형편이 되니까 가능하겠죠. 모든 편의 시설이 잘되어 있고 동년배 노인들이 와서 사니까 거기에 가서 지내면 외롭지 않고 좋을 것 같죠. 여교장 선생님이 저에게 그러더군요. 아버님이 요즘 그런 생각을 하시는 것 같다고. 자신도 퇴직하면 그런 시설을 염두에 둔다고 하네요. 저도 나으면 그런 곳을 알아볼까 봐요. 사람이 혼자 있으면 안 좋아요. 병원에서도 그러더군요. 처음엔 1, 2인 병실을 선호했는데 더 우울해지고요. 얼마 전 상태가 좀 나아지자 6인실로 갔는데 오히려 좋았어요. 사람들 드나들고, 서로 같은 처지에 있으니까 한 가족 같은 유대감도 있고, 서로 마음을 열고 사정을 나누면서 지내는 것이 좋더라고요."

혼자 있는 것을 많이 좋아할 분위기 같고, 사람들과 함께 있을 때 온화한 미소로 활짝 웃지만, 따로 있는 듯 독특한 분위기를 가진 분이었다. 병마와 싸우며 병실의 대가족을 선호할 만큼 사람 간의 정이 필요했다는 생각이 들어 마음이 애잔했다.

"제 손 한 번만 더 주물러 줄래요?"

가늘고 긴 손가락이 여위어 작아진 모양도 매듭이 굵지 않아서인지 더 여리게 느껴졌다. 대화할 사람이 있어서 좋은지 교수님은 이런저런 생각을 말했다.

"지난번 병실에 있을 때 마주 보는 침상의 아주머니가 생각나네요. 위암으로 수술했는데 그동안 남편이 중풍에 걸려서 남편 수발을 10년간들었대요. 그러다 자기가 위암에 걸리니까 남편을 돌봐줄 사람이 없어요양원에 들어갔는데, 한 달 비용이 150만 원씩 들어 힘들다고 하더군요. 자식 둘이 있는데 직장 다니니까 거들지 못하는 거죠. 암과 싸우면서도 본인 병원비와 남편 때문에 걱정이 많더라고요. 마음이 아파요. 제가 힘과 위로를 준다고 했지만, 많이 안타까웠어요. 저는 지금 학교는물론 나가지 못하죠. 지난번 음악부장이 그만두고, 지금 이사장 딸이음악부장으로 있는데 열심히 잘하고 있어요. 제 사정을 잘 봐줘서 회복될 동안 쉬기로 했고요. 아이들 레슨은 도저히 못 할 것 같아 그만두려고 했는데 아이들이 학교에 건의도 하고 저에게 연락하고, 악보 들고 찾아오곤 했죠. 그래서 어떤 선을 정했어요. '1시간 레슨은 몸이 힘드니까못하고 20분 정도가 최선인데 어떻게 하겠니?' 하고요. 그런데 아이들이그래도 좋다고 찾아오고 있군요."

교수님은 얼마 후 병원에 재입원했다. 병실에서는 친밀한 대화를 할수 없었다. 회복하면 학교로 돌아가기로 한 계획, 나이 더 들면 요양원에서 노인 친구들과 어울려 지내고 싶다는 꿈을 이루지 못했다.

정홍자 교수님과의 첫 만남부터 마지막 대화와 병원에서 최후의 만남까지 느낀 독특한 기품이 기억 속에 깊은 여운으로 남았다. 조용하고침착하고, 깊고 은은하고 꿋꿋하고 우아하고 자애로웠다.. 큰딸이 미국으로 가기 전 열심히 공부하고 잘되어 지도해주신 노고에 보답한다고할 때, 활짝 핀 백목련처럼 우아하고 온화한 미소로 대견스럽게 바라보던 모습이 떠오른다.

2006년 초가을 오후, 거실에 앉아 유난히 봄빛처럼 부드럽던 햇살을 받으며 조근조근 나누던 대화가 생생하다. 꼭 회복되리라는 기대가 먹먹한 추억으로 눈시울을 적신다.

큰딸 이야기

평온과 좌절

큰딸이 수능시험이 가까워진 때, 고 1인 둘째 딸이 말했다.

"엄마, 우리 집은 입시생이 있는 집 분위기가 전혀 아닌 것 같아 참 신기해요."

고3인 언니가 안정감 있는 모습으로 생글생글 웃으면서 지내고, 평소와 다름없는 집안 분위기를 보고 한 말이다. 고도의 집중력이 있어야하는 레슨과 실기연습과 학과 공부로 벅차 스트레스를 받을 텐데, 평온한 모습이었기 때문이다. 그런 여유를 가질만한 성적이 되는 것은 더더욱 아니었다. 그렇다고 목표가 없는 것은 아니었고 자신의 꿈을 소중하게 여기고 있었다. 다른 집 아이들이나 부모들이 입시 스트레스 때문에 마음고생이 심하다는데, 느긋한 평온함 가운데 지내는 것이 둘째 딸 말처럼 좀 이상하기도 했다. 큰딸에게 웃으면서 말했다.

"우리가 너의 미래에 관해 관심이 없는 건지 믿음이 좋은 것인지 모르겠다."

커다란 도전인 입시, 긴장이 없을 수 없는 문 앞에서 보이는 침착한 정서에 대해 "그 비결이 무엇일까?" 하며, 남편이 궁금해했다.

"자기관리가 잘되는 긍정적 낙관적 성향의 기질을 가진 성품의 영향이 있는 것 같아요. 거기다 평소 안정된 생활태도와 가족들의 반응이 안정감을 주는 것 같고요."라고 대답했다.

큰딸은 실기 부분에서는 두각을 나타냈지만, 학과 성적이 많이 부족했다. 나는 입시 몇 해 전 발표한, 한 가지만 잘하면 대학 갈 수 있게 한다는 교육정책 방안을 기대했다. 내심 그 정책이 추진되기만을 기다렸다. 그러나 정책에 변화는 없었다. 여전히 예능 부분도 학과 성적이 부족하면 도리 없이 밀릴 수밖에 없었다. 특히 수학, 과학 과목 성적이 많이 부족했는데 거의 모든 음악대학은 수학성적의 비중을 많이 두고 있었다. 처음에는 당황했지만, 논리적인 사고에 수학이 차지하는 영향 때문이라고 이해했다.

지도 교수님은 실기는 좀 되니까 성적만 좀 따라주면 연세대, 한양대에 응시할 수 있을 텐데 하며 안타까워했다. 나는 최선을 다하자고 딸을 격려했다.

"우리의 삶은 결과도 중요하지만, 과정이 더 유익하고 중요하단다."

큰딸은 두 번째 도전한 대학입시에도 실패했다. 몇 날을 실의에 빠져 지냈다. 처음 입시와 재수까지 2년을 수도사처럼 새벽부터 밤늦은 시간까지 공부하고 피아노 건반 앞에서 지냈다. 생글생글 웃는 얼굴로 주위까지 환하게 했는데, 멍한 표정으로 두문불출 책상 앞에 앉아있었다. 나는 〈고난에는 뜻이 있다〉는 책을 주며 읽어보라고 했다.

교회 고등부 동계수련회가 3박 4일간의 일정으로 있었다. 딸은 용기가 안 나는지 갈까 말까 망설이다가 나와 남편의 권면을 듣고 갔다. 3일째 되는 날, 밝은 목소리로 전화했다. 부르짖고 기도할 때 성령체험을 했고, 방언을 받았다고 했다. 힘 있는 목소리로 말했다.

"엄마, 이제 제 마음에 하나도 어떤 아쉬움도 없어요. 그동안 저는 기도하면서 최선을 다했으니까요. 이제 하나님이 알아서 해주실 일만 남았어요."

목소리에 에너지가 있고 힘 빠진 모습은 흔적도 없이 사라지고 없었다. 어려움을 겪을 때 앞을 보아도 계시지 않은 것 같았고, 뒤를 보아도 계시지 않은 것 같던 하나님이 말씀을 듣고 기도하면서 자신과 함께하시는 것을 확신했다고 했다. 패배감을 떨치고 자신감을 회복했다. 진로가 불투명하고 불가능해 보이는 상황에서 그 믿음대로 길이 열렸다.

미국으로

2005년 1월 중순 어느 날이었다. 날씨도 추웠지만, 유난히 바람이 세차게 불었다. 딸은 12시에 오목교에서 함께 재수한 친구와 약속이 있었다. 나는 안산에서 볼일이 있었지만, 다른 때와 달리 이상하게도 마음이 내키지 않았다. '다른 날 가야 하나?' 팔짱을 끼고 거실을 왔다 갔다 하며 생각 중이었다. 그리고 '날씨도 안 좋으니까 오늘 가지 말고 다음에 가지' 하고, 앉아 있었다.

조금 뒤에 미국 음악대학에서 특별 케이스로 여교수 한 사람이 내한

하여 실시하는 입학 전형이 오후 3시에 있다는 사실을 알게 되었다. 몇 시간을 앞두고 갑작스럽게 연락을 받았는데, 그 소식을 듣는 순간 가로 막고 있던 벽이 무너지고 새로운 문이 열리는 듯한 기쁨을 느꼈다.

12시가 다 되어가는 시간이었기에 딸에게 친구와의 약속을 미루게 하고, 간단히 점심을 먹여서 부랴부랴 전달받은 시험장소로 갔다. 고난도의 몇 곡을 즉흥적으로 연주하는 테스트였는데, 엄지손가락을 번쩍 치켜세우며 칭찬을 했다고 했다. 그리고 학부모 면담시간에 "이런 아이는 큰 무대가 필요하다."면서 "미국으로 데려가 자신의 제자로 키우겠다."고 했다.

이 상황을 안 남편은 "우리 형편에 무슨 돈으로 미국 유학을 보내느냐."면서, 경제적 이유로 반대했다. 하나님의 인도하심을 믿으며 밀어붙이는 나를 나무랐다. 현실적으로 남편의 말이 지당한데, 나의 마음은 하나님께서 길을 내신 것이라는 생각 외에 다른 생각이 안 들었다. 얼마 후 평소 나의 생각과 결정을 존중하고 신뢰하는 남편도 이해하고 협조했다.

"이 일이 갑자기 되었으나 하나님께서 백성을 위하여 예비하셨음으로 히스기야가 백성과 더불어 기뻐하였더라."

-역대하 29장 36절

미국 대학의 교수님을 따라 딸은 밤 8시 비행기로 떠났다. 부모 곁을 한 번도 떨어져 지낸 적이 없었던 딸은 아무 연고도 없는 미국으로 떠났다. 나는 집에서 자리에 앉은 채 기도하며 밤을 새웠다. 비행기 좌석에 앉아 밤을 지새우며 가고 있을 아이가 안쓰러워서였다. 다음 날 아침 잘 도착했다는 전화가 왔다. 항상 생글생글 잘 웃기만 하던 아이의 울음 섞인 목소리가 이역만리 멀고 먼 곳으로부터 날아왔다.

새로운 여정에서 만남의 복

딸과 일주일에 몇 번씩 통화 했다. 딸에게서 들은 내용을 통해 딸의 일정을 소상히 알 수 있었다. 학교에 입학한 후 얼마 안 가서 연주 실력을 인정받았다. 재수하면서 실전에 대비하여 숱한 연습을 거친 덕분이었다. 장학금을 받았고, 이런저런 행사에서 연주 의뢰가 들어왔다. 특히 불가리아 출신의 남자 교수와 러시아 출신의 여자 교수는 연주 실력을 극찬했다. 다른 클래스에 가서 말했다.

"여러분 동양에서 온 작은 소녀가 옆 반 클래스에 있는데, 피아노 소리가 얼마나 야무지고 아름다운지 한번 가서 들어보세요."

딸은 쉬는 시간에 찾아온 외국 학생들을 통해 교수의 이야기를 들었다. 학부 시작 때부터 재정뿐 아니라 문화적 차이와 언어 장벽극복과 시험 통과의 어려움이 있었지만, 얼마 안 지나 기숙사 장학금과 학과 장학금을 받았고 레슨이 들어와 레슨을 시작했다. 다행히 먼저 정착한 한국인 선배 언니들로부터 친동생처럼 아껴주는 각별한 사랑을 받았다. 유경, 라헬, 고은, 혜진, 정주였다. 적응하는 데 큰 힘이 되었다고 했다. 특히 그곳에서 태어난 지혜는 딸을 자기 집에 자주 초대해서 가족들과 함께 식사하고 외출을 하며 어학과 문화적응에 큰 도움을 줬다.

어느 날 딸은 '남미지역 선교사연합 컨퍼런스'에서 반주를 했다. 그곳에 찬양 팀을 데리고 참석한 리더가 행사가 끝난 후 딸을 만나러 왔다.

"자매님, 오늘 반주하는 것을 보고, 피아노 소리에서 특별한 힘을 느꼈습니다. 우리 교회에도 이런 반주자가 있었으면 좋겠다는 생각을 했어요. 나중에 연락할 테니 전화번호 좀 주세요."

그는 6개월 후 자신이 섬기는 한인교회 2부 반주자 자리가 공석이 되자 연락을 했다.

남자친구

딸은 이 교회에서 남자 친구를 만났다. 이 세상에 태어나 처음 만난 남자친구다. 남자 친구는 아버지가 목사이자 교수였다. 보수적인 가정 분위기에서 자란 청년의 이름은 대니얼이었다. 그는 그동안 영어권 예배를 드렸다. 딸이 반주한 지 얼마 안 되어 2부 예배 찬양팀의 베이스 담당이 이사 갔다. 베이스 자리가 비자 딸을 교회로 부른 리더가 EM 교회에 가서 악기를 다룰 줄 아는 대니얼에게 지원을 부탁했다.

대니얼은 6살 유치부 때부터 그 교회에 출석했다고 한다. 딸과 사귄다는 소식에 유치부 때부터 알고 있던 집사님들이 딸을 격려했다.

"대니얼을 어릴 때부터 봐왔는데 착하고 인품이 아주 훌륭해요. 두 사람은 잘 만난 것 같네요. 잘 어울리고요. 잘 만나도록 해요."

딸이 만난 지 일 년이 지나 말했다.

"엄마, 미국서 태어나고 자란 아인데 나랑 생각이 흡사해. 가치관도 그렇고 사회 범절도 그래. 한마디로 반듯해."

미국에서 태어난 대니얼은 평소 친구들에게 유학생과 사귀는 것을 반대했다고 한다. 그의 부모도 유학생과의 문화 차이와 결혼할 경우 영주권과 시민권을 얻기까지 까다롭고 복잡한 절차를 우려해서 크게 반대하는 입장이었다. 그 이야기를 듣고, 나는 딸을 미국에서 살게 하려고 유학 보낸 것 아니니 한국에 데려가겠다는 입장을 전했다.

대학원에 입학한 후, 과제와 프레젠테이션 횟수가 더 많아졌다고 했다. 딸이 미국 아이들 앞에서 자신 없어 할 때마다 프랑스인인 남자 교수님의 도움과 격려가 힘이 되었다. 어느 날 딸이 학교에서 계단을 올라가던 중, 마침 그 계단을 내려오던 그 교수님과 눈이 마주쳤다. 교수님은 자애로운 표정으로 다가왔다.

"혹시 언어 때문에 공부하는 데 어려움은 없어요?"

딸이 그렇다고 하자, 자신이 음악교수이지만 목사라고 하면서, 환한 얼굴로 격려해주고, 바로 그 자리에서 기도해 줬다고 했다. 그리고 수업에 들어올 때마다 특별한 배려로 많은 도움을 줬다.

의대생인 대니얼의 도움도 컸다. 한국도 그렇겠지만, 미국에서 의대생들은 계속 이어지는 시험을 소화하기 위해 공부해야 할 분량은 엄청나다고 한다. 하루에 두세 시간 잠을 자고 공부하더라도 도중에서 유급으로 밀리고 학업 포기하는 경우도 많단다. 그럼에도 그는 딸을 거의 매일, 매주 잠깐씩이라도 만났다. 그때마다 "내가 너를 좋아하고 네가 최선을 다하니까 도와주는 거야."라고 하며, 발음을 교정해 주고 문장을 검열해 줬다. 딸은 본인의 혼신을 담은 노력과 이런저런 지원에 힘입어 오랜 전통과 역사가 있는 대학원에서 논문 시험을 통과하고 석사학위를 받고 졸업했다.

　나는 딸의 대학원 졸업식에 참석하기 위해 미국으로 갔다. 8년 가까운 유학의 마무리였다. 주변에서 한 번씩 가봐야지 않느냐고 권했지만, 선교일로 다른 나라에 가느라 그럴 여유가 없었다. 강의 때문에 미국의 다른 지역에 가느라 들러서 일주일 머문 적은 있었다. 일부러 간 것은 졸업식이 처음이었다.

　대니얼은 딸의 졸업시간이 자신이 인턴으로 있는 병원의 실습프로그램과 겹쳐 참석이 어렵다고 했다. 그러나 포기하지 않고 평소 관계가 좋은 동료들에게 양해를 구하고, 딸의 집으로 와서 나와 함께 갔다. 운전석에 앉은 대니얼과 편한 마음으로 대화를 나누었다. 서울에서 태어난 것 같다고 할 만큼 한국말을 잘했다.

　"어쩜 그렇게 한국말을 잘하는지 고맙다."

　"교회에서 처음 로리(큰딸의 미국이름)를 봤어요. 사귀고 싶은데 로리가 거절했어요. 언어와 문화 차이가 크다고요. 그래서 제가 한국말을 열심히 배웠어요. 한국 드라마 보고 공부 많이 했어요. 3주 정도 지난 후 말을 조금 할 줄 알면서 다시 사귀자고 했어요. 그랬더니 로리가 웃었어요. 로리가 저 한국말 하게 해줘서 고마워요."

　여유 있는 자세로 핸들을 잡고 시원하게 뻗은 고속도로를 달리며 제법 말을 잘했다.

　"어렸을 때 부모님이 한국말을 가르치셨어요. 형은 잘 배웠는데, 저는 배우기 싫어서 안 배웠어요. 몇 번 노력하셨는데 제가 노력 안 했어요. 집에서도 부모님과 영어로 대화했어요. 로리 만나기 전에는 한국말을 전혀 몰랐어요. 지금 한국말 해서 로리에게 감사해요. 그런데 영어로만 생활하다 이렇게 한 번씩 한국말만 쓰면 머리에서 힘들어요."

그리고 뭔가가 떠오른 듯 소리 내어 웃더니 에피소드가 있다고 했다.

"처음 피아노 치는 로리를 봤을 때 집사님인 줄 알았어요. 항상 정장을 단정하게 입었기 때문이고, 어렸을 때부터 교회반주는 보통 여자 집사님들이 하는 것을 봤거든요. 그래서 기혼이고 집사님인 줄 알았어요."

재미있는지 '하하' 웃었다. 내가 잘 듣고 마음이 우러나오는 대로 대답하니 좋아했다. 대니얼은 말없이 한참 가다가 입을 열었다.

"근데 로리에게 특이한 점이 있어요. 보통 여자애들은 명품 가방이나 옷에 관심이 많은데, 로리는 그런 것에 전혀 관심이 없거든요."

이런저런 대화를 하며 갔다. 차창으로 스치는 5월 말 캘리포니아의 해질 무렵, 드넓은 야산과 주택과 도로의 풍경이 포근하고 시원한 맑음으로, 눈부시게 아름다웠다. 학교 광장 잔디밭에 가족과 친척과 지인들이 모여 성대한 식이 있었다. 학부는 낮에 졸업하고, 원부는 저녁 시간에 졸업하는 것이 학교 전통이라고 했다. 그동안 시험 때마다 고생한 과정을 알고 있고, 문장 교정으로 수차례 도움을 준 대니얼은 감회가 남다른지, 표정이 축하하는 마음과 큰 기쁨으로 빛났다.

딸이 대학원을 졸업한 후, 내가 딸을 서울로 데려가려고 한 것을 대니얼이 알았다. 밝고 순한 표정이 슬퍼지고 굳어졌다. 기도하며 부모의 허락을 기다리는 대니얼이 안타까웠다. 미국 병원 수간호사인 집주인 아주머니는 나에게 대니얼 같은 아이 찾기 힘드니 꼭 잡으라고 했다. 그러나 나는 그의 부모가 문화 차이를 이유로 반대하는 결혼은 시키고 싶지 않다고 말했다.

딸과 대니얼은 영혼의 아름다움과 순전함에 이끌려 서로의 존재 자체를 이 세상에서 가장 멋지고 아름답게 여기며 예쁘게 만나왔다. 둘 다 한창 공부하느라 없는 시간 매일 짬짬이 만날 때 성경 말씀을 함께 읽고 기도했다. 또 연말에 한 해를 보내며 서로의 관계에서 한 해 동안 좋았던 점과 아쉬웠던 점을 나누고 성숙을 위해 새로운 다짐을 한다고 했다.

대니얼이 내가 딸을 서울로 데려가려고 하는 사실을 알고 나서 나를 몇 번 만나기를 원했다.

"나는 너에게 말할 수 없이 참 고마운 마음을 가지고 있다. 너는 나에게 과분할 만큼 훌륭한 사람이야. 그러나 네 부모님이 반대하시니, 내가 포기해야지 어쩌겠니? 너에 대한 고마움을 평생 잊지 않고 영혼이 순수하고 멋진 청년으로 기억할게."

거침없이 말하는 내 얼굴을 빤히 쳐다보는 대니얼의 얼굴은 슬픔을 숨기기 어려운 듯했다.

"의사라는 직업이 훌륭하지만, 그것 때문에 너를 좋아하진 않아. 내가 너를 훌륭하게 생각하는 것은 네 순수한 영혼과 신앙과 온화한 성품 때문이야."

나는 그의 마음에 상처가 클 것을 우려하고 마음이 아팠지만 단호한 입장을 표명했다. 미국도 좋지만, 한국에서 삶도 좋다던 딸도 놀란 표정으로 말없이 나를 바라보았다. 우리나라로 하면 강남 대치동 같은 학군에서 초·중·고를 나온 대니얼 주변에는 변호사, 약사, 의사로 진출한 여자 동창들이 많다. 그런 여자들이 대니얼에게 호감을 느끼고 연락하는데 그가 마음을 주지 않는다는 사실을 알았지만 덤덤했다.

내가 서울로 돌아온 후 얼마 지나서 대니얼이 특별한 마음으로 딸에게 왔다고 했다. "나는 아무리 생각해도 너 없이는 살아갈 수 없을 것 같아. 조금만 기다려줘. 부모님이 허락할 때까지 함께 기도하자."고 하며, 무릎을 꿇고 고개를 숙이고 굵은 눈물을 방울방울 흘렸다고 했다. 딸은 항상 밝게 웃는 얼굴이던 대니얼이 눈물을 흘리는 것을 보고 마음이 아프고 흔들렸다고, 나에게 조금만 기다려달라고 했다.

그로부터 5개월이 지난 후, 딸의 독주회가 있었다. 딸의 연주회를 알리는 포스터를 보고 대니얼 부모님이 자기 친구들에게 소개하며 자랑스러워했다고 했다. 온 가족과 지인들이 와서 축하하고, 식사한 후 결혼을 허락했다. 대니얼이 딸과 처음 사귀기 시작하면서부터 딸에게 부탁한 것이 있었다고 했다.

"나는 너와 결혼하고 싶어. 그런데 부모님이 허락하셔야 해. 나는 아침에 일어나서, 또 밤에 자기 전에 기도한단다. 그러니 너도 기도해."

대니얼은 부모님의 허락과 축복을 받고 결혼한다는 마음으로 딸과 교제하며 4년을 기도하고 기다렸다. 대니얼의 부모는 나중에 딸에게 사과했다고 한다.

"반대할 때 마음 상한 부분 있으면 용서해라."

그리고 결혼 후 참으로 편하고 따뜻하게 대해준다고 했다.

"네가 우리 집에 며느리로 들어온 뒤 모든 일이 더 잘되니 기쁘구나."

결혼

딸에게 들은 프러포즈가 인상적이고 아름다웠다. 딸은 여느 봄볕처럼 포근한 토요일 오후, 대니얼의 모교인 UCLA 교정을 함께 걷고 있었다. 한참 걷다가 잔디밭에 앉았는데 대니얼이 고린도전서 13장을 영어로 암송했다고 했다. 그리고 포켓 안에 있던 장미꽃을 꺼내며 무릎을 꿇어 깜짝 놀랐다고 했다. 청혼하며 자신의 마음을 말했다.

"삼각형인 트라이앵글이 한 면을 중심으로 양면이 나란히 서 있는 것처럼, 우리 두 사람이 하나님을 잘 섬기면서 변함없는 마음으로 살아갔으면 좋겠어."

결혼식 참석을 위해 남편과 아들과 작은딸과 함께 미국에 갔다. 예식을 이틀 앞두고 사돈 부부와 대니얼과 우리 가족이 레논드 바다에서 시간을 보냈다. 식사 중 갑자기 대니얼이 호탕하게 웃었다.

"사귄 지 3년 되었을 때 로리가 나와 결혼 안 할 거면 빨리 말하라고 했어요."

결혼을 앞두고 마음이 좋은지 유쾌한 표정으로 웃었다.

결혼 며칠 전, 딸의 짐을 새집으로 옮기려고 대니얼 부모님과 딸의 집에 갔다. 딸이 사는 집을 둘러보고 좋은 지역에서 연못 있는 넓은 집에 살고 있는 그분들이 놀랐다.

"유학생이 어떻게 이렇게 좋은 집에서 살 수 있었는지 모르겠네요. 하나님 은혜네요. 브레아 지역에서 이 정도 집을 가지려면 큰 부자여야 하는데, 한국 사람이 이런 집 주인이라니 놀랍네요."

딸의 집주인은 내 또래의 화목한 부부로, 남편은 회사원이고 부인은 미국병원 수간호사였다. 한 명의 자녀가 있는데, 돈이 필요해서가 아니라 집이 적적해서 착실한 유학생을 찾던 중 딸과 연결되었다. 덕분에 딸은 아주 저렴한 비용으로 가족 같은 분위기에서 잘 지냈다. 내가 두 번 방문했을 때 풍성한 식탁을 차려 대접하고 친구처럼 대화를 나누었다.

대니얼이 여동생 결혼을 축하하러 간 오빠와 대화 중 말했다.

"형, 로리 만나 사귀면서 친구로서 최선을 다해서 챙겨주고 신경 써 줬어요. 그런데 가족과 떨어져 있으면서 갖는 외로움은 내가 어떻게 해 줄 수 없는 부분이었어요. 볼 때마다 안타까웠어요. 그래서 결혼하기로 결심했어요."

결혼 준비를 하면서 딸과 함께 쇼핑을 하다가 딸이 다니는 교회 여 집 사님을 만났다.

"아유, 로리 어머니세요? 대니얼이 교회 마당에서 로리를 쳐다보는 눈빛 이 다를 때부터 알아봤어요. 로리가 착하니까 착한 사람 만난 거예요. 큰 키에 잘 생겼죠. 성품 좋고 어른 섬길 줄 알고 예의 바르죠. 대니얼이 얼마 나 퍼펙트하고 다정다감한지 여전도회에서 모두 칭찬해요. 누가 장모가 될지 궁금하다고, 아마도 그 사람은 보통사람은 아니고, 특별히 복 받은 사람일 거라고 모두가 말했어요. 로리 어머님, 좋으시죠? 축하해요."

그 집사님은 활짝 웃는 얼굴로 말했다. 나는 남편과 가끔 말했다.

"결혼을 시키고 공항에서 헤어지고 한국에 온 후, 하나도 걸린 것이 없 이 잊어버리고 사니 감사해요."

결혼 후 6개월쯤 지나고 딸이 말했다.

"엄마, 대니얼을 교회에서 처음 얼굴 본 것은 5년, 정식 사귄 것은 4년 이잖아요. 6개월을 한집에서 생활해보니 정말 결혼 잘했어. 성품이 홀 륭해. 사귈 때보다 더 존경하는 마음이 들어요."

story 3 삶

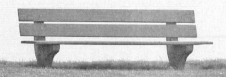

사랑과 미움

'마음'은 사람에게만 있고, 마음에는 눈에 보이지 않는 신비스러움이 있다. 마음은 보이는 것뿐만 아니라 보이지 않는 것에 의해 수시로 변하고, 무어라 딱히 정의하기 힘들다. 이 마음의 영역 중에 미움은 감정적이고 부정적인 면이다.

나는 누군가를 절대 미워하지 않는다고 생각했다. 누군가를 미워해서는 안 된다고 교육받은 탓인지, 아니면 미움을 가질 만큼 나쁜 사람이 아니라는 자존감의 기준이 벽을 만들어 제대로 응시하지 못했는지도 모르겠다. 어쩌다 속상해서 상대방을 대할 때, 그 사람을 미워하지 않으며 다만 싫어할 뿐이라고 자신을 다독였다. 그런데 실제 이성적으로 대처하기 힘든 일이 생길 때, 미움의 실체는 나에게 파악하기 어려운 그 무엇이 아니었다.

어느 봄날, 오랜만에 사회에서 만나 잘 지내던 선배가 찾아왔다. 남편이 직장을 그만두고 사업을 시작했다고 했다. 자금이 부족해 빌린 돈의 높은 이자 때문에 무척 힘들어했다. 그녀는 바이올린 연주를 좋아하고, 남편은 수채화를 그리는 것을 좋아했다. 나는 그들의 반듯한 삶의 자세를 알고 있었고, 그들과 우호적인 유대관계를 나누어 왔기에 선배를 돕고 싶었다.

마침 친정아버지 아파트 월세가 오랫동안 안 나가고 있었다. 서울에 다른 형제들도 있었지만, 월세 놓은 집이 우리 집과 가까워 내가 오고 가며 관리했다. 단순하게 잘 될 거라 생각해서 아버지께 여쭙지 않고 전세로 놓았다. 그리고 그 전세금 모두를 저렴한 이율로 빌려줬다.

3개월 후, IMF가 터졌다. 선배 남편이 그래프로 수익 예상지표를 설명해서 결정한 일인데, 사업은 진척도 없이 타격을 받았다. 매달 아버지께 월세를 보내드려야 하는데 그들은 아무런 연락이 없었다. 모든 부담을 우리가 떠안았다. 세 아이가 모두 학업 중이어서 현실적인 어려움이 뒤따랐다. 마음을 뒤덮는 분노, 분노에 따라붙는 미움, 미움이 내 마음에 어떻게 자리 잡고 반응하며 이성을 흔들어 대는지 참을 수 없었다.

연락조차 하지 않는 그들 입장을, '미안해서 그러겠지'라고 생각하며 이해하려고 노력했다. 그런데 그 연락 없음이 '성의 없음'으로 비쳐 매우 고통스러웠다. 평소 신뢰하고 사랑했던 순수한 우정에 손상이 갈까 봐, 또 어려움에 처해 있는데 거기다 자존심까지 상하면 삶의 힘을 잃어버릴까 봐, 연락하기도 상당히 조심스러웠다. 재촉하거나 다그치지도 못했다. 그런 마음으로 붙들고 있던 인내는 물거품이 되었다.

2000년 12월 22일 크리스마스를 이틀 앞둔 날, 대학입학을 앞두고 있던 아들이 밤에 운동하고 오다 아파트 우편함에 있던 연하장을 들고 왔다. 겉봉을 봉인하지 않고 우표도 붙이지 않은 크리스마스카드였다. 많이 힘들어서 살던 곳을 등지고 떠나지 않을 수 없는 이유와 그동안 많이 고민했던 마음, 고마움, 죄책감이 적혀 있었다. 커다란 쇠망치로 얻어

맞고 난 듯 정신이 멍하고 얼얼했다. 무거운 침묵이 흘렀고, 해맑은 아이들의 표정까지 어두워졌다. 남편은 설마 하면서도 우려했던 일이 현실로 닥치자 분노하고 힘들어했다. 거실에 아이들과 둘러앉아 우리의 당면한 문제와 그 가정과 사업의 빠른 회복을 위해 기도했다.

문득문득 무책임한 행동이 용납되지 않았고 마음에 미움과 질책이 따랐다. 의지적으로 어려움의 시기를 즐겨보기로 하면서도, 그들을 향해 곤두서 있는 내 자신이 마음에 들지 않았다. 미움이란 딱지가 내 영혼에 남지 않도록 애썼다. 마음도 무거움이 흘러나가는 길이 필요했다. 집 가까이 있는 산을 찾아 걸었다. 그때 나에게 걷는 일은 마음속에 일어나는 부정적인 감정들이 자라지 못하게 도움을 줬다. 내 영혼이 더 구겨지지 못하도록 주름살을 펴는 다림질 같았다.

이 경험을 통해 어떤 일을 속단하고 결정하는 것은 잘못되고 경솔한 일이라는 것과 큰 문제 앞에서 성숙한 반응이 어떤 것인가에 대한 실제를 깨달았다. '사람은 사랑해야 할 대상이며 믿음의 대상은 아니다'라는 사실을 체험했다. 그들의 사정이 안타까웠고 두 어린 자녀들의 교육과 성장이 신경 쓰였다. 내 안에 내재된 미움을 직시하면서 미움과는 반대되는 영역인 사랑과 마음의 평화를 선택하기로 했다.

삶에는 보람 있고 성숙을 위한 경험도 많지만, 신뢰와 기대를 꺾는 일들도 일어난다. 그러기에 미움은 다스리기 쉽지 않은 마음의 영역이고, 이성적으로 대처하기가 쉽지 않은 부분인 것 같다. 사랑만 가지고 살아도 짧은 인생인데, 어쩔 수 없이 미워할 수밖에 없는 일들과 대상을 만난다. 예기치 않은 재정적 상실로 힘이 들었지만, 미움을 마주한 고통을 통해 '비워냄'을 배웠다.

15년의 세월이 흘렀다. 아직 단 한 번의 연락도 없다. 이렇게 용서와 사랑을 알게 하고 떠나버린 사람에 대한 자연스러운 안부일까? 한 번씩 선배 언니가 그립다. 그녀를 생각하면 마음 깊은 곳에서 정다웠던 추억이 떠오른다. 처녀 시절, 광화문의 클래식한 커피숍, 인사동 한식집, 명동거리, 늦가을의 은행나무 잎 쏟아지던 노을 무렵의 고궁 산책, 한해도 거르지 않고 정성껏 챙겨주던 생일축하, 나에게 주었던 소중한 마음을 어떻게 잊을 수 있겠는가. 버스나 전철 안에서 아담한 키에 긴 생머리가 단정한 여성의 뒷모습을 보면, 그저 보고 싶은 좋은 마음에 혹시나 하고 반가운 마음으로 다가가기도 한다. 기대했던 모습이 아닐 때마다 슬프고 아쉬움이 크다. 그럼에도 지금 나는 아무 일도 없었던 것처럼 자유롭고 평안하다. 내 마음 가에 이 겨울의 차가운 공기라도 담을 수 있는 감사와 행복한 여유가 있다.

용기

신문을 보다 특집기사에 시선이 멈춘다. 이혼, 재혼을 다룬 내용이다. '30대 초반, 명문대 출신의 남성, 외모, 전문직, 경제 능력, 모두 잘나가는 엘리트 남성인데 아이가 하나 있다. 그런데 미혼 여성과 성사를 할 수 있을까?'

답변은 아니었다. 나는 왜 아닌지를 알기에 공감한다.

"다른 사람들은 행복을 찾아 살러 가는데 너는 어쩌자고 불 무서운 줄 모르고 불에 들어가는 불나방처럼 제정신이 아니더냐."고 하시던 친정엄마의 말씀이 생각났다. 나는 부모님과 친척뿐 아니라 모두가 반대하는 결혼을 했다. 이웃집 아주머니와 그녀와 친하게 지낸 서울대 교수부인은 내 방에 찾아와 간곡하게 만류하기도 했다.

하지만 26세 때, 나의 선택은 분명히 내 인생을 어이없게 여겨서가 결코 아니었다. 어린 시절 한마을에서 자란 친구가 결혼 소식을 듣고 "네가 거부하기 힘든 어떤 사명감으로 선택한 삶이라는 생각이 들었다."고 말했다. 다른 친구들은 "신앙도 좋지만, 너무나 큰 모험을 했다. 우리가 진즉 알았으면 어떻게 해서라도 말릴 텐데." 하며 안타까워했다. 또 "혹시 젊은 청년이 갖기 쉬운 일종의 영웅심에서 그런 생각을 하게 된 것은 아닌가요?"라는 오해도 받았다.

하지만 내 선택의 동기는 이랬다. '상대방이 장애가 없고 아이가 있으면 내가 갈 필요가 없다. 장애가 있고 아이가 없어도 갈 필요가 없다. 그런데 장애도 있고 아이도 있기에 내가 갈 필요가 있다.'였다. 이 생각이 내면으로부터 우러난 핵심 동기였다. 결혼 후 큰동서의 말씀이 생각난다.

"자네 아니었으면 서방님 재혼이 어려웠네. 목사님이 여러 경로로 사별이나 이혼으로 아이들이 있는 일곱 명의 여성들을 소개해서 선봤는데 모두 거절했다네."

이런 출발은 나의 체면과 자존심뿐 아니라 부모님의 체면과 자존심에도 상처를 입힐 수밖에 없었다. 강 건너 불을 보듯이 쉽지 않아 보이는 삶이었고, 물론 쉽지 않았다. 내 안에 내가 큰 비중으로 살아 있었기 때문이다. '더 심한 장애가 있더라도 그래서 내가 먹여 살려야 하더라도 남편이 총각이면 얼마나 좋을까?' 하는 생각이 들면 몸과 마음이 녹아내리는 것 같은 고통을 받았다. "애초에 모르고 결정한 일은 아니잖아요?"라고 정답을 써주는 듯한 지인의 말이 힘들어 속울음을 삼켰다.

그럴 때면 이름 없이 빛도 없이 한 자루의 촛불처럼 불을 밝히며 타오르기를 원했던 기도를 떠올리고 힘을 냈다. 알고 믿고 기도하고 내면에 이끌리는 대로 순응하고 선택에 대한 책임감으로 살았다. 내면에서 우러나온 선택 동기가 용기를 주었고, 사람들의 우려했던 위험과 어려움을 끌어안고 지금까지 잘 살아온 원동력이 되었다고 생각한다.

내가 교회에서 구역장일 때, 1주일에 몇 번씩 만난 부 구역장 오은주

집사 말이 생각난다.

"처음에 삶을 소개받고 뭐라 말할 수 없는 신선한 충격을 받았어요. 구역장님 보고 남편이 뭐라 하는지 아세요? 불사조라고 해요. 제가 그 말이 어울린다고 했어요. 환경에 굽힐 줄 모르고 부지런하고 씩씩하게 잘 이겨내는 생명력이 느껴져서요." 신앙의 힘이었다. 친정엄마의 우려처럼 불에 태워지는 불나방이 아니라 나는 불사조 같은 생명력으로 살았다.

높이 오르는 삶이 잘 사는 것이고 성공한 것이라고 굳게 믿는 세상이다. 그러기에 사람이 낮은 곳으로 내려가는 데에는 큰 용기가 필요하다. 많이 낮은 곳에 내려가기까지는 더 큰 용기가 필요하다. 십자가를 노래하기는 쉽지만, 십자가를 지는 일은 쉽지 않다. 때로는 자신을 내려놓고 버리는 용기가 필요하다.

진정한 용기는 자신의 노력과 결단에서 오지 않는다. 진정한 용기는 하나님에게서 온다.

공감

공부하다 잠깐 쉬고 있는 큰딸 방에 간식을 가지고 들어갔다.

"어제 외할머니가 네 편지를 받으시고, '어떻게 그렇게 노인들 마음을 잘 알아 적어 보냈는지 모르겠다'고 하시더라."

"응. 엄마, 할아버지 아프셔서 수고하시는 할머니가, 또 아프신 할아버지가 안타까웠어요. 그래서 제 마음을 적은 거였어요."라고 하며, 말을 이었다.

"저는 가끔 이런 생각을 해봐요. 학교에서 까다롭고 투덜대는 아이들을 볼 때 나중에 내 딸이 꼭 나만큼의 심성을 가져줬으면 하는 생각을 해요. 저는 대수롭지 않은 일은 못마땅하더라도 웃음으로 잘 넘기지만, 많이 참고 삭이는 편이에요. 그래서 스트레스가 쌓이는 거 같아 힘들 때가 있어요. 제 과제는 무거운 기분이 안 쌓이게 잘 관리하는 거예요."

갑자기 딸의 생글거리던 표정이 어두워졌다.

"엄마, 그저께 오목교 근처 학원 앞에서 민경이와 아빠 차를 타게 되었어요. 민경이가 아빠 오른팔 장애를 보고 많이 놀랐을 거예요. 민경이에게 말을 해줘야 할지, 하지 말아야 할지 고민이 되어요. 울지 않으려고 했는데." 하며, 펑펑 눈물을 쏟았다.

나는 "딸아!" 불러놓고 말을 못했다. 침묵이 흘렀다. 잠시 뒤, 딸이 울음 섞인 목소리로 말했다.

"엄마가 인간적으로 위대하다고 생각해요. 나 같으면 그런 상황에서 살 수 없었을 것 같아요. 어떻게 살 수 있는지… 그동안 엄마를 보면서도, 엄마가 썼던 책을 보면서도 그때 어려서 그랬는지 아무렇지도 않았는데, 실제 상황에서 곤란한 것을 가슴으로 부딪쳐 보니까 너무 아프고, 엄마가 이해되고, 엄마 고통을 조금은 알 것 같아요. 엄마가 여성으로서, 오빠를 키운 엄마로서 그 마음이 어땠을지 아직 아무것도 감이 안 오지만, 언젠가는 그 부분도 알게 될 것 같아요." 하면서, 헉헉 흐느꼈다.

딸이 가슴속까지 아프게 받은 상처가 느껴져 마음이 아리고 눈시울이 뜨거워졌다. 딸에게 내가 겪은 비슷한 일 하나를 말해줬다.

"2년 전 12월에, 지역 여성단체 임원들과 저녁 식사를 하기로 되어있었어. 아빠가 약속장소로 데려다준다 해서 함께 나갔단다. 그런데 예기치 않게 도중에 만난 몇몇 임원들이 아빠 차에 합류했어. 그때 나도 그분들이 아빠를 보고 당황스러워했을 것 같아 고민했단다. 며칠 후 엄마가 쓴 책을 전했지. 그래서 네가 겪은 당혹스러움이 똑같이 느껴지고 더 짠하구나."

내 말을 주의 깊게 듣고 있던 딸은 손으로 눈가의 눈물을 훔쳤다. 다른 사람의 고통을 본인이 직접 겪어보지 않으면 100% 이해도, 공감도 어렵다고 한다. 잘 이해한다 하더라도 표면적으로 머문다. 사람은 서로가 서로의 입장이 될 때 서로의 마음을 헤아릴 수 있다. 그전에는 아무리 잘 이해한다 해도 그저 짐작만 할 뿐이다.

친정엄마가 딱 한 번 남편에게 진중한 어조로 이런 말을 했다.

"연재가 살아오면서 겪은 고통을 하나님은 정확히 모두 아실 것이네. 그리고 어미인 내가 어느 정도 헤아릴 수는 있을지는 모르네. 그러나 이 세상 아무도 모를 거네. 안 서방 자네도 짐작하기 힘들 거네."

그동안 살면서 딸아이가 겪은 상황을 나도 많이 겪었기에, 이번에 딸이 어린 마음에 더 멀미나고 출렁거렸을 자존감, 당혹스러웠을 기분과 쓰라린 심정을 이해하고도 남았다. 나는 딸에게 위로를 건넸다.

"네 마음을 아시는 하나님께서 너에게 위안을 주시기 바란다. 너에게 잘못이 있는 일이 결코 아니니 부끄러워할 필요가 전혀 없단다. 이런 상황을 극복하고 다스릴 수 있는 힘과 용기를 위해 기도할게. 남이 보기에는 삶이 안 좋아 보이더라도 감사한 마음으로 당당하고 밝게 살아갈 때, 그 사람의 존재가 값어치 있고, 빛나는 것이란다."라고 하며 안아줬다. 딸은 "네, 값어치"라고 하며, 고개를 끄덕이면서 웃었다. 공감의 힘이다. 공감은 서럽고 슬픈 눈물을 씻어내고, 아픈 마음을 평온하게 한다.

큰사람

    장애인은 장애가 있는 사람이 아니라 몸이 불편한 가운데서 그 불편함에 도전하는 사람이라고 말한다. 인식의 차이를 표현하는 문장이 근사하고 맞는 말이라는 생각이 든다. 그렇더라도 장애인은 신체의 어떤 부분에 분명한 장애가 있는 사람이다. 그래서 그 부분의 기능장애로 불편한 사람이다. 그들은 크고 작은 사고로나 질병으로 중도에 장애를 갖지만 좌절하지 않고 꿋꿋하게 살아간다. 불편하지만 충격을 극복하고 인생에 주어진 날들을 모든 상황에서 성실하게 최선을 다해 살아가는 모습이 참 귀하다.

    아침 식사를 준비하던 중 가열된 프라이팬에 왼쪽 가운데 손톱 아랫부분을 스쳤다. 덴 즉시 흐르는 찬물에 적셨는데 1cm 정도 부분에 벌겋게 데인 흔적이 있었다. 계속 따끔거렸다. 남편에게 조금 전 데인 곳이 따끔거린다고 손가락을 보이며 말했다.

    "새삼 대단해요. 어떻게 견뎠어요? 이렇게 조금 살짝 열기가 스쳐도 아픈데 온몸이 3도 화상을 입고…."

    "그러게."

남편이 짧게 답하며 조용히 웃는다.

"어떻게 견딜 수 있었을까? 이렇게 살아있다는 사실이 진짜 놀라운 기적이에요."

내가 감동스런 목소리로 말하자 "그래. 기적이지. 감사해."라고 남편은 말했다. 손가락이 데 따끔거린 아픔을 느끼니 참혹했을 아픔이 조금은 느껴진다는 나의 말에 고개를 끄덕인다.

지난여름 장마를 대비해 김치를 담그려고 재료를 준비해 놓고 오른쪽 손가락을 베어서 상처가 났다. 불편하기 그지없는 상태로 일하면서 남편의 인내심을 떠올리고 감사했다. 그럴 때면 남편이 한 그루 거목처럼 보였다. 오랜 세월을 왼팔로 살아온 인내와 성실한 태도 때문이다. 태풍이 불고 가뭄이 오고 뙤약볕에도 묵묵히 제 할 일을 다 하는 나무의 생애 같았다.

미용실에서 있었던 일이다. 파마하는데 저녁 식사가 조금 늦어질 듯해 남편에게 전화했다. 나는 미안하다고, 고맙다고 자연스레 말하는데 원장과 직원이 그런 말이 낯설고 신기하다고 많이 놀랐다. 나는 놀라워하는 그들이 낯설고 의아스러웠다.

내가 왜 놀라냐고 물어보자, 자신들은 좀 늦더라도 당연히 늦을 것으로 알고 지내고, '미안해, 고마워.'라는 표현은 한 번도 해본 적이 없다고 했다. 일상이고 당연하다고 생각하는 일이 사람마다 차이가 있는 사실이 놀라웠다. 나는 놀라움을 감추며 "우리 집의 큰 나무니까요."라고 하고 웃었다.

정련

정련은 광석을 정제해 순도 높은 금속을 뽑아내는 과정을 말한다. 또 사람이 몸이나 마음을 충분히 잘 단련한다는 뜻도 있다. 도자기가 초벌, 애벌, 고도의 열에 의해 만들어지듯 사람은 어려움을 통해 단련된다.

교만이 꺾인다. 나도 낮춰진 삶의 자리가 아니었더라면 독불장군이었을 것이다. 30년 동안 아이가 없던 집에서 첫째로 태어나 떠받들어주는 분위기에서 자랐다. 6·25전쟁 때 두 딸을 잃고 쓸쓸하던 할머니의 과보호 아래 집안과 마을에서도 학교에서도 귀하게 자랐다. 그런 영향으로 자기 중심성이 강했다. 어렸을 때부터 사람을 무시하지는 않았지만, 유난히 내 눈높이와 기준이 뚜렷했다. 그래서 아무하고나 말을 섞지 않았다.

신앙을 갖고 예수님의 자기 비하와 고난과 겸손이 내 영혼을 사로잡았다. 자발적 낮아짐의 매력이 가슴속에서부터 사무쳤다. 그러면서 내 안에 교만이 보였다. 낮아지는 삶을 소원하면서 기도했고 기도한 대로 살게 되었다. 소원했지만 실제 과정은 뙤약볕보다 더 강한 열기와 땀이 있었다.

삶의 어려움은 정련의 도구이다. 난관에 부딪혀 마음먹은 대로 안 돼 갈등하지만 슬럼프를 겪고 다시 용기를 내 일어나는 과정을 통해 단련된다. 자리가 낮다고 낮아진 삶이 아니다. 도자기가 높은 열에 불순물이 녹고 크기가 작아지는 것처럼 사람도 불같은 시련을 통해 비워지고 겸손해진다.

언젠가 한번은 가족과 함께 충주에 있는 도자기 체험 실습장에 갔다. 방학을 맞아 자녀들과 함께 온 가족들이 많았다. 실습을 위한 재료와 용기가 준비된 곳으로 안내받았다. 설명을 듣고, 반죽 된 흙을 받았다. 자신이 만들고 싶은 대로 빚었다. 나는 과일과 채소 접시를 아이들은 컵을 빚었다. 모양이 원하는 대로 안 만들어졌다. 다시 뭉개고 모양이 마음에 들 때까지 작업을 여러 번 반복했다.

완성된 제품이 진열된 공간으로 이동했다. 제품에 대한 설명을 들었다. 불 온도의 높낮이와 구운 횟수에 따라 제품의 품격이 달라진다고 했다. 800℃로 초벌구이한 제품은 약간 거친 소박미를 풍겼다. 1,250℃로 재벌구이한 제품은 초벌구이한 제품보다 크기가 상당히 줄어 있었다. 고열에 구워 나오면서 불순물이 녹아서일까. 그릇 표면이 매끄러웠다. 높은 온도로 재벌구이를 하는 이유는 용기 표면을 유약을 칠한 정도만큼 매끄럽게 단장하려는 것이라고 했다. 고도의 불을 통과한 그릇은 광채와 매끄러운 결이 돋보였다.

도자기도 사람도 정련을 통해 아름답게 빚어진다.

"도가니는 은을, 풀무는 금을 연단하거니와 여호와는 마음을 연단하시느니라."

-잠언 17장 3절

"나의 가는 길을 그가 아시나니 그가 나를 단련하신 후에는 내가
순금이 되어 나오리라."

-욥기 23장 10절

부지런한 손

남편은 오래전 대형사고로 인한 후유증으로 오른팔의 기능이 많이 떨어진다. 그로 인해 지금까지 불편함을 겪고 있지만, 그는 참 부지런하다. 이런 모습에 감동할 때면 나는 남편을 보고 '부지런쟁이'라며 칭찬을 아끼지 않는다.

30대 초반의 어느 봄날에 있었던 일이다. 남편은 회사에 휴가를 내고 섬기는 교회에서 열리는 부흥회에 참석했다. 강사 목사님은 아이들을 데리고 오전 예배부터 저녁예배까지 빠짐없이 예배에 참석하는 모습이 인상적이었던지, 우리를 유심히 바라보셨다. 다음날 남편의 장애를 알고 "하필 오른팔이 불편해서 안타깝네요." 하며, '한 편이 부족하면 다른 편에 힘이 붙는' 원리를 언급하고 행복하기를 바란다고 축복하셨다.

우리 몸의 어느 곳이라도 다치거나 아프면 불편하기는 마찬가지이지만, 오른손은 개인 생활과 사회생활을 하는 데 있어 중요한 역할을 한다.

우리를 잘 아는 권사님 한 분이 어느 겨울, 욕실에서 미끄러져 오른팔이 부러져 큰 고생을 하셨다. 많은 날을 깁스에 의지해 지냈다. 그때 평소에는 미처 헤아려보지 못했던 남편의 애환을 많이 생각했다고 했다.

나도 오른 손가락을 다쳐서 밴드라도 붙이고 지낼 때면 남편의 마음이 헤아려지곤 한다. 남편은 불편한 점이 많을 텐데도 매사 긍정적이고 부지런하다. 활동할 수 있는 한 최선을 다한다.

1991년, 여름 장마가 지난 어느 날 아침이었다. 남편이 운전할 수 있는지를 물어보려고 엄마가 나에게 전화를 했다. 남편이 버스를 타고 한 손에 우산을 들고 출근할 모습을 생각하니, 마음이 좋지 않으셨던 모양이다. 어머니는 사위가 운전할 수 없으면 딸인 내가 운전을 해서 출퇴근을 도우면 어떨까라는 생각을 했다고 했다. 곧바로 자동차 학원에 문의했다. 다행히 남편도 운전이 가능하다고 했다. 남편은 그 날로 학원에 등록하고 출근하기 전 시간을 활용해 운전 학원을 다녔다. 얼마 후 면허를 취득했다.

어머니는 남편의 도로 연수가 끝나자마자, 나에게 아버지께 편지를 쓰라고 하셨다. 이제 우리에게는 차가 생겼다. 비만 오면 한 손에 우산을 들고 있어 버스가 흔들려도 손잡이를 제대로 잡을 수 없어서 힘들게 출근하는 남편의 애로사항까지 살펴 주시는 부모님께 감사했다.

남편은 운전을 즐긴다. '행복한 기사'라도 된 듯 아이들이 필요로 할 때마다 단거리든, 장거리든 귀찮아하지 않고 즐겁게 핸들을 잡는다. 남편은 빨래를 개는 일까지 거들려고 한다. 그럴 때면 놀라서 만류해보지만, 집안일을 도울 수 있다는 사실이 즐겁다며 웃는다. 이처럼 늘 일거리를 찾는 남편이 신기할 때가 있다. 외부에서 맡은 일도 있고, 말씀을 준비하고 기도하면서도 책을 손에서 놓지 않는 그이다.

오래전 남편이 회사에 다닐 땐 집안의 모든 일은 당연히 내 몫이었다. 그런데 목회를 시작하면서 외부에서 맡은 일로 바쁘게 활동하면서도 남편은 짬짬이 가사를 돕기 시작했다. 내가 많은 출혈로 건강에 타격을 받고 나서 부쩍 더 그렇다. 예전엔 아이 셋을 깔끔하고 단정하게 키우는 나를 보고 교회식구들이나 이웃들이 부지런하다는 말을 많이 했다. 아이들의 정서에 영향을 주리라는 생각에 교복이나 복장에 신경을 썼다. 그런데 이제 보니 남편이 더 부지런하다.

그런 모습을 볼 때면, 돌아가신 시아버님 모습이 떠오른다. 시골집 넓은 마당 이쪽저쪽을 왔다 갔다 하시면서 늘 뭔가를 하고 계셨었다. 남편이 아버님의 그런 모습을 똑 닮았다. 우리의 세 아이가 주어진 생활에 성실하고 책임감이 강한 성인으로 자란 것은 그런 할아버지와 아버지를 닮아서일 것이다.

인천에서 살 때 친하게 지낸 옆집 여성이 놀러 와서 진지하게 했던 말이 생각난다.

"전도사님 볼 때면 항상 넉넉하게 챙기는 손이 먼저 떠올라요. 제가 아는 엄마가 전도사님처럼 아이를 키우는데 아이가 잘 먹는 거 때문에 엄청나게 스트레스를 받아요. 근데 전도사님은 전혀 그래 보이지 않아요. 아마도 '전도사님이 어렵지 않게 자라서 그럴 힘이 있나? 신앙의 힘인가?' 하고 생각해 봤어요."

"하하, 재밌네요. 저보다 제 손이 먼저 생각난다니요. 당연히 먹는 거에 결핍 느껴 욕구불만 생기지 않도록 신경 써야지요. 그래서 음식에 불만을 갖지 않고, 스스로 만족하고 흡족한 기분을 갖도록 의지적으로 노력한답니다. 결혼 전, 시어머님이 걸레를 털어내시며 '어떤 사람이 이런 아이를 거둘 수 있을는지.' 하시며 한숨을 내쉬셨지요. 3살이 지난 아이가 밥을 주면 안 먹고 걸레 밑에 감추는 행동을 했거든요. 밥을 먹이는 일이 참으로 고단했어요. 토하거나 한눈판 사이에 음식을 버리곤 했지요. 몸이 여위니까 안 먹일 수 없어 한두 시간이 걸리더라도 떠먹이고 나면 토했어요. 병원에서는 선천적으로 위장이 작다는 진단을 내렸고요. 다행히도 몇 년이 지나면서 밥을 제대로 잘 먹었고 몸도 좋아졌어요. 지금 참 잘 자랐으니 감사한 마음뿐이에요. 그런 까닭인지 어느 때부터 아들 밥을 남편 밥보다 먼저 담고 있는 저를 발견했어요. 과자도 과일도 음료도 항상 최우선으로 아들을 챙기고 나서 남편, 그리고 딸들을 챙기는 순서가 되었지요. 순서가 바뀐 거 같아 갸우뚱하면서도 그럴 때 마음이 뿌듯하고 좋아서 그냥 그렇게 한답니다. 강박은 아니고 일종의 책임감이라고 할지도 모르겠지요."

사고가 많은 세상에서 건강한 신체와 마음으로 활발하게 살아가는 것에 감사한다. 하물며 건강한 그 손으로 어찌 남을 아프게 하고 해롭게 할 수 있겠는가? 나도 이렇게 신체가 건강하여 활기가 남아 있을 때, 수고를 아끼지 않으며 손이 더 부지런해지고 싶다. 쓸데없는 일에 바쁘지 않고, 진정으로 하나님과 사람을 섬기는 일에 손을 사용하는 부지런쟁이가 되려고 한다.

시련

시련을 겪지 않는 인생은 거의 없다. 정도의 차이는 있겠지만 거의 모든 인생은 시련을 겪는다. 인생이 아름다운 까닭은 좌절과 시련이 있기 때문이다. 진정한 삶의 성공은 어떤 시련도 없이 지나는 삶이 아니다. 크고 작은 시련과 절망을 뛰어넘으며 성숙한 존재로 변화하는 삶이다.

카프만 부인은 〈광야의 샘〉에서 시련의 유익에 대해 말했다. 카프만 부인은 어느 날, 곧 나비가 될 고치를 관찰했다. 그런데 고치는 구멍이 매우 작아 나오지 못하고 몸부림쳤다. 카프만 부인은 안타까운 마음으로 고치의 구멍을 가위로 잘라서 넓혔다. 넓은 구멍으로 나비는 쉽게 나왔다. 좁은 구멍으로 나오려고 몸부림치다 나온 나비와, 넓은 구멍으로 편하게 나온 나비 모습이 달랐다. 넓은 구멍으로 나온 나비 몸이 훨씬 더 윤기 있고 좋아 보였다.

이것이 모든 결론이 아니었다. 신기하게도 좁은 구멍을 힘들게 빠져나온 나비가 훨훨 잘 날았다. 넓은 구멍으로 쉽게 빠져나온 나비는 날지 못하고 파닥거리고 땅에 떨어졌다. 나비의 구실을 못하고 땅바닥에서 파닥거리다가 죽어버린 것이다. 카프만 부인이 그 이유를 말했다.

"나비가 작은 구멍을 빠져나오려고 몸부림치는 사이에 어깨에 있던 영양분이 날개로 내려가 날개에 힘이 생겨서 훨훨 잘 날게 됩니다. 그러나 넓은 구멍으로 쉽게 통과한 나비는 아무런 몸부림이 필요 없고 편하니까, 어깨에 맺혀있던 영양분이 그대로 뭉쳐 날개에 힘이 안 생기고 결국 날지 못한 겁니다."

우리의 삶도 마찬가지다. 고난과 아픔은 온몸과 마음이 찢어질 듯 고통스럽다. 하지만 그 고통이 인생에 영양분이 된다. 시련을 겪으며 나비처럼 세상을 날아다닐 힘을 비축한다. 그리고 때가 되면 건강한 금빛날개로 훨훨 날며 당당함으로 빛난다. 그래서 자신의 인생을 관통하고 지나간 시련의 아픔을 소중한 기억으로 추억한다.

나도 마찬가지이다. 밀쳐내고 싶었던 예전의 그 시련이 오늘의 자신이 있도록 키우고 만들었다. 오래전 상담실을 준비하는데 함께한 촛불선교회 동역자의 말이 생각난다. 그녀는 말했다.

"서정주 시인의 한 송이 국화꽃을 피우기 위해 소쩍새는 그렇게 울었나 보다는 시 구절이 떠오르네요."

시련은 나에게 좁은 그릇을 키우는 과정이었고, 인식과 이해의 폭을 깊게 하고 넓히는 기간이었다. 그리고 분별과 지각이 또렷해지도록 도왔다. 힘들었지만 믿음의 최선과 인내로 반응할 때, 다음 단계로 나아갈 수 있었다. 신학교와 여러 선교 단체에서 강의하고, 동시에 지구촌 곳곳에서 집회와 세미나를 인도하는 길이 열렸다. 나에게 시련과 극복은 다양한 환경 가운데 조화를 이루며 열정으로 일하는 자원이 되었다고 생각한다.

지내놓고 보니 할 수 있는 말이다. 시련으로 얼룩진 삶일지라도, 그

삶 자체만 보고 낙심하고 슬퍼하고 갈등하며 시간 낭비할 필요가 없다.
오늘의 나는 내일의 나가 아니기 때문이다.

존중

존중의 의미는 '나와 다름을 인정하고 귀하게 여기는 마음', '상대방을 높여 귀중하게 대하는 마음'이다. 고려대 한성렬 교수는 존중을 이렇게 정의했다. "뭔가 잘하는 사람을 우러러보는 것이 아니라 내 앞에 있는 상대를 있는 그대로 모습으로 바라보는 것이다."

존중하는 것은 사람의 마음, 자세, 언어와 행동으로 표현된다. 존중은 연민과 다르다. 연민은 상대방을 존중하지 않으면서 애처롭게 여기는 것이지만, 존중은 고통의 근원에 대해서도 공감하는 마음이다. 지하철이나 거리에서 구걸하는 이들이 많아졌다. 사회적 품위를 훼손한다고 이맛살을 찌푸리고, 은연중에 무시하는 분위기가 있다. 지난해 여름 종로에서 집으로 오던 길이었다. 앉아 책을 읽었다. 보통 구걸하는 사람이 지나갈 때는 찬송가를 부르거나 테이프를 틀거나 한다. 그날은 아저씨 같기도 하고 청년 같기도 한 남성이 사람들 가까이 다가섰다.

"힘없고 서럽고 배고프고 장애로 몸 불편한 사람입니다. 좀 도와주십시오." 하며 손을 내밀고 있었다. 내 옆자리쯤 왔다. 들여다보던 책에서 눈을 떼고 잠시 바라보았다. 몸도 불편해 보이고, 깡말랐고, 얼굴은 새까맣고, 팔도 가냘픈 데다 목소리가 애원이 가득한 절박한 느낌을 주었다. 순간적으로 '이를 어쩌나. 이럴 때는 천 원짜리가 꼭 있어야 하는데.' 걱정되었다. 지갑에는 오만 원 한 장만 있다는 사실이 거의 확실했기 때문이었다. 그 아저씨가 내 앞에 섰을 때 지갑을 열어보니 짐작이 맞았다. 잠시 망설이다 꺼내서 그의 손에 건넸다. 돈을 받은 그의 눈에 눈물이 맺히고 가냘픈 손으로 얼굴을 감싸며 자리를 뜨지 않았다. 옆자리로 가지 않고 그 자리에 서서 울고 있었다.

결코, 무시한 것은 아니었지만 천 원짜리가 없어 어쩔 수 없지 하는 마음으로, 그의 모습을 똑바로 바라보지 않고 건넨 내 손길이 미안하고 부끄러웠다. 각듯하지는 않더라도 정중한 마음으로 예의를 갖춰 그의 존재를 존중하고 격려하고 축복하는 마음으로 전하지 않았기 때문이다. 다른 때 천 원을 건넬 때는 따뜻한 마음으로 건넸는데 '어쩔 수 없네' 하고, 지폐를 꺼내 무성의하게 건넨 것이 마음에 걸렸다. 집에 와서도 마음이 안 좋고 그 아저씨가 고마워하는 모습이 떠올랐다.

누군가의 마음에 잠시나마 불행의 그림자가 걷히고 기뻐한 모습을 생각하니 감사하다. 평생 약한 자에게 다가갈 때 더 정중한 자세와 존중하는 마음으로 다가가리라고 마음먹는다. 천원을 건네더라도 축복하는 마음으로 마음과 허리가 저절로 굽혀진다.

상담실 풍경

2월이 지나 발가벗은 모습의 나뭇가지에 물이 오르지 않았나 하고 바라봤다. 뒷산 계곡에 얼었던 얼음 녹아 흐르는 소리가 들리는 것 같고, 풋풋한 생명의 기운이 봄을 재촉하는 듯하다.

삶은 항상 기뻐할 수만은 없기에 사람들은 여러 가지 고통을 대면하고 산다. 가정, 건강, 직장, 자녀, 마음, 사업, 인간관계에서 보통 생각하는 정도보다 훨씬 더 힘들어한다. 지금 이 시간에도 이곳저곳 여러 기관에 전화나 방문상담이 있을 것이다. 사람들은 상담을 통해 자신의 문제와 상황을 내놓고 대화 과정에서 새로운 통찰과 희망을 잡는다.

내가 상담에 관심을 갖게 된 계기는 20대 중반이 지나서 겪은 경험 때문이었다. 결혼 후 밀물처럼 밀려오는 갈등과 삶의 버거움을 마음에 그대로 담기에 힘이 들었다. 한 번씩 감정이 더 섬세해지고 출렁거렸다. 어디론가 내보내지 않으면 홍수 같은 위력에 질식할 것 같았다. 믿음도 크지 않아 하나님을 의지하고 기도하기보다는 먼저 사람의 도움이 생각났다. 땅이 꺼질만한 고뇌로 반대한 결혼이니 친정부모님도, 한 살 어린 여동생에게도 연락할 수 없었다. 교회 여집사님들도 어려웠다.

가장 편한 분이 상황을 잘 아는 시댁의 큰 동서였다. 두 번 전화를 드렸다. 그때마다 똑같은 뜻으로 말씀하셨다.

"자네가 힘든 것은 잘 아네. 그런데 이제 어떻게 할 것인가. 그리고 신앙으로 십자가를 지고 간다고 한 사람이 자네이고, 그런 정신으로 선택한 삶이 아닌가. 자네가 믿음이 좋으니 잘 이기리라고 생각하네."

틀린 말씀 아니었고, 그만큼 나를 신뢰하는 마음이 감사했다. 그때 내 마음이 필요로 한 원함은 그저 힘든 마음을 받아주는 이해와 공감이었다.

결혼한 지 12년이 지나 상담공부를 시작했다. 한 개인이 자신의 삶을 나누고 고백하는 과정이 얼마나 중요한가를 알았다. 갈등을 극복하고 상처를 회복하기 위한 필수단계로 권장되는 사실을 알았다. 그것이 삶의 적응이 힘들던 때 내가 필요로 했던 창구인 것을 생각하며, 비전을 가졌다. 결혼 전부터 나의 내면에 깊숙이 자리하고 있던 '에밀리 디킨슨'의 시를 떠올렸다.

내가 만일

에밀리 디킨슨

내 만일 한 가슴의 깨어짐을
막을 수만 있다면
나의 삶은 결코 헛되지 않으리
내 만일 한 생명의 아픔을 덜어주고
고통 하나를 식혀줄 수만 있다면,

그리고 또한 힘이 다해가는

로빈새 한 마리를

그 둥지 위에 다시 올려줄 수만 있다면

나의 삶은 결코 헛되지 않으리

상담공부를 시작한 지 3년 후인 1997년 3월에 상담실 개원예배를 드렸다. 삶을 통해 스쳐 간 이런저런 고통을 극복하고, 깊숙한 평안을 누리면서 다른 사람의 어려움을 조금이라도 이해하고 공감하고 싶었다. 거의 모든 내담자가 여성이었다. 롬 보로스의 말이 생각났다.

"여성은 남성보다 확장성이 훨씬 더 팽창적이고 자신의 감정을 외부로 표현하기를 바라는 것을 알 수 있다."

내담자들은 경청과 공감을 통해 감정의 홍수 상태에서 벗어났다고, 부정적 감정이 빠져나가고, 창문을 열면 환기가 되듯 이성을 되찾고 신선한 감정이 채워진다고 고마워했다.

나는 지혜와 공감능력이 충분하지 않았다. 다만 한 사람이라도 다시금 편안해지고 생기 있는 생활을 하고, 의미 있는 삶을 살도록 조금이라도 힘이 되기를 바랐다. 상담자로서 내가 해주는 말이 그저 친절하게 들리는 공허한 말이 되지 않고 건성으로 스치는 경청이 되지 않고, 얄팍하고 피상적인 언어의 유희가 되지 않기를 원했다.

IMF가 한창이던 10월 어느 날, 하늘도 파랗고, 눈부신 햇살이 더없이 맑고 화창한 날이었다. 하루 전 방문을 예약한 20살 초반 여성이 찾아왔다. 허브차를 끓이고 상담실 테이블 위에 놓인 삶은 밤과 잘 익은 단감을 대접했다. 생각지 않은 환대가 쑥스러운지, 몸 둘 바를 몰라 해 편안하게 마음을 열도록 신경을 썼다.

"어린 시절 부모님이 이혼했어요. 아버지와 5살 아래 남동생과 살았어요. 아버지는 폐지를 주워서 팔아 생활했는데, 작년에 세상을 떠났어요. 아버지가 진 빚이 있는데 계속 독촉을 받으니 힘들어요."

성년이 지난 나이인데 몸집이 작아 더 측은했다. 상담실 근처에 있던 우리 집에 오도록 했고, 남동생 간식을 챙겨서 보냈다.

어느 날, 그녀에게 재정적으로 도움을 주려고 생각하는데, 이상하리만치 마음이 편안했다. 마음속 경계의 벨 소리는 조금도 들리지 않았다. 도울 방법이 어디에 있을까를 사람들과 나눴다. 여상을 졸업한 것이 생각나 교회 집사님 사무실에 경리로 일하도록 주선했다. 저녁 식사에 초대하고 식사가 끝난 후, 남편이 수표로 백만 원권 5장을 건네주었다. 월급 받으면 매달 조금씩 갚으라고 했다. 빛을 가리던 구름이 비켜난 것처럼 얼굴이 환해졌다.

출근을 앞둔 주간, 왜소한 몸에 단발머리가 달라붙어 초라해 보인 모습이 신경 쓰였다. 파마할 줄 아는 이웃에게 그녀의 머리를 부탁했다. 이웃의 도움으로 그 여성은 우리 집 거실에서 파마했다. 생기 있어 보인다고 하자 함빡 웃었다.

하지만 다음 주 월요일, 그녀가 출근하지 않았다는 연락이 왔다. 전화했는데, 까무러칠 것처럼 충격을 받았다.

"제가 임신했는데 갑자기 배가 아파 출근을 포기했어요. 처음 상담실에 갔을 때 부채 쫓기는 문제가 컸어요. 사실 그보다 더 제가 임신을 해서 출산이 걱정되었어요. 몇 번 사실대로 말하려고 했는데, 선생님 얼굴을 보는 순간 말할 수 없었어요. 죄송해요."

몸이 하도 왜소해서 몰랐던 것이다.

"세상에 이런 일도 있을 수 있을까?" 너무나 놀랐다. 나중에 파마해 준 분이 말했다.

"어쩐지 좀 이상하다 싶었는데. 그냥 젊은 아가씨가 웬 뱃살이 심하다 했어요."

병원에서 퇴원한 후 아들을 낳았다고 이름을 지어달라는 부탁을 받았다. 나는 생각나는 대로 '성민'이라는 이름을 지어줬지만 충격속에 며칠을 보냈다. 남편도 마찬가지였다. 어쩌면 좋을지 의논했다. 남자 친구와의 불장난 때문인 것을 알고, 그 남자의 부모님 전화번호를 알아 통화를 했다. 몇번 부탁했지만, 요지부동인 그들 사이에서 중재역할을 하기에는 내 일이 많아서 힘들었다.

얼마 후 남편과 함께 그녀 집에 갔다. 돈이 없어 우유를 먹이지 못하고 이웃 할머니가 줬다는 미숫가루를 젖병에 타서, 그것도 아끼느라 아주 묽은 상태로 먹이고 있었다. 남편이 한 달 생활비라도 하라고 돈을 줬다. 좋은 마음으로 남편과 두 차례 더 방문하고 약간의 필요를 채웠다. 한동안은 전화로 연락했다. 그리고 아예 연락이 끊겼다.

집사님 사무실에서 일하고 천천히 갚으라고 빌려서 준 500만 원의 부담을 고스란히 떠안았다. 차용금 이자 부담에 보험을 해약해서 갚았다. 마음이 힘들었다. 남편이 격려했다.

"당신 자신을 용납하고 지나간 일은 잊어버려. 선한 사마리아인 마음으로 최선을 다한 것을 하나님이 아실 거야. 앞으로는 사람을 돕더라도 문제에 개입하면서까지 말려들 필요가 없다는 사실, 그리고 상대방이 착하고 순진해 보인다고 자기 마음 같은 줄 알고 신뢰하는 것은 아니라는 것을 배웠으면 되었어."

고통 중에서 필요로 하는 것은 연민이나 값싼 동정심, 문제개입이 아니고, 감정이입이다. 내가 오래전 그랬듯이 힘든 상황과 무거운 기분을 이해하고 들어주는 사람을 필요로 한다.

나는 딱하고 가냘프고 빈한해 보이던 남매의 문제에 개입한 것을 후회하지 않았다. 거저 준 것은 아니고, 취직한 뒤 차근차근 갚도록 했는데 차질이 생긴 것이라고 스스로 위안했다. 상담실에서 우여곡절 어려움도 있었지만, 존재의 기쁨과 보람과 삶의 의미를 선물 받았다.

"진정으로 누군가를 도울 때, 그것은 곧 자신을 돕는 일이 된다. 이것은 하나의 법칙이며 삶이 우리에게 가져다주는 가장 아름다운 보상이다."

-에머슨

위기가 복

살면서 위기를 만날 때가 있다. 가라앉은 의식을 일깨우게 하는 위기는 정신을 차리는 기회가 될 수 있다. 위기를 슬기롭게 대처하면, 성숙해지고 새로운 출발을 하게 된다. 상담할 때 결혼생활에서 여러 가지 문제점이 발생하는 것을 보았다. 다 그런 것은 아니지만, 자기 혼자만의 만족을 염두에 둔 이기심과 낭만주의적인 집착 때문이라고 생각되는 경우도 있었다.

얼마 전 미국에 사는 큰딸에게 들은 이야기이다. 큰딸과 미국대학원의 동문이고 지금 한동네에 사는 여성이 겪은 일이다. 그녀는 서울 예원 중·고등학교를 졸업하고 이대에서 플룻을 전공했고, 미국 대학원에서 그 전공으로 석사학위를 받았다. 2016년, 결혼 6년 차가 되었다. 딸의 졸업식과 결혼식장에서 이 부부를 처음 만났었다. 딸 친구는 예쁘고 여성스럽고 상냥했으며, 그녀의 남편은 귀공자 같은 외모로 지적이면서도 편안한 인상이었다.

그 부부는 경제적으로도 안정적이었다. 캘리포니아에서도 환경이 좋아서 많은 사람이 원하는 '브레아'에 집을 샀고, 둘째를 임신 중이었다.

따뜻하고 살가운 성품의 남편과의 결혼생활이 즐거웠는데, 작년 1년간 관계가 나빠져 홍역을 치렀다. 갑자기 어색해진 분위기가 힘이 들었다고 했다. 처음 만났을 때 느꼈던 친밀함과 애정을 느낄 수 없었다. 남편이 화를 내지는 않지만, 모든 일에 다정하게 반응했던 사람이었기에 당혹스러웠다. 그녀는 어쩌다 이 지경까지 되었는가를 생각하면 두려웠다. 인내하고 참다가 한계에 부딪히면 이혼하는 사람들의 심정이 헤아려졌다고 했다.

그녀가 남편의 사랑만 믿고 별것 아닌 거로 트집 잡는 것에 남편이 지쳤나 하면서 자신의 예민한 부분을 돌아보았다. 그리고 대화를 해보려고 다가갔지만 계속 묵묵부답이었다. 그렇게 자신을 사랑스럽게 바라보던 남편의 차가운 눈빛에 소스라치게 놀라곤 했다. 그런 분위기에서도 남편은 직장에 잘 나가고 함께 교회에도 갔다. 그녀도 아이를 키우며 태아를 위해 평안한 마음을 가지려고 노력하며 기도했다. 둘째 아기를 가졌을 때 무척 좋아했던 남편의 반응을 위안 삼았다.

미국은 12~18주 사이에 임산부를 진료할 때, 주치의가 아닌 초음파 전문가가 검사한다. 12주가 되어 초음파 검사를 마친 전문가가 그녀의 얼굴을 보더니 자기 외에 다른 전문가가 한 번 더 보면 좋겠다고 했다. 그 결과, '99% 가능성으로 보이는 다운증후군 기형아'라고 진단받았다. 아이 목둘레가 다른 아기들보다 훨씬 더 크고 코뼈가 안 보인다고 했다. 충격을 받아 다급한 목소리로 남편 사무실에 전화를 했고, 남편은 곧바로 병원으로 달려왔다.

"괜찮아, 하나님이 지켜주실 거야. 내가 네 옆에 있다. 걱정하지 마. 내가 너를 지켜줄게. 나는 네 곁에 영원히 있을 거야."라고 하며 안아줬다.

이때 비로소 남편과 대화의 물꼬가 트였다. 검사실에서 함께 심층상담을 받았다. 바로 시행할 수 있는 검사가 모두 유산위험이 있다 해서 하지 않고, 3주를 기다렸다가 아기에게 안전한 혈액검사를 하기로 했다.

이 부부는 '하나님이 우리를 선택하셔서 이 아이를 보내셨는데 아이가 어떻든 감사함으로 잘 키우겠다'고 기도하면서 결심했다. 그리고 블로그마다 들어가 다운증후군에 대해 찾아보고 양육방법을 익히려고 노력했다. 한인교회보다 미국교회가 장애아동에 대한 시설이 좋으므로 아기가 태어나면 미국교회로 옮길 것까지 의논하며 결정했다. 건강한 아이를 포기하고 어떤 아이든지 잘 기르려고 준비하면서 하나님께 감사를 드렸다.

평안한 마음으로 3주를 기다린 후, 예정된 혈액검사와 초음파 검사를 받았다. 그로부터 2주 후에 최종검사 결과가 나왔다. 99% 기형아라는 진단은 오류였다. 19주째인 아이와 산모의 상태는 정상이며 잘 자라고 있다고 했다.

이 과정에서 그동안 무겁고 냉랭한 공기가 감돌던 남편과의 관계가 회복되었다. 그녀는 다른 것은 어떤 것도 큰일이 아니라는 것을 깨달았다. 그동안 좋은 환경, 남편, 가정, 아기, 건강 다 주셨는데, 감사를 잃고 모든 것을 당연하게 생각하고 있었던 것이 큰일이었다고 생각했고, 이제 모든 것들이 감사와 선물로 다가오고 남편이 소중하다는 것을 알았다고 했다. 마음 졸인 위기의 시간이 얼마나 자신 부부에게 필요하고 축복이었나를 절감한 것이다.

톨스토이의 저서 〈행복〉은 마샤와 세르게이가 사랑을 느껴, 나이 차이를 극복하고 결혼한 후 위기를 극복하는 이야기이다. 마샤는 결혼한 지 얼마 안 되어 정체된 에너지를 느낀다. 그녀는 자신의 내면을 살피지 않고, 자신에게 질문도 하지 않았고, 자신의 감정에 휘둘려 움직였다. 청순하고 단정하던 마샤는 사교계의 무도회에서 욕망을 불태우다가 결국 유혹의 위기를 만났다. 수치와 환멸감으로 정신을 차리고 자신의 자리로 돌아왔다.

　파멸로 치닫던 이 부부의 관계를 회복시킨 것은 진솔한 대화다. 마샤는 남편에게 자신을 가르치고 제지하지 않았다고 원망한다. 이때 세르게이는 "그래. 우리 모두 특히 여자인 당신은 인생의 터무니없는 부분을 직접 경험해봐야 했어. 진실한 삶으로 되돌아오기 위해서는 반드시 필요한 과정이었어. 다른 사람들의 예로는 충분치 않아"라고 하며, "똑같은 실수를 되풀이하지 않도록 노력하자고. 우리 자신을 속이지 말자고. 옛 감정과 흥분이 이제는 끝난 것에 감사하자고. 무언가를 찾으려는 흥분감이 이제 사라진 거야. 우리가 꿈꾸던 것이 이루어진 거야. 충분한 행복이 우리에게 주어졌어. 이제 우리는 조금만 옆으로 비켜서서 공간을 마련하는 거야. 저 아이를 위해서."라고 말한다. 따뜻한 마음으로 말하는 세르게이의 눈에는 미소가 서린다. 마샤는 그동안 느끼지 못했던 편안함과 행복으로 남편의 두 눈을 바라볼 수 있었다.

　마샤와 세르게이 사이에서 문제는 지루함과 권태였다고 생각한다. 그들 못지않게 모든 것을 다 갖춘 큰딸 친구 부부도 비슷했다. 권태는 돈이 있다고, 환경이 좋다고, 마음이 편하다고, 걱정거리가 없다고 안 오는 것이 아니다. 권태가 있을 수 있지만, 그것을 인정하고 잘 극복하는 것이 중요하다. 그럴 때 마샤의 고백처럼, 진정한 행복을 발견할 것이다.

"내 남편과 아이를 향한 새로운 사랑의 감정이 새로운 삶의 기초가 되었고, 나에게 또 다른 행복을 안겨주었다. 그런 삶과 그런 행복이 지금까지 계속되고 있다."

위기라는 기회를 만나서 슬기롭게 대처하고 벗어난 것은 대단한 축복이다. 하지만 위기에서 벗어난 후의 삶이 더 중요하다고 생각한다. 거기서 멈추지 말고 마음을 다잡아야 한다. 성숙을 향해 앞으로 나가야 하기 때문이다. 위기는 복이며 새로운 성숙과 출발의 기회이다.

교통사고

아무 일 없는 일상이 지루할 때가 있다. 변화가 없고, 어제가 오늘 같고 오늘이 어제 같아 만족스럽지 않다. 그런데 갑작스럽게 안 좋은 일을 당하면, 일상의 단조로움이 축복인 것을 깨닫는다.

2015년 3월 중순 오후, 친구 딸 결혼식에 참석하여 오랜만에 만난 지인들과 이야기 꽃을 피웠다. 집에 오는 길에 둘째 딸로부터 부재중 전화가 있어서 전화를 했다.

"엄마, 형부가 아까 엄마한테 전화했는데 안 받는다고 나한테 전화했어. 언니가 교통사고를 당했대. 큰 사고라고 해. 지금 병원에 있대. 머리 사진 찍고 결과 나오면 집으로 가든지, 입원하든지 결정한대. 다시 연락한다고 했어."

큰딸은 결혼한 지 2년 4개월이 지나고 첫아이 임신을 기다리는 중이었다. 나는 머리가 얼얼하고 가슴이 덜컥했다. 서울에 있으면 달려갈 텐데 워낙 먼 곳에 있어서 괜찮을 것을 믿고 기도하며 마음을 다독였다. 집에 도착해서 전화를 기다렸다. 무거운 정적을 깨고 전화벨이 울렸다.

"엄마, 방금 집에 왔어요."

곧바로 큰 딸 목소리가 흘러나왔다. 속으로 안도의 한숨을 내쉬었다.

"엄마, 머리 아프고 어지러워서 머리 CT 찍었는데 괜찮대요. 차는 완전히 찌그러져 폐차시켰어요. 사고 났을 때 놀랍게도 근처에 교회 집사님 두 분이 계셨어요. 엔진 과열로 폭발할까 봐 얼른 뛰어와 꺼내주셨대요. 순간적으로 의식을 잃었는데 정신 차리라고 흔들어 깨웠어요. 현장 사진 찍고 경찰과 보험회사 연락하고, 대니얼에게 전화하고, 구급차 부르는 것까지 다 해주셨어요. 차는 끔찍하게 망가졌는데, 저는 상처하나 안 나고 멀쩡해요. 모두 기적이라고 감사해요."

딸의 목소리는 무너지기 직전의 큰 터널속에서 무사히 나온 듯, 어둠을 뚫고 나와 새벽을 맞은 듯한 안도감으로 밝았다. 딸이 집으로 오는 길, 코너를 돌려고 하는 순간 멕시코 여성의 차가 과속으로 달려와 맞부딪쳤고 의식을 잃었다고 한다. 차가 부딪칠 때 차체가 한 바퀴 돌았기 때문에 사람이 안 다친 거란다. 차체를 사진으로 보니 앞부분 전체가 휴지처럼 구겨져 흉물스러웠다.

"엄마, 집사님들이 그 도로에 함께 있었다는 사실이 신기해요. 저는 그분들을 모르는데 그분들은 2부 예배 참석하는지, 제가 반주하는 것을 보고 저를 알고 계셨나 봐요. 달려와서 '로리 자매 아니에요?' 하면서 끄집어냈어요."

그 넓은 캘리포니아에서 사고가 난 순간에 아는 분이 곁에 있었다는 사실이 놀라웠다. 사고순간 하나님께서 생명 싸개로 싸서 건져주신 은혜가 얼마나 감사한지, 나는 이 세상에 다시 태어난 것 같았다. 감사하고 감사한 마음으로, 놀라서 움츠러든 가슴을 쓸어내렸다.

나는 사고소식에도 계획된 일정 때문에 딸에게 가지 못했다. 딸은 시댁과 교회에서 신경을 많이 써 줘서 안정을 찾아갔다. 한 번씩 몸이 흔들리는 것 같고, 머리가 아프고, 에어백이 터지면서 머리에 받은 충격이 빠지느라, 멍이 이마로부터 얼굴로 내려온다고 했다. 교회에서 사고 후유증을 염려해서 예배 후에 주 2회 무료진료로 봉사하는 한의 전문가이 치영 집사님을 소개했다. 꾸준하게 침을 맞고, 한약을 먹고, 사고 전보다 건강이 더 좋아졌다.

사고 나기 한 달 전, 외손녀 임신소식이 없자 친정엄마가 신경을 써 약재를 보내셔서, 딸은 그 약재를 달여 먹고 있었다. 사고 이후 모두 딸의 임신에 대한 관심을 멈췄다. 오히려 아기를 가졌더라면 어떻게 되었을까 생각하면 아찔하다고 했다. 하나님께서 만사를 가장 좋게 해 주신다는 생각에 감사할 뿐이었다.

나는 사고 후, 두 달 반이 지나서야 딸에게 갔다. 사위가 의과대학원의 모든 과정을 마치는 파티에 초대했다. 어린 나이에 극소수가 택하는 전문의를 선택한 마음이 대견했다. 환자에게 늘 더 도움을 주고 싶어 했기 때문이다.

오랫동안 어려운 학업을 끝낸 축하의 자리라 기쁨과 감회가 넘쳤다. 미국병원 병원장이 유일한 한국인인 사위를 소개했다. 한 인간으로서, 의사로서 성실하고 유능하고 성품이 좋다는 것, 아내가 얼마 전 교통사고 났던 것, 그리고 아내를 사랑하는 마음이 아주 크다는 내용이었다. 파티에서 오누이처럼 다정하고, 예쁜 부부애가 사랑스럽게 느껴지는 딸과 사위의 건강한 모습이 참 감사했다. 딸은 내가 3주간 머무르고 온 뒤에 기다리던 아기를 가졌다.

어제가 오늘 같고, 오늘이 어제 같고, 내일도 오늘 같을 때가 있다. 편안해서 매너리즘에 빠져 삶의 순간에 대한 소중함과 경이로움에 대한 감사를 잊고 살 때가 많다. 딸의 교통사고를 통해 변화 없이 느껴지는 편안한 일상이 얼마나 큰 축복이며 감사인지 온 가족이 깨달았다. 오늘도 숨 잘 쉬는 것이, 잠 잘 자는 것이, 음식 잘 먹는 것이 감사하다. 온통 감사한 것 천지다.

인의적仁義的
사랑으로

여름 휴가를 강원도에서 보내고 오는 길이었다. 이른 저녁이었는데 도로변에서 한 아주머니가 삶은 옥수수와 옥수수빵을 팔고 있다. 그 옆에는 5~6세로 보이는 어린이가 허르스름한 옷차림으로 밥을 먹고 있었고, 검게 그을린 얼굴의 아주머니 등에는 한 아기가 업혀 잠들어 있었다. 아주머니에게 다가가 뭐라도 꼭 사고 싶은데, 차를 세울 자리가 없어 아픈 마음으로 지나쳤다.

고속도로에서 차가 정체되면 구리빛 건강한 표정의 사람들이 삶은 옥수수, 바나나, 아이스크림, 빵과자 같은 간식을 판다. 밀짚모자를 쓰고, 강렬한 자외선에 붉게 닳아 오른 얼굴로 자동차 사이에 달려와, 상품이 잘 보이게 손을 높이 치켜든다.

언젠가 지방에 가는 버스를 탄 적이 있다. 중년을 지난 아저씨 두 분이 내 바로 앞자리에 앉았는데, 친구 사이 같았다. 물건을 팔고 있는 아저씨와 아주머니 두 분이 창문 옆쪽으로 몰려와 물건을 치켜 올렸다. 한 아저씨가 혀를 차고 불쾌해 했다.

"어, 저런, 쯧쯧. 거지 근성도 아니고 저 사람들 뭐 하는지 모르겠네. 해외 관광객들이 보면 뭐라 할까. 나라 망신을 시키는 일 아닌가. 우리나라가 제대로 되려면 저렇게 구질구질한 모습이 사라져야 해."

나는 창밖의 파란 하늘과 눈부신 햇살 아래 나무와 사람들이 어우러진 풍경을 보느라 여념이 없었는데, 그분의 소리가 커서 또렷이 들었다. 공감되지 않았지만, '그렇게 생각하는 이유가 무얼까?' 하고 생각했다. '아마, 저 이들은 사회 전체적인 품위 훼손을 문제로 보는 것 아닐까?' 하고. 그럼에도 마음에는 왜 그렇게밖에 생각할 수 없는지 안타까웠다.

뙤약볕 내리쬐는 날, 태양광선 열기로 후끈 달아오른 아스팔트 위에 서 있거나, 길 위에 앉아 물건을 파는 분들을 보면 그 사실만으로도, 삶을 살아내는 치열한 정신이 느껴져 존경스럽다. 고통을 감내하고 땀을 흘리고 최선을 다하는 상업적 노동행위가 숭고하다. 청소년이 물건을 팔 때는 가정사정이 안 좋아 가장 역할을 하는 걸까, 가족의 병원비 때문일까, 하는 생각이 들어 마음이 울컥하다.

빈둥빈둥 놀고먹고, 남을 속이고, 남의 것을 폭력과 거짓으로 빼앗는 일은 부끄럽고 지탄받아야 한다. 그러나 노점에서 물건을 팔거나 차가 정체될 때 다가와 군것질거리를 팔며, 최선을 다해 일하는 것은 비난받을 일이 아니다. 오히려 미처 간식을 준비하지 못해 배고프지만, 마트에 갈 수 없는 상황에 다가와 공급해주니 오히려 고마워해야 하지 않을까. 보기에 좋고 안 좋고의 품위문제를 내세우며 불쾌해 하기보다는, 값싼 동정이 아닌 인의적 사랑으로 존중하면 어떨까.

판단하든지, 수용하든지 일은 각자의 몫이다. 따뜻한 마음으로 이해하고, 끌어안는다면 좋겠다.

겸손

'세상에는 이런 사람 저런 사람

세상에는 잘난 사람 못난 사람

많고 많은 사람들이 있지만

그중에 내가 최고지

겸손 겸손은 힘들어 겸손 겸손은 힘들어

겸손 겸손은 힘들어 겸손은 힘들어

나보다 잘난 사람 또 있을까

나보다도 멋진 사람 또 있을까.'

가수 조영남이 부른 '겸손은 힘들어'라는 노래다. 이 노래처럼 겸손은 쉽지 않은 덕목이다. 마음에서 우러나오는 진실한 겸손은 배우고 익혀도 어렵다. 지속적으로 겸손을 유지하는 것은 더 어렵다. 높은 자리에 오르거나 부자가 되면 교만해지는 것을 본다. 겸손으로 깊은 향기를 내는 사람이 드물다. 그래서 겸손한 사람을 보면 진한 감동을 받고 행복하다.

2015년 11월 초, 의정부 가까운 곳에 있는 군부대를 방문했다. 가는 길에 바라본 늦가을의 산야는 곱게 물들어 오색찬란했다. 군부대 안 오른쪽에 넓은 운동장을 바라보며 올라갔다. 선선한 바람과 투명한 햇살이 찬 공기와 어우러져 있었다. 학창시절 체육 시간이 떠올랐다.

언덕에는 25년 전 영락교회와 충현교회에서 봉헌한 교회가 있는데, 가을빛으로 물든 자작나무 숲과 울창한 소나무 숲 사이에, 원목으로 지어진 건물이 인상적이었다. 사단장과 간부들과 군인 180명이 예배에 참석했다.

모든 순서가 끝나고 군 내부시설을 돌아보았다. 사단장과 몇몇 간부와 함께 간부 식당에서 식사했다. 사단장은 작은 키와 중간 체격으로 차분한 인상이었다. 식사 중에 이런저런 대화를 하는데, 언어와 태도에 겸손이 배어있었다. 잔에 물이 다 채워지면 저절로 넘치는 것처럼, 사단장의 안정감 있고 겸허한 성품이 자연스럽게 흘러나와 무척이나 신선하게 느껴졌다. 식당에서 산책로를 걸어 나오면서 사단장과 대화를 나누었다. 길을 내려다보고 걷다가 사단장이 입을 열었다.

"제가 어렸을 때는 군인이 꿈이 아니었습니다. 저는 ROTC 장교 출신인데, 어쩌다 보니 여기까지 왔습니다."

"사단장님은 군인이신데 어쩜 그렇게 부드럽고 겸손한 분위기를 가질 수 있으신지 신선해요."

"그렇게 봐 주셔서 감사합니다. 많이 노력합니다. 그런데 제가 그렇게 하면 할수록 간부들과 군인들이 더 어려워하네요. 그러지 말라고 누누이 말하지만 잘 안되나 봅니다. 고민입니다."

"사단장님은 국가에서 부여한 권위가 막강할 텐데요. 기강을 잡을 때는 엄격하게 대하시겠지요?"

"네, 물론입니다. 그렇게 하지요."

사단장님은 고개를 끄덕이면서 말을 이었다.

"그러나 평소에는 삼촌이나 큰형처럼 대합니다. 간부들에게도 군인들에게도 그렇지요. 최대한 부드럽게, 자애롭게 한 사람 한 사람을 대하고자 합니다. 계급도 그래요. 군인들에게 서열이 아니라 좀 더 훈련 경험이 많은 사람과 아직 훈련 경험이 짧은 사람으로 인식시킵니다."

사단장과의 짧은 대화 속에서 4시간 이상 머무는 동안 부대에서 느낀 화기애애하고 편안한 분위기가 그냥 주어진 것이 아니라, 수직적인 질서 안에서 수평적인 관계를 위해 노력하는 지도력 때문이라는 것을 알았다.

사단장과 간부들은 차가운 밤공기가 느껴지니 어서 들어가라 해도 들어가지 않았다. 음향장치를 실은 차량이 떠나고, 찬양 팀이 떠나고, 마지막으로 나를 포함한 몇 명을 태운 차량이 떠나기까지 그 자리에 서 있었다. 우리가 차에 오르자 고개를 숙여 인사하고 손을 흔들며 전송했다.

돌아오는 차 안에서 그 부대의 군목이 말했다.

"이 부대의 사단장은 성경의 표현대로 하자면 계급이 천부장쯤 될 거예요. 1,000명 정도를 통치한다는 거지요. 사단장이 저렇게 겸손하니 간부들도 다 그렇고 모두 아름답지요. 부대 분위기가 참 좋습니다. 그러나 모든 부대가 다 그렇지는 않습니다."

사단장의 위치에서 겸손이라는 덕목의 가치를 알고 행동하는 지도력에 깊은 감화를 받았다. 그래서인지 쌀쌀한 밤공기를 느끼며 집에 돌아오는 발걸음이 왠지 날아갈 것처럼 가벼웠다. 신선한 감동을 선물 받아 행복했다.

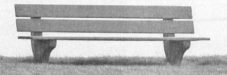

story4 쉼

중년의 아다지오

2002년 3월 중순 토요일 오후였다. 큰딸이 손바닥 크기의 쇼콜라 케이크를 사 들고 숨 가쁘게 들어왔다.

"엄마, 오늘 날씨가 참 따스해요. 봄이 온 듯하네요. 마흔네 번째 생일 맞으신 소감이 어떠세요?"

"글쎄…. 세월이 빠르구나 했어. 놀랍기도 하지."

"아까 제가 학교에서 '엄마 마흔네 번째 생일 맞으시는 기분이 어떠실까?' 하고 생각했어요. 앞으로 50년은 더 사실 수 있으니까 아직 멀었어요. 얼마 지나지 않은 거예요. 마흔네 번째 생일을 맞이하는 엄마가 어떤 느낌일지, 그리고 모차르트 소나타 2악장에 있는 아다지오 부분을 '엄마 인생의 시간'으로 생각해볼 수 있지 않을까 하고 떠올렸어요."

'아다지오'는 이탈리아 어로 '느리고 평온하며 천천히 조용한'이라는 뜻이며, 악보에서 안단테와 라르고 사이의 느린 속도로 연주하라는 말을 가리킨다. 그즈음 큰딸은 모차르트 피아노 소나타 'NO. 19 in D major, K576'을 연습했다. 이 곡은 1악장 알레그로(Allegro: 빠르게), 2악장 아다지오(Adagio: 느리게), 3악장 알레그레토(allegrotto: 조금 빠르게)로 된 곡이다.

얼마 후, 연습 중에 느꼈던 어려움과 극복의 과정을 설명했다. 비교적 테크닉 부분이 많은 1악장과 3악장은, 실력도 늘고, 곡이 원하는 방향도 명확한데, 아다지오 2악장에서 좀처럼 진전이 없어 힘들었다고 했다.

"지도 교수님은 표현을 많이 하면서도 절제된 표현과 안정된 흐름을 강조하셨어요. 그래서 제가 '표현을 절제해야지' 하고 치면, 좀 더 풍성한 감정을 느끼도록 스토리를 만들어보라고 하시고요. 아무런 감성을 느낄 수 없는 제 연주의 단조로움을 지적하신 거예요."

곡의 세계를 해석하고 직접 느끼고 표현하는 연주는 어느 누구도 대신할 수 없다. 곡을 처음부터 끝까지 한 단락으로 이끄는 데 필요한 집중력이 부족해 힘이 들었다는 말이다. 그 고비를 뛰어넘은 비결을 설명했다.

"엄마, 그래서 2악장을 연주하는 마음가짐을 다르게 하기로 단단히 마음먹었어요. 그랬더니 그렇게 진전이 없던 리듬이 살아나는데 손가락 끝에서 먼저 알게 되더라고요. 자연스럽게 흐르는 감성과 느긋하게 쉬어가는 마음으로 천천히 표현했어요. 1악장에서 알레그로의 빠르고 깔끔하게 움직였던 손가락과 호흡을 과감하게 쉬어주면서요. 그랬더니 그동안 부자연스럽고 울퉁불퉁하고 멋없게 느껴진 단락들이 길고 하나로 연결된 노래가 되는 거 있죠. 다음 악장으로 물 흐르듯 안정감 있게 나가는 리듬이 참 신기했어요."

말하는 딸의 눈빛이 샛별처럼 반짝거렸다.

"엄마, 아다지오를 잘 연주하는 사람이 위대한 연주자래요. 예술인에게 농축된 음악성이 그 부분에서 좌우된다고 해요. 엄마, 그러니까 엄마의 지금은 숨 고르듯 여유를 가지고 느낌을 더 많이 알아야 할 때예요."

"그렇구나, 딸! 그래야겠구나."

"좋아요. 엄마, 모차르트 피아노소나타 2악장 아다지오의 느린 연주의 풍성함이, 나중에 나오는 3악장 알레그레토의 경쾌감을 더 선명하게 표현해 주니까요."

딸과 대화를 통해 아다지오적인 삶의 방식을 더 가까이 붙잡고 싶었다. 빠른 속도로 나가며 시간 여유가 없다 생각될 때는, 오히려 잠깐 멈춰 서는 쉼이 자기를 돌아보고, 더 경쾌하고 창의적인 삶을 살도록 한다는 사실을 이해했기 때문이다. 그날 밤, 나는 노트에 '느림과 사유, 고요와 평온, 깊은 울림과 긴 여운 그리고 여유. 그러나 결코 늘어지거나 수박 겉핥기는 아니기.'라고 적었다.

삶도 마찬가지다. 날마다 쏟아져 나오는 실용적인 정보와 기술이 유익하지만, 자기 삶으로 만들려면 무조건 많은 시간을 쏟아 붓는다고 되는 일이 아니다. 리듬을 탈 줄 알아야 한다. 삶의 단계마다 그 발달단계에 어울리는 빛깔로 가치를 표현하고, 삶의 운율을 풍성하게 담아낼 때 행복하다. 마음의 여유가 필요하다. 삶은 느림 미학이다.

혼자만의 시간

"빨리빨리 달려가려고만 하는 이들이여. 아침 해에 이미 전율하지 않은 이들이여. 그래서 인생의 봄을 가버리게 하고 있는 이들이여…"

-헨리 데이빗 소로우

SNS 정보화로 사람들은 더 분주하다. 치열한 경쟁시대를 살아가기 위해서 좀 더 바쁘게, 좀 더 발 빠르게 대응해야만 할 것 같은 강박에 빠져서일까. 첨단을 걷고 있는 문화가 낳은 문명의 이기로 사람들은 지쳐 있다. 고도의 편리성에도 불구하고, 복잡다단한 사회에서 숨 가쁘고 메마른 정서로 휴식이 필요하다.

나는 봄부터 가을까지는 숲에 가서 자연과 만나면서 휴식을 가진다. 이름 모를 풀과 꽃과 나무와 흙길이 오선지 악보가 되는 듯 걸음에 경쾌한 선율을 느낀다. 또 라벤더나 카모마일 차, 블랙커피를 마시고 음악을 듣고 책을 읽을 때 흡족한 쉼을 느낀다.

'혼자'의 영어표기 'alone'은 'all one'으로 '완전한 하나'를 의미한다. 자신이 완전한 하나로 있는 시간이다. 청년 시절부터 나는 혼자만의 시간을 좋아했다. 친구들과 교류도 활발하고, 교회에서 만나는 사람들도 많았지만, 혼자만의 시간을 사랑했다. 혼자 있어도 외롭거나 공허하지 않았다. 일기장에 '고독 속의 희열'이라고 여러 번 썼다.

혼자 있을 때 기대하지 않은 의식의 일깨움이 있었다. 기쁨과 신선함을 느꼈다. 겉으로 보기에 혼자지만, 나의 의식과 무의식 안에는 세상에 있고, 열린 세계가 있었다. 호젓한 시간 속에서 오는 만족감이 좋았다. 차를 마시고 음악을 듣고 책의 페이지를 넘기면서, 기도하면서, 혼자라는 의식이 없었다. 나에게는 혼자 있기가 휴식의 시간이었다. 이 세상에서 하나의 독립적 개체로서의 나의 존재가 하나님 안에 뿌리내리고 있다는 인식으로 평온했다.

외향적인 성향의 사람들은 밖으로 나갈 때 에너지를 느낀다고 한다. 나는 내향적 이어서 그런지 혼자 있을 때 에너지가 채워졌다. 그래서인지 혼자만의 시간은 나의 모든 활동에 주어지는 최적의 시간 속에서 최고의 시간이었다. 한번은 큰딸이 말했다.

"엄마, 친구들이 그러는데요. 엄마들이 40세 이상 되면 어디론가 돌아다니고 싶어 하고, 그동안 안 해본 것을 해보고 싶어 한다고 하던데 엄마는 좀 다른 것 같아요. 집에 있는 것을 좋아하고 꼭 봐야 할 일 있으면 나갔다가 일보고 얼른 집에 오니까요."

내 기질의 영향 같다. 내향적인데 외향적으로 작용하기도 하지만 내향적으로 돌아오는….

어떤 빛깔을 가졌기에 그랬던 것일까. 신작로에서 만난 플라타너스의 다소곳함을 좋아했던 어린 시절. 그 플라타너스의 다소곳함을 닮아가는 느낌을 혼자 있는 시간 속에서 만났다. 작열하는 태양 빛 아래서 무더위와 상관없이 존재의 빛을 발하던 푸른 플라타너스. 저녁 햇살과 함께 어스름해지는 땅 그늘과 대조되던 플라타너스의 짙은 초록빛 같은 것으로, 혼자 머무는 시간은 나의 존재를 더 깊게 하고, 마음에 그 다소곳함을 가져다주었다. 창밖으로 산을 바라보거나, 아직 겨울잠을 덜 깬 마른 잔디와 앙상한 나무를 바라볼 때나, 마음과 정신을 마사지해 주는 것 같은 라흐마니노프의 피아노 협주곡 2번 악장 모데라토를 들을 때도 마찬가지였다.

결혼하고 세 아이를 키우고 학교에 보내면서 분주해진 시간 또한 즐거웠다. 친구나 동료, 친척, 교회 가족들과 식사를 하고 차를 마시고, 대화하는 시간도 소중하고 기뻤다. 그러면서도 한 번씩 남편에게 이렇게 말했다.

"누가 시장만 봐 준다면, 얼마든지 집안에서 한 발자국도 밖에 안 나가고 혼자 잘 지낼 수 있어요."

혼자 있는 시간은 소소한 일상에 기쁨을 주었다. 아이들이 어렸을 때, 학교에서 돌아오면 식사를 내놓는 시간도, 재잘거리는 이야기를 들어주는 시간도, 포크에 과일 조각을 집어주는 시간도, 오랜만에 만난 친구와 차 한 잔 나누며 대화하는 시간도, 장을 보고 요리하는 시간도, 청소하는 시간도, 세탁하는 시간도 즐거웠다.

도미니크 로로라는 작가는 '혼자 있는 시간은 아직 발견하지 못한 인생의 새로운 영역에서 꽃피우게 될 씨앗을 심기 위해 주어진 시간이다.' 라고 했다. 내가 20, 30대를 혼자 머무는 시간을 많이 사용한 덕분일까,

40대에 들어서면서 사회적 활동 반경이 넓어졌다. 혼자만의 시간을 누리므로 이 에너지는 진실한 사랑과 열정이 필요한 활동을 하는 힘이 되었다. 10년간 상담실을 운영했고, 이곳저곳에서 강의하고, 성경 말씀을 대언하고, 해외에서 일을 잘하도록 했다. 나에게 주어진 혼자만의 시간은 한결 농축된 집중의 힘으로 다른 사람을 향해 나누어줄 자원이 풍성해지는 창조의 시간이었다.

> "하나님은 시끄러운 세상에서 물러나 고요한 자기만의 시간을 갖는 사람을 위해 은혜를 베푸신다. 하나님은 세상의 일로 바쁜 사람보다는 고독한 사람을 먼저 찾으실 것이다."
>
> -에이든 토저(A.w. Tozer)

이 세상에 사는 동안 하나님과 사람과의 관계는 모두 1:1의 단독자적 관계다. 이 세상을 떠나 하나님 앞에 설 때, 그 누구든 혼자 서야 한다. 어느 누가 대신할 수 없다. 그래서 사람의 실존을 말할 때 '혼자 가는 사람'이라고 하나 보다. 하나님과의 올바른 관계와 자기성숙을 위해 혼자 있는 시간이 필요하다.

지금도 나에게 휴식 중 최적의 휴식은 혼자 있는 시간이다. 혼자 있는 시간이 주어지면 음악을 듣고, 책을 읽고, 성경을 읽으며 기도한다. 혼자 있는 시간의 가치를 알고 시간을 누리면서, 여럿이 더불어 즐겁고 생동감 있게 살아가는 삶이 늘 감사하다. 아침에 일어나 하루를 맞아 시간을 사용할 때, 내가 엮는 삶의 빛깔이 어떠하면 좋을지, 내적·외적으로 섬세하게 인도하시는 하나님의 선물이다.

"내 백성이 화평한 집과 안전한 거처와 조용히 쉬는 중에 있으려니와."

-이사야 32장 18절

울릉도 가는 길

5월 마지막 주간이었다. 뒷산에서 바람에 실려 오는 아카시아 꽃향기를 뒤로한 채 남편과 함께 집을 나섰다. 울릉도 여행을 위해 영등포역에서 기차를 탔다. 동대구역에서 포항 가는 기차를 갈아탄 후 포항역에서 내려 남편의 동창 부부들을 만나기로 했다.

나는 책을 보다 졸려서 눈을 감고 갔다. 동대구역에서 내려야 했다. 그런데 한 구간 전인 대구역에서 내리고 말았다. 평소 시간관념이 철저한 남편이 도착 예정시간만 생각하느라 안내방송을 건성으로 들었다고 했다. 포항에 가서 자고 항구도시의 여유로운 아침을 기대했기에 왠지 맥이 풀리는 느낌이었다.

그러나 번거로워진 일정 탓만 하고 있을 수 없었다. 밤에 마음에 맞는 숙소를 찾기가 쉽지 않았다. 입이 나온 상태로 눈을 붙인 듯 마는 듯 대구역에서 포항 가는 기차를 타기 위해 이른 새벽에 일어났다.

포항에서 일행을 만났다. 하지만 반가움도 잠시, 머리카락의 끝이 있는 대로 올라갈 수 있는 데 까지 올라가고, 목 부위가 뒤집히기라도 할 것처럼 사나운 폭풍이 불고 있었다. 안내판에는 '오늘 모든 여객선 울릉도 출항 불가능. 동해안 전 해상 폭풍주의보.'라고 쓰여 있었다.

일행은 차를 빌려 드라이브하기로 했다. 드센 풍랑과 함께 가랑비가 온종일 내렸다. 먼저 포스코 쪽으로 가서 구룡포 해안을 돌았다. 그리고 대보를 지나 '호미곶'에 갔고, 보경사를 지나 등대박물관에 갔다. 동해안의 강한 파도를 막는 역할을 하는 호미곶, 영일만인 이곳 정식명칭은 원래 '장기곶'이었는데, 2002년 1월 5일에 호미곶으로 바뀌었다.

태풍 때문인지 호미곶의 파도가 장관이었다. 엎치락뒤치락 겹쳐서 굽이쳤다. 어디론가 내몰리는데, 가지 않으려고 안간힘을 쓰는 몸짓 같았다. 보폭 넓힌 걸음을 내디뎌 못다 부른 노래를 막바지에라도 부르려고 소리를 높이는 듯했다. 음정, 화음, 박자가 두서없이 섞여서, 하얀 몸통을 송두리째 드러냈다. 아슬아슬한 곡예를 하듯 큰 물살과 작은 물살이 포개졌다.

보경사를 지나 내려오던 길, 소나무들이 세찬 바람에 곧 넘어지기라도 할 것처럼 흔들거렸다. 같은 공간인데, 바닷가 바람 부는 쪽 소나무는 굽은 등처럼 휘어져서 안쓰러웠다. 온몸으로 바람을 막아내느라 힘이 부쳐서 구부러진 것일까? 밑동에서부터 가슴 밑부분까지는 솔잎 하나 붙어 있지 않았다. 바닷바람의 강한 저항에 싹을 틔우지 못한 것인지, 뿌리 쪽에 힘을 모아주느라 몸을 덮을 옷도 마련하지 못해서인지, 이런 상념에 젖어 발걸음을 옮기고 한참 가서 다시 뒤돌아보았다. 동산에 있는 나무들 가운데 소나무가 가장 위엄 있어 보였다. 푸르고 힘이 있어 보이는 소나무를 보니 마음이 좀 나아졌다.

다음 날 아침을 맞았다. 울릉도 출항이 원래는 오전 10시였다. 그런데 기상악화로 2시로 지연되었다. 하루가 늦어진 셈이다. 미리 여객터미널로 가서 여유 있게 대기했다. 수송능력이 850명이라는 썬 페리호에 승선했다. 배는 높은 파도에 몸을 싣고, 깊숙한 출렁거림으로 서서히 움직였다. 건장한 남자들과 여성들도 멀미의 고통으로 아우성이었다. 이리저리 쏠리면서 구토를 했다. 오래전, 승용차로 아슬아슬한 절벽 길을 지나던 강원도 인제의 고갯마루가 생각났다. 나는 승선 1시간 전 복용한 멀미약 2알의 효과 때문인지 괜찮았다. 남편도 처음엔 조금 힘들어했으나 이내 괜찮아했다. 안내방송이 나왔다. 원래는 5시쯤에 도착하는데, 해상상태가 좋지 않은 관계로 6시쯤 도착할 거니까 양해 바란다는 내용이었다.

6시 5분쯤, 울릉도 항에 도착했다. 육지와 떨어져 홀로 보낸 세월의 흔적이 감돌았다. 신비한 자태와 웅장한 모습이 별천지 같았다. 정원사의 정성스런 기술이 느껴지는 커다란 분재 안에 들어선 느낌을 받았다. 뱃멀미에 헝클어진 사람들 표정이 편안해 보였다. 입가에는 새로운 세계를 만난 기쁨에 웃음이 피었다.

숙소에 짐을 풀었다. '울릉도에서만 나오는 토속 반찬 전문점'이라는 간판이 달린 집에서 저녁 식사를 했다. 복스러운 얼굴이 자매처럼 닮아 인상적인 젊은 여성 둘이 차린 밥상이 정갈하고 깔끔했다. 남편과 남편 친구 오창순 씨, 장정식 씨와 함께 해안 옆 산책로를 걸었다. 하루 먼저 떠나는 우리 부부를 위한 세심한 배려가 고마웠다. 청정한 기운이 흠뻑 담긴 초록 숲 냄새로 걸음도 가슴속도 상쾌했다. 한없이 드넓게 펼쳐진 바다와 맞닿은 수평선 너머, 몇 시간 전의 육지의 생동감이 아득하게 느껴졌다.

케이블카를 탔다. 해 질 무렵 고적하고 선선한 기운이 내려다보이는 산봉우리와 풍경이 조화를 이루어 운치 있었다. 케이블카에서 내려 둘레길을 걸었다. 청량감이 감도는 선선한 기온이 병풍처럼 둘려진 숲과 어우러져 독특한 멋스러움을 자아냈다. 연한 주황빛 석양에 반짝거리는 나무들의 윤기가 폭풍과 멀미를 뚫고 달려온 마음을 어루만져주었다. 5cm 정도 자란 이파리들을 손으로 만져보았다. 부드럽고 촉촉했다. 마음 어질고 한가한 여인이 아침저녁으로 콧노래 부르면서 닦아준 것 같았다.

주일성수를 위해 하룻밤만 자고, 토요일 이른 새벽에 떠나는 남편과 나를 아쉬워했다. 우리는 일행에게 폐가 될까 봐 조용히 자고 새벽 3시 50분에 살짝 일어났다.

"잘 가고 내년에 다시 만나요. 우리 이렇게 종종 만납시다."

고오석 씨와 장정식 씨는 자다 말고 뱃머리까지 나와 배웅해줬다.

3박 4일 짧은 일정이었지만, 울릉도의 고즈넉하고 활기차고 푸른 풍경은 휘파람으로 부르는 가곡 '보리밭'이 떠오르는 여운으로 남았다. 돌아오는 배 안에 앉아 깊고, 푸르고, 새까맣고, 괴물 같기도 한 바닷물 속과 철썩거리는 파도를 바라보았다. 오징어 통통배들이 '통통통' 소리를 내며 지나갔다.

'세상에 어떻게 저렇게 작고 허술한 배를 타고 생업을 위해 바다로 갈 수 있을까? 썬플라워호 같은 대형선박도 멀미가 심하고, 저항하기 어려운 출렁거림을 온몸으로 느끼는데…'

문도 없고 칸막이도 없는 작은 통통배에 몸을 싣고 망망대해를 향해 하는 사람들의 용기와 정신이 놀라웠다. 마음이 먹먹해지고 눈가에 이슬이 맺혔다. 또 바다 위를 나는 갈매기의 몸짓처럼 평화롭고 살갑게 살아가는 울릉도 주민의 부지런한 모습을 볼 때도 그랬다. 돌아오는 마음이 잔잔하고 그윽해지고, 삶의 의지가 충일해졌다.

비 오고 바람 부는 날이면, 호미곶의 거센 풍랑과 사나운 파도와 보경사를 내려오는 길에서 본, 기개 늠름하던 소나무가 떠오른다. 인생의 어려움 속에서 최선을 다하는 사람들이 많다. 어디론가 내몰리면서도 떠밀려가지 않으려 안간힘을 쓰던 호미곶의 파도처럼 삶의 난관 앞에 엎치락뒤치락하면서 끝내 극복한다. 또한, 해안가에서 하염없이 부는 세찬 바람에 허리까지 고꾸라지듯 휘어지면서도 꿋꿋이 서 있던 소나무처럼 삶의 온갖 풍상에도 인고의 노력으로 어려움을 이겨내는 모습이 맑은 울림을 준다.

삶이 버겁고 나약해질 때마다 그 풍경들이 생각나 곧고 정갈한 빛으로 정신을 차리게 할 것 같다.

여행

여행은 '지상에서 가장 아름다운 시간의 허비'라고 한다. 시간의 허비가 아니라 아름다운 축적이라는 뜻이다. 잘못 내린 열차역, 기상악화로 달갑지 않은 경험에도 불구하고 이번 울릉도 여행에서 충만한 에너지를 느꼈다. 마음의 여유 때문인지 시벨리우스 바이올린 협주곡이 더 은은하고 가지런히 들렸다. 뒷산에서 바람을 타고 날아오는 아카시아 향기가 더 감미롭고 연락 뜸한 친구에게 따뜻한 안부라도 묻고 싶다.

큰딸이 시험 마지막 날이라 집에 빨리 온 날 큰딸의 운동화를 사러 남편과 함께 나갔다. 5월 끝자락의 햇살은 여름 볕 같았다. 바람이 살랑거리고, 양천구청역 주변 담장의 장미는 방긋 방긋한 미소로 주변까지 환하게 했다.

"엄마, 장미의 계절이에요. 저 화려한 물결 좀 보세요. 어쩜 저렇게 예쁘고 탐스러울까요?"

"응, 진짜 예쁘지?"

"딸아, 꼭 엄마 웃을 때 얼굴하고 닮았지?"

수년 전, 인천에서 예배드리고 집에 오는 길에서도, 작년에 목동 성당 근처 담장을 지날 때도, 어느 해 건 장미를 볼 때면 한 번씩 하는 남편의 말이다.

"당신 얼굴 같아. 진짜 닮았어. 빈말이 아니야."

"아빠 말이 맞아요. 장미의 선명한 붉음이 주는 꽃말처럼 엄마는 선명한 색깔로 살아가고 계시니까요."

"선명한 색깔은 어떤 건데?"

"음, 기도하고 상담하면서 사람들 돕고, 가족에게 그때그때 필요한 음식, 또 정신적 비타민을 채워주는 거요. 또 그런 일을 참 좋아하신다는 느낌 같은 거."

그동안 나의 시간들이 딸의 말처럼, 선명한 빛깔로 물들여지기라도 한 것일까 생각해 보았다. 손가락 사이에서 빠져나가는 모래알처럼 허망하게 흘려보낸 시간들도 많았다. 가치 있게 사용한 시간도 있었다. 앞으로 어떻게 사용해야 할까? 생각하니, 건축현장에서 땀을 흘리며 열심히 일하는 인부의 얼굴이 떠올랐다.

여행은 시간을 내서 추억을 만들어가는 것이다. 소소한 일상도 시간 속에서 경험하는 여행이라고 생각한다. 자신이 그리는 그림이다. 그런 의미에서 여행도, 일상도 선물이다. 아름다운 축적이다.

"사람은 자기 자신에게서 도피하기 위해서가 아니라 자기 자신을 되찾기 위해서 여행한다."

-장 그르니에

숲 속에서

남편과 함께 집 바로 뒤에 있는 갈산에 갔다. 늘 푸른 숲이다. 소나무, 자작나무, 떡갈나무, 아카시아 나무, 크고 작은 나무들이 우거져 있는 오솔길을 지나 소나무 숲 쪽으로 갔다. 중간 지점쯤 갔을 때다. 은은한 솔 향이 감도는 가운데 몇 명의 중년 여성들이 운동하고 있었다. 나무 몸통에 자신의 등을 치고 있는 사람, 맨손체조를 하고 있는 사람도 있었다.

몇 걸음 걸어가는데 저만치에 유난히 높이 뻗은, 그래서 더 가냘프게 보이는 소나무 한 그루가 눈에 들어왔다. 그리고 빨강 셔츠를 입은 50대 중반으로 보이는 여성의 부산한 몸동작이 보였다. 큰 키에 약간 뚱뚱한 체격인데 그 나무에다 몸을 대고 등을 툭툭 치고 있었다. 있는 힘을 다하기라도 하는 걸까? 근처 소나무들보다 몸 둘레가 두툼하지 않은 나무는 이리저리 출렁 출렁거렸다. 나무가 어지럽겠다고 느껴질 만큼 흔들리는 것을 바라보니 마음이 좋지 않았다.

흔히들 아낌없이 주는 나무라고 말한다. 하지만 자신을 생채기 내면서까지 자신의 존재를 뿌듯해 하지는 않으리라고 생각한다. 껍질을 벗겨낼 때처럼 쓰라리지는 않을지 마음이 아팠다. 금방 몸살이라도 난 것처럼, 잠시 쌀쌀한 기온 때문에 덜덜 떨게 하는 서늘함이 내 가슴을 쓸고 갔다. 그리고 무더위에 끈적끈적한 땀 냄새 풍기는 사람과 어쩌다 부딪칠 때 스치던 곤혹스러움을 느꼈다.

숲 속에 들어설 때마다 청정한 공기가 코끝에 닿을 때면 마음이 사랑스러우면서도 고마움을 느낀다. 풀, 꽃, 나무, 햇살, 푸른 하늘 그리고 모두에게다. 나무는 햇살을 받고 자라고, 잘 자란 나무는 사람들에게 청정한 에너지를 선물한다. 이런 나무를 바라보면서 무언가 혜택을 입으면, 그 혜택을 다른 통로로 나누는 세상 이치를 생각한다.

산에서 내려오면서 만난 소나무 숲 속, 바위 옆에 서 있는 아직 어린 나무들이 정답다. 한참 곧게 자라고 있다. 사랑스러운 벗들이 도란도란 모여 담소라도 하는 듯하다. 솔 향의 청정한 기운과 곧은 기품을 함양하는 중이라고 해맑은 얼굴로 나에게 엄지를 치켜세우며 속삭이듯 말을 걸어오는 것 같다.

산책길에서 사람의 몸에 부딪혀 생채기를 내는 듯한 나무의 모습을 보기 전까지는 사실, 자연을 별생각 없이 대했다. 좀 더 따뜻한 사랑과 관심을 가지고 숲에 가야겠다.

"숲은 작은 이파리, 풀들이 저마다 초록빛 물감을 움켜쥐고 있기 때문에 산야가 초록빛으로 빛나고 있는 것이다."

-안도현 시인

우울

　지하철 안에 중년 남성이 중년 여성의 어깨를 다정하게 감싸 안은 사진이 부착된 홍보물이 있다. '많은 중년 여성들이 우울증을 겪고 있습니다. 아내, 어머니를 지켜주세요!'라고 적혀있다. 활짝 웃고 있는 여성의 표정이 환하다. 작은 글씨로 '우울증 자가진단 홈페이지' 주소와 '마음이음 위기' 상담전화가 기재돼 있었다. 이런 것까지 나오는 것을 보면 중년 여성의 우울증이 많은 것을 알 수 있다.

　평소 건강하던 사람도 감기에 걸리는 것처럼 누구나 우울증을 겪을 수 있다. 남녀노소 할 것 없이 증세의 강도에 차이가 있을 뿐, 대다수 현대인들은 스트레스성 우울의 징후를 조금씩은 안고 살아간다고 한다. 경쟁사회에서 스트레스가 많기 때문이다. 우울증은 원인에 따라 치료가 다르다. 일시적인 우울은 시간이 지나면 자연스럽게 괜찮아진다. 그러나 중증 우울증은 계속 약을 먹어야 하고, 그래도 증세가 호전되지 않으면 입원해야 한다.

　나는 2001년 9월 아들이 군대에 입대한 후 얼마 지나지 않은 10월 말부터 약간의 우울을 경험했다. 일본에서 중년의 여성들이 자녀가 대학에 입학한 후 겪는 '5월 병'이라 부르는 증세와 비슷했다. 가벼운 감기라고 여겼는데, 힘들었다. 권태도 아니고 메마름도 아닌데, 마치 내 마음은 물에 적셔진 솜뭉치처럼 무거웠다.

"엄마, 집에만 있지 말고 밖에 좀 나가 보세요. 이 가을이 얼마나 오색찬란한 모습으로 물들어 있는지 감상해보세요."

학교에 다녀온 큰딸이 현관문을 들어서면서 평소와 다른 나를 보며 말했다. 평소 나의 목소리가 생기가 있다고 하던 친구는 "웬일이니, 네가 힘이 없어 보이다니." 하며 의아스러워했다.

이때 내가 경험한 우울은 가벼운 상태였다. 그런데도 마음을 짓누르는 무거운 기분 때문에 힘들었다. 느긋하려고 노력했다. 오전 중 햇볕을 받으며, 숲을 산책했다. 우울할 때 좋다는 음악을 들었다. 드보르자크 교향곡 9번 2악장 '라르고', 차이콥스키 '교향곡 '비창', 슈베르트 '현악 4중주', 베르디의 '아이다'였다. 친구도 만났다. 또 기도하고 찬양을 많이 불렀다. 가을과 겨울을 지나 봄이 되자, 언제 그랬냐는 듯 나았다. 새털처럼 가벼워졌다.

상담실에서 우울을 호소하는 전화를 수차례 받았다. 대개 상담하고 나면, 얼마쯤 괜찮게 지내다가 다시 힘들어했다. 한 여성은 땅이 꺼지는 것 같은 기분으로 힘들어했다. 상담을 통해 만난 여성들의 우울증 원인이 궁금해서 살펴본바, 증세마다 다르겠지만, 공통점이 있었다. 자신을 짓누르고 있는 것에 대한 무의식적인 분노가 적절한 출구를 못 찾아서였다. 이런 경우는 억압이라는 이름으로 우울 안에 들어있는 분노(물론 정당하고 올바른 분노이다)를 이해하고, 그 분노를 타당한 것으로 인식하고, 노여움을 느끼고, 건설적인 방법으로 터져 나가게 해서 해방시키면 좋다. 그럴 때 자신과 다른 사람들을 향해 새로운 방식으로 마음이 열린다. 자기혐오와 우울의 낡은 패턴에서 벗어남으로 더 이상 우울하지 않게 된다.

어찌 보면 내가 가볍게 겪은 우울도 그랬을 수 있다. 살면서 외부를 통해 받은 왜곡된 메시지를 곧바로 털어내지 못하고 삭이고 살았고, 내가 처한 환경적 상황이 터는 것보다 내면화시키니 가족 모두가 더 편했기 때문이다. 나는 신앙심으로 하나님께서 나를 사랑하신다는 확신 안에 자신을 사랑하고 존중한 것, 그리고 친구나 지인과 다른 여성들과의 꾸준한 교제가 힘이 되었다.

나는 상담실에서 우울을 호소하는 여성들에게 병원 방문을 적극적으로 권했고, 어떤 이는 중증 진단을 받았다. 그런데 한동안 약을 먹다가 약의 부작용을 우려하며 약을 먹다 말다 하는 경우가 있었다. 약을 먹자니 뭔가 찜찜하고 약을 끊으니 불안하다고 했다.

우울을 극복하기 위해 몇 가지 기본을 지키는 것이 중요하다. 약을 먹다가 완치가 안 되었는데 중단하면 극히 위험하다. 자신의 의지도 필요하지만, 의료진을 신뢰하고 약을 잘 먹는 것이 좋다. 약의 부작용은 신경 쓰지 않아도 될 만큼 좋은 약들이 많다. 또 일상생활에서 의욕이 저하되기 쉽지만, 벗어나려고 조바심치지 않는 마음이 필요하다. 입맛이 없어도 규칙적인 식사와 적정한 수면시간도 필요하다.

가까운 친척 여성의 사례이다. 결혼 후 3년 만에 사별했다. 혼자 힘으로 아들을 키우면서 우울증을 앓았다. 환경이 어려운 것도 한몫했다. 점점 심해져서 이유 없는 폭언과 흉기로 불특정 다수를 위협했다. 이웃 주민들이 무서워서 피하고 민원을 받은 동사무소 직원들도 힘들어했다.

병원진료를 거부했다. 나와 남편이 권면과 설득을 거듭해서 병원으로 데리고 갔다. 의사는 중증이므로 치료를 받고 약을 먹으라고 했다. 통원 치료를 하며 주일예배에 성실하게 참석했다. 어느 정도 나아지나 싶더니, 어느 날 안정감이 없어 보였다. 이상해서 약을 먹었느냐고 묻자 위가 아파 안 먹는다고 했다. 깜짝 놀라 우울증은 약을 먹다가 중지하면 몹시 해롭다는 사실을 알려주며 약 복용을 권했다. 의사는 위에 부담 없는 약으로 처방해줬다.

바위틈에 눌려 누렇게 뜬 식물처럼 생기 없더니 그 후에는 생명력을 찾았다. 늘어지고 틀어졌던 모습들이 안정감을 찾았다. 삶의 의욕과 활기를 가지고 직장에 취직했다. 힘든 일을 하면서도 잘 웃고 감사하고 행복해한다. 한 주간을 열심히 일하고 주일 날 교회서 건강한 모습을 볼 때 기쁘기 그지없다.

금사실 같은 봄빛이 아롱거리고 연두빛 새싹은 정갈한 빛 나뭇가지 사이로 고개를 내민다. 겨울나무와 마른 잔디가 봄을 맞아 활기를 찾고 풍요한 자아로 돌아가듯 우울도 친척 여성의 경우처럼 병원진료와 예배로 회복할 수 있다. 나무에 상처가 날 때 수액이 상처를 감싸 아물게 하고, 그 자리에 옹이가 생기듯, 감기가 나으면 항체가 생성되듯, 우울을 극복하면 삶이 견고해지고 아름다운 성숙의 흔적이 된다고 생각한다.

우울증을 극복하는 과정을 통해 자신이 가지고 있는 잠재적이고 실제적인 능력을 찾아낼 수 있다. 발견한 그 힘은, 뒷마당 한구석에 묻혀있던 보물을 발견한 것과 같다. 삶에 새로운 길을 여는 원동력이 된다.

휴식

아까부터 금속성의 물질이 찌그러진 것 같은 소음이 감지되나 싶더니 몸이 소리 지른다. '이제 좀 그만, 저 지금 휴식이 필요하거든요.' 오전 내내 빨래, 오후에는 시장을 보고, 간식, 반찬, 저녁준비, 청소까지 하느라 쉴 사이 없었으니 이해된다.

아이들 학원 시간을 맞추느라 이른 저녁을 준다. 모두 나간 후 '휴식은 노동의 달콤한 간이역이다.'라는 말이 떠올라, 클래식과 함께 비둘기 빛 폭신한 소파에 몸을 기댄다. 파스텔 톤의 은은한 빛이 감도는 천정을 바라보고 있는데, 뭉쳐진 기운이 풀어져 반반하게 정돈되는 듯 쉼이 느껴진다. 사라사테의 '지고이네르 바이젠'을 장영주의 바이올린 연주로 듣는다. 그 선율의 유연함과 정신을 압도하는 강한 터치의 강렬함에 마음이 흠뻑 적셔진다. 이어서 브람스 교향곡 '3번 3악장'이 흘러나온다. 온화한 리듬에 부드러운 목소리. 브람스와 이브 몽땅의 하모니가 감미롭고 잔잔하다. 우수 어린 선율이 로맨틱하기까지 하다.

'브람스와 클라라 이야기'가 생각난다. 클라라는 브람스에게 음악적으로 좋은 영향을 준 슈만의 아내이자 유명한 피아니스트였다. 브람스는 자신보다 열네 살 연상인 클라라를 연모하고, 슈만이 먼저 세상을 떠났다. 사람들은 브람스가 클라라와 함께 살 수도 있었을 거라 생각했다. 그러나 브람스는 자신에게 엄격한 완벽주의자로 오히려 이성을 되찾아, 그동안 가졌던 감정을 깨끗이 정리했다. 그리고 평생 독신으로 지내면서 친구로서의 우정을 지켜나갔다. 얼마의 세월이 지난 후, 클라라가 세상을 떠났다. 브람스는 몹시도 슬프고 놀란 나머지 장례식에 가려다가 기차를 잘못 탔다. 이리저리 헤매다가 결국 장례식에 참석하지 못하고 만다.

이런 이야기 때문인지, '브람스를 좋아하세요?'라는 표현은, '어떻게 그렇게 일관되게 한 사람을 향한 아름다운 사랑을 할 수 있나요?'라는 뜻이라고 알려졌다. 이런 사랑의 자세, 클라라를 향했던 브람스의 마음을 사람들이 좋게 생각하는 것이 아닐까?

현관문 여는 소리. 퇴근한 남편이 들어온다. 인기척만 있으면 나의 시선과 몸이 반사적으로 현관 쪽으로 향하는데, 오늘은 소파에 누운 채, 평소와 다름없이 질서정연한 몸짓으로 양복 윗도리를 벗고 있는 남편을 바라본다.

"나, 참 못됐다. 남편이 일하고 오는데, 나가서 반기지도 않고, 이렇게 누워있으니."

"그러네, 남편이 들어오는데 누워있다니."

남편이 익살스러운 눈짓, 장난기 담긴 말투로 나를 내려다본다.

'전혀 불만 없소. 보기 좋아. 대만족이야' 표정이 말한다.

"이런 쉬폰 빵 같은 폭신폭신한 쉼이 좋아요."

연분홍빛 수줍은 진달래 꽃잎을 닮은 봄날의 안온함이 좋다고 몸이 말하는 듯하다.

"국민들이 아무 일도 하지 않을 수 있는 능력으로 그 나라의 내적 건강도를 판단할 수 있을 것이다. 자리에 누워 생각에 잠기고, 목적지 없이 산책하고 커피를 마시며 앉아 있을 수 있는 능력으로 말이다. 왜냐하면, 하고 싶은 생각을 그냥 자유롭게 하면서 아무 일도 하지 않을 수 있는 사람이라면 자기 자신과 평화롭게 지내는 사람임이 틀림없기 때문이다."

-제임스 글릭(미국 과학 저널리스트)

휴식은 몸과 마음에 실제로 쉼을 준다. 이것은 휴식의 창조적인 면이다.

겨울 단상

　겨우내 뿌옇게 흐린 날이 많아서인지, 어린 시절 시골의 눈부시게 시리고 투명했던 겨울 공기가 그립다. 마을 길과 마당의 흙이 겹겹이 얼어붙어있고, 바람은 칼날처럼 차고, 하늘은 푸르게 시리고, 방 안에 있는 화롯불은 유난히 정겹고, 아랫목의 따듯한 온기가 행복했던 겨울이 생각난다. 집 뒤에서 바람결에 따라 '솔솔' 서걱거리던 대나무 소리와 저녁이면 굴뚝에서 올라오는 연기와 장작 태우는 냄새까지 훈훈했던 시골 풍경이 그리워진다.

　'대한 절기'가 가까워져 올 때까지 큰 추위가 두 번밖에 없는 포근한 겨울이다. "날씨도 대한을 알아보는지 대한 추위가 있을 것입니다."라는 기상대 예보가 반갑다. 대한을 이틀 앞둔 아침에 일어나 겨울 기쁨을 느꼈다. 소리 없이 밤새 내린 하얀 눈이 발목을 덮고도 남을 만큼 수북이 쌓여있어서다. 장독대, 화분, 나뭇가지에 높다랗게 둥글게, 쌓이고 걸쳐서 눈부신 순수함을 노래한다. 눈 그친 뒤 개운해진 공기가 주는 청정함. 그 속에 펼쳐진 순백의 조화, 그사이에 깃든 고요함과 침묵. '이런 날씨, 쌓인 눈을 바라보며 태곳적 신비를 떠올려본다.'고 말한다면 허황된 상상이 될지 모르겠다. 한껏 마음도 하얘지고, 넓어지고, 누군가에게 꼭 이 풍경을 나눌까 하고 대상을 떠올려보다 동작을 멈춘다. '아껴둬야지. 혼자 간직하면서 한껏 느낄 수 있는 것도 겸손이다.'라는 생각에서다.

"느낌이 많은 사람이 행복한 사람이다."라고 누군가 말했다. 그 말대로라면 나는 행복한 사람이다. 아직 녹지 않고 한참 동안은 녹을 생각을 하지 않을 것 같은 자태로 수북이 쌓인 설경. 어린 시절 겨울이 가져다준 고요함을 선물 받는다. 이 순백이 주는 겨울의 순수함을 마음에 흠뻑 적시면서 기도한다. "주님, 제 마음이 얼마나 이것저것으로 엉키고 너절해 있는지요. 저 쌓인 눈의 순백처럼 희게 씻겨 주세요."

서울의 흐리고 뿌옇던 겨울 공기가 하얀 눈에 덮여 맑게 느껴진다.

story 5 생
        각

짐

삶이 순조로울 수만은 없다. "인생은 무거운 짐을 지고 먼 길을 가는 것과 같다."고 어떤 이가 말했다. 사람이 한평생 사는 동안 짐을 지고 산다. 누구나 저마다의 크고 작은 짐이 있다.

전날 아침부터 내리기 시작한 눈이 밤새 내렸고, 종일 쉴 사이 없이 내렸다. 저녁 찬거리를 사러 시장에 갔다. 바람이 쌩쌩 불고 눈은 계속 내렸다. 꽁꽁 언 빙판길을 걷는데, 아침에 신문에서 본 사진이 떠오른다. '골절상 입은 환자 속출'이라는 제목과 함께 도로변에서 기우뚱하는 사람, 미끄러져 엉덩방아 찧는 사람의 모습이다. 미끄러질 것 같아 발에 힘을 주고 눈 위를 걷는다. 찬거리를 사서 양쪽 손에 나눠 든다. 양손에 실린 짐이 묵직하다. 그런데 걸음에 안정감이 생긴다. 사람이 살면서 지고 가는 짐에 대해 생각하며 걷는다.

길은 울퉁불퉁한 길, 좁은 길, 미끄러운 길, 경사진 길, 벼랑길이 있다. 똑같아 보이는 짐도 어떤 길을 걷느냐에 따라 느끼는 무게가 다르다. 삶을 짓누르는 짐이 너무 무거워 힘들면 낙심하고 좌절하기가 쉽다. 그대로 주저앉아 패배자가 되기도 하고, 높은 이상과 목적으로 출발했지만 포기하기도 한다. 또 영혼을 어둡게 하고 옭아매거나 가두는 죄의 짐도 사람을 해롭게 한다.

삶의 무게에 짓눌려 고통을 받고 꿈을 포기하는 사람을 보면 안타깝다. 나도 몹시 힘들 때는 '이 짐이 없으면 얼마나 좋을까'하고 생각했었다.

"자신의 짐을 져라. 거기에 당신의 행복이 있다는 것을 알아야 한다. 그리고 거기에서 자신의 생활에 필요한 것을 섭취하라."

-마르크스 아우렐리우스

짐이 무조건 나쁜 것만은 아니다. 좋은 점이 있다. 짐을 잘 감당하고 나면 자기에게 주어진 여러 가지 짐이 복이었다는 사실을 발견한다. 내가 세파에 휩싸이지 않고 이만큼 안정되게 살아가는 힘은 그동안 무겁다고 생각해온 짐 때문이라고 생각한다. 적당한 짐을 지고 갈 때, 정신과 마음이 단련되고 성숙해지며 깨달음을 얻고 마음 그릇도 커지고 겸손해진다. 안일과 나태와 방종에 빠지지 않는다. 그래서 진흙탕에 빠져 헛바퀴가 도는 차에는 일부러 짐을 싣고, 아프리카의 원주민은 강을 건널 때 급류에 휩쓸리지 않으려고 큰 돌덩어리를 등에 짊어지고 건넌다고 한다. 삶의 무게가 위험으로부터 인생을 지켜주는 이치와 같다.

짐을 질 때는 인내가 필요하다. 짐이 무거울 때 끝까지 인내하는 것은 쉽지 않다. 그것은 짐을 짐스럽게 여기지 않는 마음가짐에 달려있다. 사랑하는 마음으로 자녀를 낳아 키우는 일은 짐이 아닌, 축복이다. 또 시장에 가서 식탁에 올릴 음식재료를 사서 손에 들고 올 때, 장바구니는 무겁지만 짐스럽지 않다. 가족을 향한 사랑 때문이다.

큰딸이 대학입시를 앞두고 있을 때 학과와 실기 시험 준비로 늘 시간이 없었다. 옆에서 지켜보기에도 벅찰 때가 있었다. 내가 안쓰러워하면 딸은 이렇게 말했다.

"엄마, 아침마다 이렇게 기도해요. 짐을 덜어달라고 하기보다는 짐을 잘 질 수 있는 튼튼한 등이 되게 해 주시라고요."

산처럼 거대하고 바윗덩어리 같은 무게의 짐을 지고 있어도, 자신이 지고 가야 할 몫이라고 생각하고 즐겁게 지면 가볍다. 그러나 아무리 가벼운 무게라도 자신의 몫이 아니라고 생각하면 부담스럽고 힘들다.

감사하는 마음으로 자기에게 주어진 짐을 최선을 다해 감당하며, 인간의 노력에는 한계가 있기에 하나님께 기도와 믿음으로 맡기면 어느덧 자유로워진다. 무더위에 땀을 흘리다가 선선한 바람을 만나는 것 같은 상쾌함을 맛본다. 짐을 지고 갈 때는 인내가 필요하다. '인내는 쓰나 그 열매는 달다.'는 격언처럼 인내에는 달콤한 열매가 있다. 이것이 삶의 보람이고 행복이라고 생각한다.

내 등의 짐

정호승

내 등에 짐이 없었다면
나는 세상을 바로 살지 못했을 것입니다
내 등에 있는 짐 때문에 늘 조심하면서

바르고 성실하게 살게 됩니다
이제 보니 내 등에 짐은
나를 바르게 살도록 한 귀한 선물이었습니다
내 등에 짐이 없었다면
나는 사랑을 몰랐을 것입니다

내 등에 있는 짐의 무게로 남의 고통을 느꼈고
이를 통해 사랑과 용서를 알았습니다
이제 보니 내 등의 짐은
나에게 사랑을 가르쳐 준 귀한 선물이었습니다

내 등에 짐이 없었다면
나는 아직도 미숙하게 살고 있을 것입니다
내 등에 있는 짐의 무게가
나의 삶의 무게가 되어
그것을 감당하게 하였습니다

이제 보니 내 등에 짐은
나를 성숙시킨 귀한 선물이었습니다
내 등에 짐이 없었다면
나는 겸손과 소박함의 기쁨을 몰랐을 것입니다

내 등의 짐 때문에 나는

늘 나를 낮추고 소박하게 살게 됩니다
이제 보니 내 등의 짐은
나에게 기쁨을 전해 준 커한 선물이었습니다

물살이 센 냇물을 건널 때는 등에 짐이
있어야 물에 휩쓸리지 않고
화물차가 언덕을 오를 때는 짐을 실어야
헛바퀴가 돌지 않듯이

내 등에 짐이 나를 불의와 안일의 물결에
휩싸이지 않게 했으며
삶의 고개 하나하나를 잘 넘게 하였습니다

가족의 짐, 사업의 짐, 이웃과의 짐,
가난의 짐, 몸이 아픈 짐, 슬픈 이별의
짐들이 내 삶을 감당하는 힘이 되어
오늘도 최선의 삶을 살도록 채찍질합니다

뿌리

비 한번 내리지 않고 내내 무덥기만 하더니 바람이 불기 시작한다. 태풍이다. 베란다 창문 바깥 풍경이 옷을 벗어 던진 것처럼 요란하다. 잣나무, 사철나무가 발끝에서부터 머리끝까지, 이쪽에서 저쪽으로 사정없이 흔들리고 있다.

살아오면서 나는 어떤 바람에 의해 저만큼 흔들려본 적이 있던가? 생각하던 중 흔들리는 나무의 뿌리에 마음이 옮겨 간다. 생명의 근원인 뿌리. 뿌리가 얼마나 중요한가. 뿌리 튼실한 나무, 뿌리 깊은 나무. 이런 표현이 말해주듯 뿌리가 생명이다.

"모든 이론은 회색이고, 오직 영원한 것은 저 푸른 생명의 나무다."

-괴테

오래전에 살았던 양옥집 마당의 포도나무가 생각난다. 봄부터 여름 내내 싱그러운 이파리와 윤기로 꽃피어 한껏 분위기를 돋보이게 했다. 그러다가 찬 서리 내리고 겨울이 되면 앙상하게 메말랐다. 주름이 깊게 팬 노인의 수심 어린 얼굴을 바라볼 때와 비교가 안 되는 애잔함을 자아내곤 했다. 그러다가도 봄기운이 스며들면 기지개를 켜고 싱그럽고 생기발랄한 얼굴을 내밀어서 우러러보게 하던 포도나무.

그 포도나무처럼 거실에 있는 15년 이상 된 나무 두 그루에서도 뿌리의 생명력을 느낀다. 고무나무는 이파리의 두툼한 두께와 윤기와 새로 난 싹 잎들에서, 그리고 벤자민 과에 속한 단풍잎 비슷한 초록 이파리를 가진 이름 모르는 나무는 무성함에서다.

단풍잎 이파리를 닮은 이 나무는 화원에서 처음 만났을 때, 가운데 몸체와 가지가 유난히 가느다랗다. 그런 모습이 짠하게 보여 튼튼하게 키워보려고 구입했다. 집에 온 지 한참이 되어서도 변화가 없었다. 어느 때 보니 아예 호흡이 멈춘 듯 앙상한 채로 가느다란 막대기 몇 개 포개서 걸쳐놓은 것처럼 보였다. 그래서 쌀뜨물도 주고 우유도 줘봤다.

시간이 지나면서 놀라운 변화가 일어났다. 간들간들한 가지 사이에 움이 트고 초록 이파리가 조금씩 살아난 것이다. 이파리 빛깔도 점점 더 진한 초록을 덧입더니 윤기를 띠기 시작했다. 마침내 위로, 양옆으로 뻗어 나가더니 초록 망토라도 두른 듯 무성한 모습이 되었다. 이 나무를 바라볼 때면 경이로움과 생명의 기운을 느낀다.

한 사람 한 사람의 생애도 나무와 닮아있다. 생명 다하는 날까지 살아간다. 어제를 살았고, 오늘을 살고 있고, 내일을 향해서 간다. 매일이 같은 날 같지만 늘 새롭다. 다른 날로 살면서 자라간다. 메마름도 지나가고 풍성함도 맛본다. 태풍도 만나고 돌풍도 만난다. 흔들거리면서 북돋아지고, 생채기가 나기도 하면서 튼튼해진다. 하늘 바람 마시고, 거울 들여다보며 단장도 하면서 익어간다.

태풍에 몹시도 흔들리지만 드러눕지 않고 꿋꿋하게 견디는 나무들을 보면서 뿌리의 힘에 마음의 시선이 갔다. 성장통인 태풍, 엄동설한, 가뭄 같은 온갖 풍상에도 뽑히지 않고 견뎌내는 근원이 바로 뿌리의 힘이라고 생각했다.

나는 어떤 모습으로 어디에 뿌리 내리고 있을까? 확신하기로 나의 뿌리는 십자가 안에서 영원한 생명이신 예수 그리스도시다. 내 존재와 영혼이 그 터에 뿌리 내리고 그 안에서 살아간다. 교회, 성경, 성령님, 기도, 고독, 만남은 좀 더 깊고, 튼튼하게 뿌리 내리도록 해주었다. 그리고 아픔, 슬픔, 좌절, 눈물, 웃음, 환희, 기쁨, 사랑, 형제애는 영양가 있는 거름이 되었다.

나의 과거, 현재, 미래, 그리고 영원이 예수 그리스도 안에서 영원한 하나님 안에 연합되어 있음이 감사하다. 이 사실이 이 세상의 그 무엇과 비교할 수 없을 만큼 큰 복이라고 생각한다.

"그러므로 너희가 그리스도 예수를 주로 받았으니 그 안에서 행하되 그 안에 뿌리를 박으며 세움을 받아 교훈을 받은 대로 믿음에 굳게 서서 감사함을 넘치게 하라."

-골로새서 2장 6-7절

오래전 노트

두툼한 노트 여러 권이 책장의 한 칸에 자리하고 있다. 청년의 때와 결혼 이후 수년 동안의 숨결을 간직한 정원이다. '고독 속의 희열'이란 이런 것이구나 하던 때, 고요한 집중과 사유가 모인 숲이기도 하다. 연도와 날짜와 요일, 날씨, 그날 있었던 핵심 내용이 간단한 메모로 적혀있다. 책을 읽으면서 옮겨놓은 글들, 느끼고 생각해본 내용들이 담겨있다.

작년 2월 중순 토요일, 책장을 정리하다 작은딸에게 보여주었다. 노트를 열어보고 내용을 살피던 둘째 딸의 눈빛이 점점 진지해졌다.

"세상에, 와! 우리 엄마 대단하다. 그때가 엄마 나이 몇 살 때인데…. 어떻게 그 나이에 이런 내용의 글이 마음에 들어올 수 있었을까요? 이렇게 가지런히 적어놓고 애지중지 아끼고 살 수 있었을까요?"

예기치 않은 딸의 반응에 내 마음은 바람 불 때 느끼는 꽃내음으로 향기로웠다.

"그래? 엄마는 아마도 인문학적 성향에 끌리도록 하나님께서 만드신 것 같구나. 그런 내용이 매력적으로 다가왔고, 내 20대를 꽤 행복하게 해줬단다. 이파리보다는 뿌리를 들여다보는 느낌을 받으면서 말이다."

내 이야기를 듣고 있던 남편도 옆에서 거들었다.

"이전에 이 노트를 알았지만, 다시 보니까 놀라운데. 잘 간추려 묶어 소책자라도 내보면 어떨까?"라고 덧붙인다. 나는 사양했다.

"도서관과 인터넷에 좋은 글들이 차고 넘치는데, 굳이 나까지…"

월요일 아침 딸은 출근하면서 체크카드를 건넸다.

"엄마, 대단한 우리 엄마! 오늘 아빠랑 좋은 음식점 가서 맛있는 것 사 드세요."

평소에는 아이들이나 남편이 외식을 권하면, 미적거리거나 미룰 때가 많았다. 그런데 이날은 딸에게서 전해진 깊은 울림이 소담스럽게 다가왔다. 오래전 구입한 후 잘 안 입게 된, 진한 빨간색 면 남방셔츠를 입고 남편과 함께 집을 나섰다. 추위가 한풀 꺾이고 봄이 오는 소리가 골목에 깔린 걸까, 포근했다. 집에서 그리 멀지 않은 곳에 위치에 있는 41타워의 넓고 전망 좋은 샐러드 바를 찾았다. 딸이 카드를 주면서 말해 준 곳이다.

내가 20대 초반이던 청년 때, 내 젊은 날의 꿈과 희망과 방황과 좌절 등의 정신적 초상이 담긴 묵은 노트. 그 노트에 적힌 깨알 같은 손 글씨, 그 내용이 37년의 세월이 흐른 뒤 아이에게 얼굴을 내밀었다. 그리고 경이로운 '감동'을 선물했다.

바람결이 볼을 스쳐 가듯 생각이 스쳐 간다. 젊은 날에 내 '존재의 둥지'라도 되는 것처럼 따스한 행복감과 인식의 확장을 줬던 글들이었다. 그 글들의 울림을 그냥 떠나보낼 수 없어 책에 밑줄을 그었었다. 그래도 울림이 묵직한 글은 다시 읽고 노트에 옮겨 적었다. 내면에 새겨진 다짐들이 있었는데, 그 가운데 작은 일부라도 나만의 빛깔로 피어났을까, 열매 맺도록 자양분이 되었을까. 아니면 이 노트의 묵은 빛깔처럼 세월에 밀려 빛바랜 채 사라진 것은 아닐까 하고 생각한다. 아쉬움이 스친다.

딸의 진정 어린 감탄과 이해가 고맙고 소중하다. 꽃다발을 한 아름 받아 안고 있는 기분이다. 화려하게 빛나 보이는 어떤 선물과도 비교할 수 없이 뿌듯하다. 삶은 이렇게 경이로움으로 다가와 때로는 놀라게 하면서 특별한 선물이 되어 준다.

이쪽과 저쪽 사이

어젯밤부터 시작된 비가 온종일 쉬지 않고 줄기차게 내리고 있다. 가을을 재촉하고 있는지 바람이 선선하다. 무던히도 가물던 여름도 이제 마지막이라고, 여름은 참으로 무더웠다고 마지막 인사라도 하는 것일까? 엘가의 '사랑의 인사'의 선율이라도 실어 보내주고 싶은 마음으로 바깥풍경을 마음에 담아본다.

창문 가까이에서 빗줄기를 바라보다가 고개를 돌리면서 베란다에 있는 벤자민에 눈길이 갔다. 굵지 않은 몸집에 어우러진 이파리는 내 몸의 3배나 될 성싶다. 이파리 윤기는 그대로인데 이상하게도 목말라하고 있는 듯 느껴졌다. 비 내리고 선선한 날씨인데 왜 그럴까? 찬찬히 바라보다 목마름에 애탔던 내 경험이 떠올라, 얼른 샤워기를 들고 물줄기를 조금 가늘게 뿜도록 수압을 조절해서 뿌려줬다. 내가 적셔진 것처럼 기분이 상쾌해졌다.

창문 바깥 잔디밭에서 팔을 벌리고 서 있는 잣나무, 플라타너스는 여름 가뭄 내내 입었던 더위를 벗어버리고도 남을 만큼 흠뻑 흠뻑 물을 들이켜고 있다. 더 푸르러 보인다. '아, 그렇구나. 베란다 창문 하나를 사이에 두고 비에 적셔지니, 싱싱해지고 또 그렇지 않은 것이구나. 닫힌 두꺼운 유리창 하나가 벽이 되어, 가로막고 있는 경계의 차이 때문'이라는 생각이 들었다. 마음이 반짝거린다.

오래전 나의 영혼도 그랬다. 고등학교 후반쯤에 가족, 선생님, 친구들, 친척들로부터의 사랑을 듬뿍 받으면서도 채워지지 않은 갈증이 있었다. 차가 지나갈 때면 비포장도로 신작로 가로수 푸른 나무에 먼지가 쌓이듯, 공허와 무의미로 인한 내적 메마름을 경험했다.

그런데 스물한 살 되던 겨울, 예수님을 만난 후 신기하게도 모든 것이 해갈되는 경험을 했다. 영혼에 십자가의 사랑과 부활 생명의 능력이 들어오면서부터다. 지상에서 이곳과 저곳의 차이는 한 뼘도 안 되는 차이인데, 영원에 있어서는 말할 수 없을 만큼 커다란 간격으로 분리된다고 믿는다. 오늘도 예수님 편에 서서 영혼을 적시는 샘물인 생수를 마시고 만족을 느끼며 사는 것이 감사하다. 또 성경이 말하는 진실, '천국 아니면 지옥'은 지금 이 세상에서 어느 편에 서느냐의 차이에서 나누어지기 시작한다는 성경적 진실을, 이 세상 사람들이 모두 알았으면 좋겠다.

화초나 나무의 뿌리도 메마름에서 살아나면 저절로 줄기가 윤택해지고 꽃을 피우고 열매를 맺는다. 사람도 마찬가지 아닌가. 나의 인생에, 일상에, 하루에, 순간의 줄기마다, 플라타너스와 벤자민의 푸른 윤기와 싱싱함을 간직하고 싶다. 또 잣나무 열매의 고소한 맛과 포도나무의 향기로운 과즙으로 그 누군가에게 나누어지기를 기도한다.

"너희와 우리 사이에 큰 구렁텅이가 놓여있어 여기서 너희에게 건너가고자 하되 갈 수 없고 거기서 우리에게 건너올 수도 없게 하였느니라."

-누가복음 16장 26절

"너희 목마른 자들아 물로 나아오라 돈 없는 자도 오라 너희는 와서 사 먹되 돈 없이, 값없이 와서 포도주와 젖을 사라."

-이사야 55장 1절

"누구든지 목마르거든 내게로 와서 마시라 나를 믿는 자는 성경에 이름과 같이 그 배에서 생수의 강이 흘러나오리라."

-요한복음 7장 37-38절

누가 죄인을
천상에 끌어 올리는가

<파우스트>의 '영원한 여성' 소고

괴테의 저서 <파우스트>는 무려 60년 동안에 걸쳐 집필한 책으로 알려진다. '욕망의 존재인 인간이 어떻게 구원받을 수 있는가?'를 끈덕진 실험 정신으로 구현해낸 이 책은 저자가 세상을 떠나기 몇 달 전에 완성했다. 책의 마지막을 다음의 문장으로 완결한다.

미칠 수 없는 것,
여기에서 이루어지고.
형언할 수 없는 것,
여기에서 성취되었네.
영원한 여성이 우리를 이끌어 올린다.

이 마지막 문장에 대해 일부 평론가는 대작으로서 전체작품의 의미와 무게가 상대적으로 빈약하다고 말하지만, 나의 생각은 달랐다. 영원한 여성이 우리를 이끌어 올린다.' 이 한 문장의 깊이와 무게가 책 전편의 내용을 아우를 만큼 고스란히 내 안에 파고들었다. 그래서 성경속에 나타난 여성의 정신에 비추어 이 대목을 곰곰이 묵상한 적이 있다.

성경에서의 '현숙한 여인'

영원한 여성은 영원한 시각을 가진 자다. 그래서 그녀에게는 진리와 사랑으로 살아가고자 하는 의지와 힘이 있다.

> "장로는 택하심을 입은 부녀와 그의 자녀에게 편지하노니 내가 참
> 으로 사랑하는 자요 나뿐 아니라 진리를 아는 모든 자도 그리하는
> 것은 우리 안에 거하여 영원히 우리와 함께할 진리를 인함이로다."
>
> -요한2서 1-2절

해 아래 새것이 없고, 영원한 것도 없고 모두 사라진다. 영원한 여성은 영원하신 예수님과 동행한다.

> "이 세상도, 그 정욕도 지나가되 오직 하나님의 뜻을 행하는 자는
> 영원히 거하느니라."
>
> -요한1서 2장 17절

영원한 여성은 하나님의 사랑을 받고, 그 사랑을 실현하는 믿음으로 산다.

"누가 현숙한 여인을 찾아 얻겠느냐 그의 값은 진주보다 더 하니라."

-잠언 31장 10절

"고운 것도 거짓되고 아름다운 것도 헛되나, 오직 여호와를 경외하는 여자는 칭찬을 받을 것이라."

-잠언 31장 30절

아내는 남편을 섬기며 돕는 배필이며, 의의 길로 인도할 수 있는 사람이다. 또 풍부한 직관적 영감으로 창조적 삶의 원천이 된다.

한 여성은 약하다. 그러나 어머니는 강하다. 여성이 어머니가 되었을 때, 하나님은 모성적 사랑을 통하여 아기와 엄마에게 행복을 주신다. 아내가 되었을 때, 환하게 비추는 '집안의 해'인 그 빛으로 가정에는 행복이 피어난다. 그런데 건강하지 못한 마음, 순수하지 못한 영혼으로 슬픔과 고통을 양산하기도 한다. 남편에게, 자녀에게, 부모와 이웃에게 아픔을 준다. 그것은 이기적인 욕망의 열매이다. 영원한 것이 아닌 이 세상의 헛된 것에 마음 빼앗기면 주님도, 사람도 사랑할 수 없다. 이 세상 깊은 잠에 빠지면 자신을 보고 지나가시는 주님을 만날 수 없다.

영원한 여성은 크고 넓은 문이 아닌, 좁은 문으로 들어간 사람이다. 계명을 순종하고자 기도하면서 예수님을 따라간다. 좁은 문은 사람의 노력으로 열리지 않는다. 파우스트에서 말해주는 것처럼, 인간은 하나님을 의지하지 않고 자기 욕심에서 나온 힘을 의지할 때, 노력하면 할수록 더욱 방황하게 된다.

파우스트의 '영원한 여성', 그레트헨

귀족인 파우스트는 어린 시절 뜨거운 신앙을 가졌었다. 또한, 그의 곁에는 속죄의 여인 그레트헨이 있었다. 그는 악마 메피스토펠레스의 주선으로 알게 된 순진한 평민 아가씨인 그레트헨을 사랑한다. 그러나 자신이 가지고 있던 인식과 자기 행위의 불일치에 고민하다가 악마의 유혹에 빠진다. 그는 메피스토펠레스에게 영혼까지 팔아넘기면서 쾌락적인 삶으로 자신을 파멸에 이르게 한다. 성경의 가르침에 의하면, 좁은 문만이 그 문을 닫게 할 수 있다. 그 문은 예수님의 피를 의지하고 회개할 때만 열리는 문이다. 이 피의 능력이 사랑이었고, 악마에게 팔아넘긴 파우스트의 영혼을 다시 살릴 수 있다.

파우스트에게 있어 영원한 여성은 그를 용서하고 구원으로 이끈, 아름다운 사랑의 소유자 그레트헨이었다. 그 사랑 때문에 파우스트는 늦게나마 잘못을 깨닫고 돌이킬 수 있었다. 그리고 진정 인간을 행복하게 하는 것은 이 세상의 어떤 쾌락, 명예, 권력 등으로 욕망을 채우는 것이 아니라, 자기희생이 전제된 차원 높은 사랑을 실천하는 것이라는 사실을 알게 된다. 그래서 불모지를 개간해서 만인을 위한 복지를 실현하고자 했다. 그 의지가 결국 악마와의 계약을 초월한다. 그러나 악마의 방해로 어려움을 겪는다. 시력까지 잃었지만, 마음의 눈은 열리고 구원의 서막이 시작된다.

지상의 삶에서 가장 절실한 것은

지금 세계 곳곳에선 흑암의 세계가 야기하는 각양의 끔찍한 일들이 연이어 벌어지고 있다. 이런 소식들이 언론에 보도될 때마다 나는 큰 충격으로 가슴을 쓸어내린다. 또한, 재난과 질병, 재정과 관계실패 등으로 낙담과 비통함에 탄식하는 소리가 높다. 이 모든 사람들에게 작품속 여주인공 그레트헨이 보여준 헌신적인 사랑이 필요하다. 그 사랑의 힘이 어둠을 밝히고 천상으로 이끌어 올려줄 것이다.

예수님은 영원한 구원자이시다. 원래 십자가는 유대 사회에서 강도, 살인자, 악한 자, 흉악범이 매달리는 사형 틀이었다. 그런데 흠 없는 예수님이 저주의 상징인 십자가에 매달리셨다. 인류의 죄와 저주를 찢겨진 몸에 짊어지신 것이다. 그리고 한 방울 남김없이 물과 피를 쏟으시고, 길과 진리와 생명이시고, 영원한 소망을 선물로 주셨다.

젊은 날 나는 눈이 높고 세상에 욕심도 많았다. 그런 나에게 구원자 예수님께서 순전한 사랑으로 찾아오셨다. 십자가에서 치르신 엄청난 희생과 흘리신 피로 값을 주고 나를 사셨다. 주님을 따르게 하시고, 음부의 문을 닫으시고, 하늘의 문으로 끌어 올리셨다. 그런데 나의 지난 삶을 돌이켜 보니, 희생적 헌신보다는 오히려 예수님의 마음을 아프게 해드린 일이 많았다. 사랑의 실현 대신에, 하나님 보시기에 참으로 보잘것없는 삶의 여정이었다. 그럼에도 나의 삶은 하찮지 않고 존귀하다. 오늘도 나의 영혼과 삶의 인식은 주님 안에서 특별한 영예로 빛난다. 구원의 감격과 소명으로 기뻐서 마음이 둥둥거리기도 한다.

예수님 안에 있는 자에게는 영원한 왕이신 하나님이 성령과 말씀으로 함께 하신다. 영원히 함께할 이 진리와 사랑은 악마가 뿌린 흑암보다 훨씬 우위에 있다. 갖가지 욕망에 눈이 어두워진 사람들이 이 사실을 알고, 빛 가운데로 나오길 소망한다. 파우스트가 삶의 모든 것과 시력마저 잃고 나서야 마음의 눈을 떴던 것처럼, 어떤 대가를 치르고라도 빛으로 나오는 사람은 영원한 승자가 된다. 변함없는 진리와 영원한 사랑 때문에 천상에까지 이끌어 올려진다.

바람이 허물고
바람이 세운다

한참 피어나던 여의도의 벚나무는 연두빛 이파리가 올라오고, 꽃을 둘러싸던 꼬투리가 엉기성기 붙어 마치 퇴락한 지붕의 서까래를 연상시켰다. 여의도 강변 바람이 '휘익' 지나가니 나무는 몰매 맞은 듯 중심을 잃었다. 한쪽으로 쏠리다가 다시 제자리로, 다시 쏠리고 다시 제자리를 반복했다.

갑작스런 돌풍이 불고 있었다. 오전에 평온하던 날씨가 거센 강풍으로 돌변한 것이다. 몸이 기우뚱거리고 흔들렸다. 바람을 피해 얼굴을 숙여 보고, 두꺼운 종이와 가방으로 얼굴을 가렸다. 바람의 강도를 피할까 싶어 휘날리는 옷자락을 아랑곳 안 하고 원을 그리듯 몸을 이리저리 돌려보면서 걸었다.

강변 바람이 차갑고 드세도 벚나무가 방패막이가 되어주곤 했는데, 강풍의 위력으로 여의교를 지나는 일이 쉽지 않았다. 가파르고 험한 산등성이를 오를 때 같았다. 얼굴에는 모래와 먼지가 덕지덕지 붙었다. 볼을 만져보니 모래 알갱이가 느껴지고 머리카락, 옷자락, 걸음까지 이리저리 쏠리는데, 갑자기 대교가 출렁출렁 흔들렸다. 지진이 일어난 거 같아 가슴이 덜컹 내려앉았다.

차도에는 물결을 이룬 차들이 갈 길을 가고 있고, 도로에는 공룡보다 더 큰 레미콘이 서 있었다. 레미콘이 달려오다 멈추면서, 그 무게가 대교를 출렁거리게 한 원인 같았다. 출발신호가 떨어지고 레미콘이 움직이자 대교는 다시 출렁출렁 흔들렸다. 내 몸도 흔들리고, 가슴이 쿵쾅 울렁거렸다. 레미콘 뒷모습이 모래를 많이 실은 듯 무겁게 느껴졌다.

삶에도 불어 닥치는 강풍이 있다. 사업실패, 병마, 이혼, 사별 등 원하지 않은 시련이다. IMF 사태 이후 상담실에서 부쩍 많이 만난 안타까움의 원인이었다. 강풍에 아무런 타격 받지 않는 사람, 허둥거리지 않은 사람 어디 있을까? 발꿈치를 땅에 굳게 딛고 서서 이리저리 흔들리더라도 곧바로 서기 위해 노력하고 버티고, 힘껏 견디는 삶이 눈물겹다.

견디면서 피난처를 찾다 하나님을 만난다. 흔들리다 허물어지려다가 일어난다. 삶에 불어 닥친 바람으로 삶의 새로운 의미와 목적을 발견하는 사람들이 많다. 삶을 무너뜨리는 강한 풍랑이 있지만, 새로운 차원으로 세우는 바람이 있다. 성령의 바람이다. 사람 마음과 환경에 이 바람이 불면 놀라운 창조가 일어난다. 이 변화를 경험한 사람들은 시련의 때에 하나님을 만난 일이 일생을 다해 가장 큰 복이라고 말한다.

바람이 허물고 지나간 자리에 새로운 바람이 살랑대며 불어온다.

위대함

    사람들은 보통 위대함을 대단한 업적을 가진 영웅적인 모습과 연결해 생각한다. 재테크에 성공하고 신분 상승하고 자녀가 명문대학에 입학하고 출세하는 것이 가문의 위대한 영광으로 여긴다. 물론 그런 성취와 성공과 위업도 대단한 일이다. 그러나 진짜 위대한 성공은 큰 부자가 되는 일도, 공부를 많이 하는 일도, 권력을 갖는 일도, 부동산이나 복권처럼 갑자기 일확천금을 가져다주고 대박을 터뜨리는 일이 아니다.

    나는 산에서 골짜기 벼랑 끝에 피어나는 한 송이의 꽃을 보면 그냥 지나치지 못할 때가 많다. 대단해 보여서다. 그런 감동을 자아내는 그런 몸짓이 위대하다. 겨우내 얼어있던 곳에 봄기운이 스며들면 어떤 기운으로 밀고 올라오는지, 그것들은 딱딱하고 차가운 아스팔트 틈새를 뚫고 올라와 얼굴을 내밀고 그 새싹이 자라서 꽃을 피워낸다. 피어나는 풀 한 포기의 생명에 경이로움이 있다.

    "위대함의 시작은 작아지는 것이다. 위대함의 과정은 더욱 작아지는 것이다. 위대함의 완성은 무無가 되는 것이다."

-디 엘 무디(D.L Moody)

위대함은 날마다의 삶에서 이루어지는 거 아닐까. 사람은 누구나 무엇이든 한 가지 이상은 남에게 줄 수 있는 무언가를 가지고 있기 때문이다. 머리 하얀 할머니가 눈이 먼 아이에게 점자 읽기를 가르쳐 주는 일도, 자신의 위치에서 남을 이롭게 하고 아무도 알아주는 사람 없어도 자신을 쏟아주고 돕는 일, 자신이 낮아지고 작아짐으로써 다른 사람의 삶에 새로운 변화를 가져오는 모든 일이 위대하다. 또한, 결코 용서할 수 없는 대상을 증오하지 않고 참는 용서도 관계에 성공한 사람이고 위대하다. 부당함과 억울함을 항거하지 않고 손해를 보고 욕을 먹고도 그대로 받아들이는 사람의 정신도 그렇다.

미국의 소설가 제인 그레이는 "상실감을 담대히 극복하고 패배와 비탄으로 약해지는 마음과 싸우며 눈물이 앞을 가릴 때라도 밝게 웃을 줄 알고 질병과 악인에 대해 싸우기를 포기하지 않으며, 차라리 죽고 싶다고 생각될 상황에 처하더라도 꿋꿋하게 삶의 행진을 계속하고, 굳건한 믿음으로 장차 우리에게 주어질 보다 아름다운 미래를 기대하고 말하는 것이 위대함이다."라며 "이 모든 것은 누구나 할 수 있을 것이며 그럴 수 있을 때 사람은 위대한 존재가 된다."고 말했다.

내 가족 중에도 삶이 위대하게 느껴지는 사람들이 있다. 친정엄마의 희생적 삶이 떠오른다. 30년 이상 할아버지 할머니를 남다른 정성으로 모시고 섬긴 엄마, 내가 어린 시절부터 보고 느낀 모습이다. 지극정성 최선을 다해 섬긴 며느리를 향한 할아버지의 따뜻한 마음과 부지런하고 지혜롭다고 할머니가 사람들에게 자랑스럽게 말씀하신 점이 위안되는 듯 엄마는 지금도 한 번씩 시부모님의 마음을 고맙게 추억하신다.

어릴 적부터 내 기억 속에 저장된 보물처럼 빛나는 엄마의 희생적인 삶의 모습이 위대하다. 6남매를 지극정성 키우고, 아버지가 뇌졸중으로 쓰러진 후 돌아가실 때까지 17년간을 놀라운 사랑으로 병간호에 최선을 다했다. 친구들 모임과 여행, 자녀들 집 방문 한번 하지 않으셨다. 병원에 아버지 약 타러 가는 일 외에는 모든 외출을 자제하셨다. 오로지 아버지 옆에서 자녀들과 친척들과 전화로 소통하셨다. 자녀들 짐이 될까 봐 혼자 도맡아 모든 지혜를 동원해 아버지의 손과 발, 말동무, 친구, 모든 수발을 다 들으셨다.

남편의 삶도 위대하다. 남편에게 투병과정을 들으면서 기억하고 느낀 내용이 있다. 남편에게 사고가 있었을 때, 의사들은 3개월이 지나도록 생존 가능성에 대해 고개를 저을 뿐이었다. 사고가 난 지 4개월이 지나도록 소변을 호스로 빼내야 했다. 몸 안에 있는 뜨거운 열 때문에, 연탄물처럼 새카맣게 뿜어져 나오는 소변. 오랫동안 얼굴을 포함한 전신을 붕대로 감고 있었다. 주위에서 손발을 잡아주고 일으켜 세워야만 치료를 받을 수 있었다. 5개월이 다 되도록 일어나지 못하고 누워만 있자 설상가상으로 등에 욕창이 생겨 고통이 겹쳤다. 온몸을 붕대로 칭칭 감았기 때문에 심한 가려움증은 해결할 방법이 없는 괴로움이었다. 한 번 거즈를 교환하는 데도 몇 시간이 소모될 만큼 심한 상태였다. 말이 서너 시간이지 치료를 끝내고 나면 온몸이 기진맥진, 치료하는 의사나 간호하는 사람 모두가 죽을 지경이었다.

스스로 느끼는 좌절감과 쓸쓸한 낭패감에 얼마나 힘들었을까? 어쩌면 그런 마음의 고통보다도 더한 고통은 열기로 가득한 상처에서 뿜어나오는 통증 그 자체였으리라. 죽음보다 더한 두려움과 함께…

몸의 상태가 마취도 할 수 없는 상태라, 마취도 못 한 채 서너 시간씩 새카맣게 탄 살을 도려내고 떼어낼 때의 그 고통은 얼마나 혹독했을까? 화상 부위의 치료와 피부 이식 수술을 번갈아 했다. 생선이나 고기처럼 사람이 도마 위에 누워 있는 거나 마찬가지였다. 온몸에 소독약을 병째로 부으면서 치료를 했다. 병실 안에 히터를 켜 놓긴 했지만, 추위를 참기에는 너무나 힘이 들었을 것이다. 40도가 넘는 열이 온몸을 사시나무 떨 듯하게 했기 때문이다. 게다가 치료 후에 다시 출혈이 일어나 붕대 위로 피가 새어 나오고, 핏방울 떨어지는 소리를 들을 때는 아찔하여 정신을 잃을 것 같았다. 밤중에라도 의사를 불러야 했고, 출혈 부위를 찾기 위해 다시 밤새 붕대를 모두 찢어내야 했다.

팔다리를 묶고 살을 도려내서 이식하는 수술은 매번 지긋지긋한 고통이었다. 마취했어도, '스삭스삭' 살을 도려내는 소리가 의식에 잡혔다. 마치 슬라이스와 같은 기구로 허벅지나 엉덩이 표면에서 피부를 사각형으로 떠내 상처 위에 이식하는 이런 수술이 여러 차례 거듭될 때, 그래서 마취와 통증이 되풀이될 때 얼마나 견디기 힘든 고통이었을까?

차라리 죽게 해달라고 소리치며 비명을 지르다가 이내 있는 힘을 다해 이를 악물었다. 보다 못한 부모님은 치아가 상할까 봐 남대문 시장에서 옥양목을 구해다가 입에 재갈을 물렸다. 마취가 깬 다음 다시 고통이 찾아오고, 그나마 이식한 피부가 잘 붙지 않았을 때는 다시 해야만 했다. 그럴 때면 차라리 빨리 죽는 게 더 낫겠다는 생각뿐이었다고 했다.

까맣게 익어서 타버린 살, 그 부위에 남겨진 열기. 그러나 살아있었다. 생명이 있기에 느낄 수 있었던 고통, 그러나 상처에서 뿜어 나오는 혹독한 아픔은 처절한 고통이었다. 복도에 지나가는 드레싱카의 바퀴 소리만 들어도 온몸이 오싹했다고 했다. 어쩔 수 없이 매 순간을 덜덜 떨며

울려 나왔을 신음, 외마디의 그 비명이 들리는 것만 같다.

링거를 너무 오랫동안 맞아 혈관이 나오지 않자 살을 째고 혈관을 찾았다. 잠을 못 자는 날이 계속되었다. 수면제 주사를 맞았는데, 그것도 얼마 안 가 효과가 없어졌고 잠을 자지 못하는 고통은 이루 말할 수 없었다. 몸의 상태가 좀 나아지니까 다른 무엇보다도 잠 좀 제대로 자 보았으면 하는 소원이 생겼다. 그때 남편은 지푸라기라고 잡고 싶을 정도로 마음이 약해져 있었다. 이때 하나님께 자신의 일생을 의지해야겠다고 결단했다고 한다. 남편은 병원 전도를 하는 분을 통해 예수님을 소개 받고 기도했다.

"하나님, 저를 살려주세요. 살려만 주신다면 하나님 믿고, 원하시는 대로 살겠습니다."

생명의 고비를 넘기자 의사들은 말했다.

"오른팔과 양쪽 엄지발가락은 절단해야 합니다."

전류가 오른팔로 들어가 양쪽 엄지발가락으로 터져 나갔기 때문에 상처가 심했다. 그래서 속에서 살이 썩어들어가면 열이 심해져 치료가 늦어지기 때문이었다. 이 말을 들은 부모님과 회사 동료들은 못 써도 좋으니 그냥 놔둘 방법을 써달라고 의사들에게 애원했다.

남편은 이렇게 22,900볼트의 감전으로 신체의 80%를 3도 화상을 입었다. 다행히도 죽음을 넘나드는 고통을 극복하고 소생했다. 그 후유증으로 오른팔의 기능을 상실한 채 살아온 남편, 그의 태도와 흔들리지 않는 인내심과 감사의 마음이 훌륭하다.

하나님이 주신 선물이 있다. 남편의 삶도 그렇고 엄마의 삶을 봐도 그렇다. 자기 앞에 험악한 산악이 가로막힌 듯한 상황에서 참고 인내하고 최선을 다하는 자에게 주신 '욥'의 결말이 있다. 평안과 복락이다.

위대함에 대한 소박한 인식이 필요하다. 꼭 화려하고 커다란 성취와 성공과 대단한 업적을 이룬 사람의 전유물이 아니다. 평범한 삶 속에서 자신의 위치에서 분수를 알고 햇살처럼 웃고, 감사하며 역경을 극복한 사람이 위대하다고 생각한다. 자신의 삶에 성실하고 진실하고 정직하고 최선을 다하는 사람이 위대하다.

사람은
무엇으로 사는가

누구나 좀 더 멋진 삶을 살고 싶어 한다. 어떻게 사는 삶이 멋지게 사는 것일까? 명예, 권력, 물질을 더 많이 손에 쥐고 사는 것일까? 유럽풍으로 지어진 집에서 지중해식 음식을 먹으면서 사는 것일까? 자신의 취향대로 독특한 연출을 하고 자아를 뽐내며 사는 모습일까? 이 모든 것이 다 좋은 것이고 아름다운 것이다.

하지만 진정한 멋스러움은 결코 그런 바깥에 있지 않다. 자신을 비우고, 내려놓고, 낮아지는 데 있다. 자신을 필요로 하는 세상 누군가에게 빛으로 다가가는 모습이다.

살랑거리는 바람과 햇살이 눈부신 초가을 날이었다. 시내에 있는 문화 광장을 지나던 중 나의 시선을 빼앗은 가족이 있었다. 30대 후반쯤 되어 보이는 백인 부부와 아이들이었다. 약간 마른 듯하고 머리숱이 많지 않은 스포츠형 머리의 남편. 그가 등에 메고 있는 멜빵에는 아이가 업혀있었다. 3살이 아직 안 되어 보이는 곱슬머리의 남자아이였다. 7살 정도 되어 보이는 금발 머리를 한 아들이 아빠와 닮은 걸음으로 종종 걷는 모습이 사랑스러웠다.

아내는 금발의 파마머리였다. 피부가 희고 통통하며 밝은 표정의 둥근 얼굴로 귀염성이 있었다. 아장아장 제법 잘 걷는 단발머리 여자아이를 데리고 걸었다. 네 살쯤 되어 보였다. 아이의 숱이 많고 가지런한 긴 단발머리. 손질을 잘한 것 같은 볼륨 있는 단발머리가 단발머리를 좋아하는 나의 눈길을 끌었다. 잘 걷던 단발머리 아이가 갑자기 머리를 절레절레 흔들면서, 칭얼칭얼 보챘다. 금발 머리 여성은 여자아이를 번쩍 들어 팔에 안았다. 아이의 응석이었다. 가슴에 안고 볼을 비벼주자 아이는 금방 팔에서 빠져나가 다시 아장아장 걸었다.

바로 뒤에서 걸어가던 내 시야에 들어온 이런 모습이 울림을 주었다. 이 백인 부부의 등에 업히고 품에 안긴 아이들은 모두 한국 아이였기 때문이다. 나름의 해석을 해보았다. 어떤 일로 한국에 상주하면서 입양한 아이들일 거라고. 양부모를 잘 만난 이 아이들이 참 행복하겠다고.

세 아이를 키우던 때의 일이 스쳐지나 갔다. "아가들!" 하고 부를 때면 "네!" 하며 달려오던 움직임이 사랑스러웠다. 도란도란 거리는 세 아이의 웃음소리, 가정 예배드릴 때의 따뜻함, 원탁 식탁에서 풍요로운 느낌. 아이 셋을 데리고 외출할 때의 뿌듯함, 그럴 때마다 아이는 셋이 있는 것이 여러모로 좋다고, 삶을 풍성하게 해준다고 진심으로 생각하며 말하곤 했다. 그러나 한동안 어린 마음으로 인한 아들의 일탈로 한계를 느껴 고통스러울 때는 짐을 지고 가파른 산등성이를 올라가는 것 같았다. 내가 낳은 아이가 열 명이어도 이것보다 힘들지는 않을 것 같다는 탄식이 속에서 터져 나오곤 했다.

2015년 자유를 찾아 고국을 떠난 시리아 난민의 참혹한 죽음이 보도되었다. 어느 나라에서도 받아주지 않자 바다를 떠돌다가 변을 당한 것이었다. 세 살 된 아기 '쿠르드'가 바닷물에 떠밀려서 어느 지역 해안가 모래 바닥에서 엎어진 채 발견되었다. 그 사진을 보고 나도 큰 충격과 슬픔에 마음이 찢어지는 거 같았다. 조건 없는 사랑으로 누군가를 받아들이는 일은 국가적으로도 가정적으로도 쉽지 않은 일이다.

그래서 이 백인 부부의 모습이 신선하고 아름다웠다. 보기 좋고 신선하고 아름답다고 말하기는 쉽지만 그렇게 보이는 것은 아무나 할 수 없는 일이다. 행동으로, 삶으로 실천하고 싶다고 마음먹더라도 실행에 옮기기까지는 쉽지 않다.

부부의 친아들로 보이는 금발의 사내아이는 엄마 아빠가 자랑스럽다는 듯 씩씩한 표정이었다. 이 아이는 아빠 등에 업힌 아이의 손을 잡았다가 아빠 손을 잡았다가 하면서 활발하게 걸었다. 또 뒤에 따라오는 여동생에게 싱긋 웃어 주고, 손을 잡았다가 놓기도 했다. 등에 업힌 사내아이와 졸래졸래 걸어가는 이 아이들. 그들은 이 순간의 따뜻한 보살핌을 알고, 어른이 되어서도 기억할 것이다. 다정한 정서와 포근한 느낌으로 떠올려지게 되리라.

〈사람이 무엇으로 사는가?〉는 톨스토이가 쓴 책의 제목이다. 톨스토이는 그것이 '사랑'이라고 규명한다. 이 부부의 활기차고 밝은 행복한 모습에서 '사람이 무엇으로 살 때 행복한지'라는 명제를 떠올려 보았다. 항상 부족함을 느껴 고개가 숙여지는 부분이다. '사랑.'

요즈음 불화로 별거하고 재정과 건강문제로 자신이 낳은 아이를 내팽개치는 뉴스 보도를 들을 때마다, 이 외국인 부부의 모습이 더 귀하게 다가온다.

인생의 중간악장

　일렬로 줄을 선 듯 거실로 들어온 봄 햇살이 눈부시다. '빛'을 제대로 그리려고 수없이 고뇌한 폴 고갱. 이런 햇살이 그의 눈길에 머문다면, 그 붓을 얼마만큼 선명하게, 강렬한 터치로 그려낼까 하는 생각이 스친다. 거실 한가운데쯤에 모인 햇살의 모습을 바라보니, 삶의 중간 지점쯤와있는 나의 인생에 이런 밝은 빛이 비쳐 행복하다고 느낀다.

　학교에서 돌아온 큰딸이 살가운 경의를 담은 표정으로 내 얼굴을 바라보며 말했다.

　"엄마, 오늘 수업에서 선생님이 음악에서 중간 부분을 잘 작곡한 사람이 위대한 작곡가고, 이 부분을 탁월하게 연주할 수 있는 사람이 능력 있는 음악인으로 갈채를 받는다고 하셨어요."

　예술인에게 농축된 음악성이 중간악장을 얼마만큼 잘 표현하느냐에 따라 그 생명이 좌우되듯, 인생에서 중년은 참 중요하고 뜻있는 시기이다.

　중년은 일반적으로 40세부터 60세까지, 또는 35세~55세까지를 말한다. 사춘기 못지않은 변화 때문에 붉은 신호등이 켜진다고도 하고 '신사춘기'라고도 한다. 소녀적인 감상에 젖기도 하고 뚜렷한 이유 없이 허

전해지며 늙어간다는 의식이 일어나 쓸모없는 존재라는 생각도 한다.

호르몬의 영향으로 자기조절이 잘 안 되고, 만사가 시들하고 사는 것이 무의미하고 작은 일에도 짜증을 내고 가족들에게 쉽게 불만을 터뜨린다고 한다. 심리학자들은 이런 증세를 '어쩔 수 없이 가야 하는 남은 인생에 대한 강력한 저항'이라고 하고, 정신과에서는 '빈둥지 증후군'이라고 한다.

그러나 중년에는 기쁘고 즐거웠던 세월을 추억하고, 미래의 가능성을 꿈꿀 수 있다. 그런 의미에서 인생 여정에서 가장 풍성한 단계다. 나는 다행스럽게도 중년을 육체적으로나 심리적으로 심한 증세 없이 비교적 수월하게 지났다. 그 대신 나이 듦에 대해서는 조금 민감해졌다. 오랜만에 만난 지인들로부터 나이 먹을 줄 모른다거나 항상 그대로냐는 기분 좋은 핀잔을 들었는데, 그렇지 않았다. 쉰 살이 다가올 때쯤, 세월의 흐름이 신경 쓰였다. 나이 든 할머니들을 보며 그분들도 이런 마음으로 50살을 지나고 60을 지나 70을 지나고 있으리라는 생각에 존경스러웠다.

또 슈퍼나 시장에서 내가 '아주머니'나 '어머니'라는 호칭으로 자주 불릴 때면 자연스러우면서도 낯설어 이상했다. 그럴 때면 옆에 있는 남편이 장난스레 거들었다. "아줌마니까 아줌마처럼 보여야 하고, 그렇게 불려야 하는 게 정상이 아니냐."고. 나는 착각을 깨주는 말에 무안해져 대꾸 없는 웃음으로 답했다.

중년이란 이런 마주침 속에서 나이를 먹었다는 자기 수용으로 자신의 모습을 인식하는 시기이다. 누가 어떻게 보고 판단하더라도 쉽게 갈등하고 흔들릴 시기는 아니지만, 남아있는 자신의 인생을 자신만의 빛깔로 물들이며 여유 있게 살아가고자 하는 의지가 필요하다. 그것은 다른 사람이 자신을 어떻게 보고 생각하느냐보다는 자신이 자신을 어떻게 보고 있느냐는 건강한 자존감에 의한 자화상이다.

사람의 일생은 길면서도 짧다. 성경에서는 사람의 년 수를 칠십, 강건하면 팔십이라 하고, 그 년 수는 신속히 가므로 날아간다고 했다. 유구한 천지, 광대한 역사에 비하면 하찮을 것일 수도 있는 사람의 생애지만, 그 무엇과도 바꿀 수 없는 숭고한 기회이다. 나이 드는 것은 필수지만 성숙해지는 것은 선택의 문제라고 생각한다. 이 소중한 삶을 가치 있게 살기 위해서는 지혜가 필요하다. 시간의 의미는 지나간 시간이나 앞으로 올 시간이나 시계로 재는 물리적인 길이만을 말하지 않을 것이다. 또 '이만큼 살아왔다.', '이만큼 살아갈 수 있을 것이다.'라는 문제가 아니라, 그 세월 동안 자기 안에 형성되고 또 앞으로 이룰 수 있는 그 무엇이 아닐까 싶다.

오십 중반이 지난 지금, 뒤돌아보면 아쉽고 후회스러운 부분이 많다. 어떤 사람에게, 특히 세상을 떠나 만날 기회가 없는 분에게 '그때 좀 더 잘해드렸어야 하는데.' 하는 마음이 들 때 아쉽다. 할머니와 할아버지와 시아버님께도 그렇다. 교회에서 만나 오랜 세월 외로움 속에서 정신적으로 나를 의지하던 여성과 그의 어머니께도 그렇다. 그런 아쉬움은 사랑의 중요성을 일깨워준다. 후회 없도록 관심을 표현할 기회가 있을 때 사랑을 실천하자고 다짐한다.

지금의 나를 있게 한 것은 지난 20대, 30대, 40대의 삶일 거라고 생각한다. 뜻을 세우고 올곧게 산다고 했지만 흐트러진 부분도 있었다. 욕심과 교만도 있었고, 마음이 앞설 때도 있었다. 감정에 휘둘리고 사람들의 시선에 매이기도 하고 거추장스럽고 부질없는 일에 매이기도 했다. 좀 더 일찍 깨닫고 좀 더 빨리 내려놓았다면 더 큰마음의 여유를 누리며, 삶의 진실에 훨씬 더 가까이 다가갔을 것이다. 아쉽지만 고통을 겪는 과정을 통해 단순하고 평온한 삶의 행복과 여유가 어떤 것인가를 알고, 감사하고, 즐길 줄 알게 되었으니 감사하다.

이후의 내 인생은 어떻게 펼쳐질지 모른다. "인생을 이해할 때는 뒤를 보며 해야 한다. 그러나 인생을 사는 것은 앞을 보며 가야 한다."는 쇠렌 키에르케고르의 말처럼 지나간 세월에 연연하지도 탓하지도 매이지도 않고, 기도하고 기뻐하고 감사하며 앞을 향해 당당하게 살아가야겠다. 지난날 그랬듯이 흥미 위주의 가치관에서 비켜서서 좀 더 높은 차원의 가치추구와 영원을 사모하면서 살고 싶다.

나이 드는 것은 어쩔 수 없는 일이지만, 성숙한 삶을 살아가는 것은 자신의 선택에 달려있다. 인생에서 중요하지 않은 시기는 하나도 없지만, 인생의 가운데 시기인 중간 악장을 혼란스러운 음을 내지 않고, 더 또렷하고 알차게 리듬을 살려 감미로운 음악이 울리도록 잘 연주해야겠다.

상상력과 동정심

개미는 아주 작다. 움직임도 미세하고 힘이 없다. 개미는 수많은 개체가 옹기종기 모여 공동체를 이룬다. 그 작은 몸집에서 '페르몬(Pheromone)'이라는 특이한 물질이 나온다. 페르몬은 희랍어의 '운반하다(Pherein)'와 '흥분시키다(Porman)'의 합성어이다. 이 물질은 개미의 공동체에서 중요한 역할을 한다. 한 개미가 아프면 다른 개미에게 고통을 전달한다. 그런 역할 때문에 개미들은 한 개미의 고통을 실제 자신이 느끼는 것과 똑같이 느낄 수 있다고 한다. 한 개미의 고통을 자신의 고통처럼 느끼는 개미의 공동체가 가족적이다.

노벨문학상을 받은 일본의 작가 오에 겐자부로가 1995년에 어느 방송과의 인터뷰에서 "상상력이란 창조적 문장력이 아니라 상대방의 입장에서 생각해 보는 것이다."라고 말했다. 상상력은 사전적 의미로 '미루어서 마음속에 형상을 그리는 심적 능력'이다. 1995년 당시 상담공부를 하고 있어서 그런지 오에 겐자부로의 말에 크게 공감했었다.

한 개미의 고통을 다른 개미들이 실제 자신이 느끼는 것처럼 느끼게 하는 물질이 개미의 작은 몸집에 있듯이 사람의 내면에서 빛나는 상상력과 동정심은 페르몬처럼 반응할 수 있는 소중한 자원이다.

하나하나의 벽돌이 잘 놓여 튼튼한 건물이 세워진 것처럼, 가정과 사회는 한 사람 한 사람이 건강할 때 행복한 가정과 사회가 된다. 가정이나 사회에서 감정 전달에 필요한 것이 상상력과 동정심인데, 상대방의 상황을 헤아리고 이해하며 공감하고 배려하는 마음이다.

아는 여성이 고등학교 2학년 때 충북 단양으로 수학여행을 가는 중 있었던 일을 이야기했다. 도중에 소변이 마려워 더는 참기 어려웠는데, 이 사실을 안 기사 아저씨가 앞차와의 거리 때문에 도중에 차를 못 세운다고 했다. 결국, 그녀는 울음을 터뜨렸다. 당황한 담임선생님이 전화로 책임자에게 연락하고, 허락을 받고서 휴게소에 차를 세웠다고 했다.

살다 보면 예기치 않은 곤란과 고통을 겪을 때가 있다. 규정과 원칙이 중요하지만, 한 사람이 고통을 겪을 때 그 이상의 감정이 필요하다. 그것은 공감과 배려다. 가정에서도 사회에서도 다른 사람을 배려하는 능력이 필요하다. 가정이나 사회에서 사람 간의 감정 전달에 필요한 마음이 동정심이라고 생각한다. 그것은 중요하지만 무심하기 쉽고 결여되기 쉽다. 세상이 점점 각박해지는 현상도 그런 까닭이다.

가족은 사회의 어떤 인간관계보다 감정 전달이 쉬운데도 반목과 다툼, 이혼으로 가족해체가 많은 실상을 본다. 개미에게 있는 민감한 전달물질이 없어서 완벽한 감정전달이 안 되는 까닭인지도 모르겠다.

자녀와의 관계에 혼란을 겪고 있는 한 중년 남성이 상담실로 전화했다.

"아들이 지방으로 대학을 갔는데, 입학 후에 기숙사 생활을 제대로 적응하는지가 신경이 쓰이더군요. 아이가 집에 오자마자 앉혀놓고 일장 설교를 했습니다. 이것이 이렇고 저건 저러니까 너는 이렇게 해야 하고 저렇게 하라고 했지요. 그런데 평소에 모범생에 효자 소리를 들을 만큼 온순하고 순종적인 아이가 '아버지, 이제 제발 그만하세요. 너무나 지겹습니다.'라며 버럭 화를 내는 겁니다."

이 분은 크게 충격을 받았다고 했다. 아들에게 한 말 모두가 진심이었고, 생각해서 해준 말이었고 사랑의 표현이라고 생각했기 때문이었다. 지방에서 기숙사 생활을 하다가 처음 집에 온 아들에게 이때 필요한 것은 어떤 지침을 제시해주는 것이 아니었다. 등을 다독거리며 "힘들지?" 한마디면 충분했다.

살면서 항상 상대방의 입장이 되기는 쉽지 않다. 그것을 보완할 수 있는 것이 상상력이다. 상대방과 똑같은 상황에 있지 않지만, 상대방의 기분이나 상태를 헤아려 상상할 수 있기 때문이다.

보혈

　신앙생활을 한 지 37년이 되었다. 기독교 핵심 진리인 십자가를 생각
하면, 어린 시절에 우연히 들었던 대화가 떠오른다. 초등학교 5학년 봄
기운이 느껴지는 어느 날 오후, 나는 마당에서 뛰어놀고 있었다. 아버지
가 이웃집 아저씨와 이야기를 주고받으셨다. 서울대 공대를 나온 친척
집 아들이 취직하지 않고 신학교에 가서 목사가 되겠다고 한다는 내용
이었다. 부친이 노발대발하고 만류했지만 결국 뜻을 꺾지 못하고 지켜
보기로 했다는 말끝에 아버지가 하신 말이 지금도 생생하다.

　"기독교에서 말하는 보혈이 ○○를 그렇게 되게 한 거 같네. 예수가
십자가에서 흘린 피로 사람의 죄를 씻는다는 믿음이…"

　아버지는 그 당시 무교였다. 무속도 싫어했고 유교에 입각한 정신으로
사셨다. 교회 가는 것을 반대하고 교인들을 무시했다. 교회는 가난하고
못 배우고 몸에 장애가 있는 사람들이 가는 데라고 했다. 책을 많이 읽
으니까 독서로 기독교 진리의 핵심은 알고 계셨던 거 같다. 그로부터 21
년이 지난 후, 건강을 잃으셨다. 재활 활동에 편리한 집을 새로 짓느라,
몇 개월 동안 우리 집에 계시면서 예수님을 영접했다. 이 세상 모든 사

람이 예수님을 믿어도 결코 받아들이지 않을 신념과 주관이 뚜렷한 아버지가 신앙을 인정한 일은 기적 중의 기적이었다.

내가 십자가 보혈의 중요성에 눈을 뜬 것은 설교학 교수님의 강의를 통해서였다. 안경을 쓰고 눈빛이 총총 빛나던 그분은 십자가 사랑을 몇 번씩 강조했다.

"예수님이 십자가에서 흘린 피가 보혈이고 하나님 사랑이고 생명입니다. 이것을 빼버린 설교와 기도는 힘이 없어요. 기독교는 예수님의 십자가 돌아가심과 부활 때문에 하나의 종교가 아니고 생명 자체입니다."

그즈음 가을 어느 날, 시내버스 안에서 들었던 이야기도 같은 맥락이었다. 소박한 옷차림에 정갈한 모습이 인상적인 중년의 두 여인이 맨 뒷좌석에 앉아 대화를 나누고, 나는 그 앞에 서 있었다. 지금도 그 말이 생각나고, 그 말에서 느꼈던 뉘앙스가 떠오른다.

"아무리 교회에 오래 다녀도 예수 피를 모르고 죄가 씻겨지지 않으면 천국 들어가는 것은 어림도 없지요. 예수 피가 그렇게 중요한데 잘 모르는 사람이 많으니 어쩌면 좋아요…" 하며, 뭐가 뭔지 모르고 살다가 지옥에 떨어져 고통받을 영혼들을 생각하면 끔찍하다는 내용이었다.

12살에 뛰놀던 마당에서, 그리고 35년 전 버스 안에서 들었던 이야기가 성경에 흐르는 뚜렷한 메시지로 클로즈업 되어 다가온다. 예수님의 피의 중요성은 세월이 흐르고 역사가 변해도 불변한다. 예수님 피는 죄를 사하는 능력이 있다. 십자가에 나타난 하나님 사랑이다. 이것이 좋은 소식, 복음이다. 오늘도 십자가의 사랑 예수님이 흘리신 보혈의 은혜와 사랑 안에서 살아가는 것이 감사하고 행복하다.

"죄 사함을 얻게 하려고 많은 사람을 위하여 흘리는바 나의 피 곧 언약의 피니라."

-마태복음 26장 28절

"염소와 송아지의 피로 하지 아니하고 오직 자기의 피로 영원한 속죄를 이루사 단번에 성소에 들어가셨느니라."

-히브리서 9장 12절

종말 시대의 희망

아주 오랜만에 친구들과 만난 자리에서 "10년이면 강산도 변한다는데 세상이 참 많이 변했고, 흉악하고 더 살벌해지고 무질서해지는 것을 피부로 느낀다." 하는 대화가 오갔다. 1960년대 문화운동에서 시작한 '포스트모더니즘'의 사조가 자리를 잡고 포스트모던 시대가 되었다. 선한 영향보다 악영향이 크다. 절대적인 이념을 거부하고, 개성과 자율성, 다양성, 대중성을 중요시하고 일시적인 것에 초점을 맞추고 무책임하다. 각자 소견에 옳은 대로 생각하고 주장하고 비판하며 살아간다.

성경에서 '사사기 말기'를 보면 사람들이 자기소견대로 움직였다. 영적으로 도덕적으로 어둡고 혼란스러웠다. 제사장들마저도 하나님의 율법을 떠났다. 칠흑 같은 어둠이 덮인 시대였다. 지금과 흡사하다. 자기중심적으로 살아가면서 만족한다. 자기 취향과 가치를 따라 사는 것에 매력을 느낀다. 그런 부분이 방해받을 때, 불평, 불만, 혼란, 갈등의 가시에 찔린 듯 고통받는다. 지금은 사사 시대처럼 신앙의 사람도 하나님의 기준을 외면하고 자기 소견대로 사는 사람이 많다.

현시대의 교회 안에서나 사회에서 일어나는 일을 볼 때 지금은 '종말

적 사사 시대'라고 하는 표현이 적절하다. 사람들은 끔찍하고 흉악한 사건 사고를 보면서 말세 중의 말세라고 한다. 극도로 어두워진 시대이다. 영혼의 빛과 참 경건이 필요하다. 제사장마저 하나님 말씀을 듣는 귀가 어두워져 있던 사사 시대 말기, 한 여인의 기도가 있었다. 평범한 여인 한나였다. 그 여인의 기도가 사무엘을 태어나게 했다. 사무엘은 이방신들과 아스다롯을 숭배하고 있던 백성들의 마음을 하나님께로 돌이키게 했고, 블레셋과의 전쟁에서 큰 승리를 거두고, 민족의 등불이 되었다. 사울과 다윗을 왕으로 세우는 일에 이바지하며, 사사와 선지자로서 그 영향력은 지대했다.

지금도 세계도처에 한나처럼 기도하는 사람들이 많이 있다. 이 시대의 등불이고 희망이다. 10년 가까이 매 주일에 한 번 만나는 여성들의 기도 모임에 함께하고 있다. 이름도 빛도 없이 모이는 이런 기도 모임이 전국에 많을 것이다. 온종일 하나님의 의를 구하며 교회 회복과 나라와 민족을 위해 기도한다. 기도가 희망이다. 시대가 칠흑 같을지라도 희망이 있는 이유다.

자기애

'나르시시즘'은 지나친 자기애를 말한다. 자기를 지나치게 사랑하는 것은 병적 증후군에 속한다. 상대방 마음을 헤아리지 않고 자기중심적이고 자신의 욕구를 중요시하므로 풍요로운 인간관계가 어렵다. 물론 건강한 자기 사랑은 필요하다. 자기 자신의 존귀함을 알고 사랑하고 아끼는 사람이 다른 사람을 사랑할 수 있기 때문이다.

'나르시시즘'은 16세 소녀 나르시스에 의해 유래됐다. 이 소녀는 어느 날, 은빛 호수에 비친 자신의 얼굴이 너무나 아름답다고 생각했다. 그래서 큰 기대를 갖고 좋아하던 소년에게 사랑을 고백했다. 하지만 거절당했다. 자신의 사랑이 거절당하자 이 소녀는 호수에 빠져 죽어 수선화의 넋이 되었다고 한다.

자기애는 자기를 알아주고 자기가 최고로 인정받아야 한다고 생각한다. 삶의 동기가 타인에 대한 의식에 집중되기 쉽다. 공주병, 왕비병 이라고도 한다. 자기가 생각하는 수준으로 자신을 대접해주지 않을 때 우울해 하고, 마음에 광란이 일어난다. 타인의 평가에 중압감을 느껴 일어나는 심리적 반응이다. 지나친 자기 사랑은 자신에게 해악이 된다.

왕자와 거지의 이야기가 있다. 왕자는 자유로운 거지가 부러워서 궁궐을 뛰쳐나왔다. 왕자는 거지와 옷을 바꿔 입었다. 싱글벙글하며 거리를 활보했다. 걸친 남루한 옷이 자신의 전부를 말하는 표식이 아니기 때문이다. 변치 않는 사실은 자신이 왕의 아들이라는 것이었고, 그 사실에 대한 긍지가 있었다. 이런 마음으로 살아갈 때 진정한 자기로서 힘있게 살 수 있다. 자신에 대해 올바른 정체성을 가질 때 진정으로 자신을 사랑할 수 있다.

좀 각도가 다를 수 있지만, 성형에 대한 관심도 자기애적 측면의 작용이 아닐까 싶다. 얼마 전, 아는 여성이 목에 대형 파스를 붙이고 있었다. 남편이 턱밑 두툼한 지방이 보기 싫다고 여러 번 하는 말에 신경이 쓰여 지방흡입수술을 했다고 했다. 30대 중반인 그녀는 얼굴선도 갸름하고 콧날도 오뚝하고 예쁜 얼굴이라 그녀 남편의 시각이 상식적이지 않게 여겨졌다. 그녀는 너무 아파 후회하고 있다며, 자신이 갔다 온 성형외과가 예약 만원임에도 줄 서 있는 현실을 말했다. 궁금해서 물었다.

"그 고통의 대가를 지불하고, 얼굴 턱선이 예쁘게 되면 어떤 종류의 자신감과 성취감이 있을까요?"

"잠시 불편과 고통을 감수하면 '노력대비 만족도'가 긍정적일 거라 생각해요."

외면이나 나타나 보이는 자신의 모습에 신경을 쓰는 관심은 좋은 일이다. 그러나 그런 노력이 내면에 들어있는 자신의 모습을 보고 가꾸어가는 일보다 더 중요시되고 지나칠 때, 문제가 되고 삶이 황폐해진다. 개인으로서의 멋과 매력을 염두에 두고 사는 의식은 괜찮다. 하지만 다른 사람들 눈에 좀 더 잘 띄고 예쁘게 보이려는 시도는 불안하게 느껴진다. 치료가 필요한 경우에는 해야겠지만 다른 사람에게 자신이 어떻게 보일까를 의식해 이 부위 저 부위 고치는 노력은 슬픈 일이다. 고쳐진 외모가 만족이 아니라 큰 굴레가 될 수도 있기 때문이다. 태어날 때 가지고 나온 외모를 소중하게 생각하는 마음이 필요하다.

타자 지향적인 시각에 휘둘려, 겉모습에 지나친 신경을 쓰면 자기 자신을 소외시키고 상실할 것이다. 비교되는 것 투성이인 사회에서 쉽지 않지만, 비교되는 것을 잘 극복하고 행복감을 느낄 때, 자신을 아끼고 다른 사람도 사랑할 수 있다.

하나님께서 부모님을 통해 보내신 자기 모습을 비하하지 않고, 만족하고 감사하며 사는 것이 도리라고 생각한다. 그러려면 변화무쌍한 흐름이 많은 세상에서 곧게 세운 마음가짐이 중요하다. 그것은 어떻게 살 것인가와 어떤 쪽에 서 있을 것인가에 대한 자세이다. 자신의 용모보다는 건강한 자아와 인격에 연마를 가하는 일이다. 이것이 진정한 자기 사랑이며, 자신에 대한 의무라고 본다.

그림자

사람은 누구나 그림자를 지니고 있다. 서 있을 때나 걸어가면서 만들어낸다. 사람들이 자신의 그림자를 얼마나 응시하며 살아가는지 궁금하다. 나도 돌아보려고 한 적이 거의 없다. 앞만 보고 총총히 걷기에 익숙해진 탓이다.

오래전 주민센터에서 몇 주 과정의 강의를 들으며 값진 경험을 했다. 그때만 해도 처음 만나는 사람에게 좀체 다가가지 않았던 나는 맨 뒤에 앉았다. 사람들과 인사도 나누지 않았고, 수업이 끝나기 바쁘게 강의실을 나왔다. 점심 식사도 매번 다른 볼일이 생겨서 함께하지 못했다. 수업내용에 충실하면서 점심 식사를 대접할 기회를 기다렸다. 나에게서 그림자가 느껴졌다. 남편은 가볍게 충고했다.

"딱딱한 분위기를 융화시킬 수 있는 능력이 있는데 외면하고 있으니까 본인도 모르게 그림자가 만들어지고 있을 거야."

그래서 '산채'라는 식당에서 점심을 사기로 했다. 강의실에서보다 분위기가 오붓했다. 이 시간은 내 마음의 뒤편을 보여 준 선물로 다가왔다. 허심탄회한 대화 중에 한 여성으로부터 충고를 받았다. 그녀는 처음부터 나와 가까이하고 싶었는데 냉정해서 상처받았다고 했다. 그녀의 직설적인 표현은 내 안에 드리워진 면을 헤아려보게 해 주었다. 물론 상대방의 어떤 단면을 보고 단정적인 듯 말하는 면에는 이의가 있었지만, 고마운 충고였다. 나는 그 충고를 웃으면서 호의적인 메시지로 잘 받았다. 그리고 그동안 수업에만 집중하고 대화의 기회를 갖지 않았던 실수를 인정했다.

만나서 함께 길을 가는 모든 사람이 자기 인식에 도움을 주는 스승이 된다. 다른 사람의 칭찬보다는 충고를 통해 자신이 몰랐던 면을 보게 되는 것 같다.

나를 보고 자기중심적인 개성이 강하다는 한 여성의 말은 소중한 정보였다. 내면에 입력된 언어로 나를 응시하는 거울이 되었다. 똑똑한 일깨움을 주었다. 그동안 무신경하게 지내던 친구와 지인들의 사랑을 소중하게 기억하도록 했다.

이 그림자가 형성되는 과정에서 내 행동반경들이 보였다. 근본적인 문제는 함께 하는 일원들에 대한 무관심과 어느 누가 나를 그냥 지나치더라도 괜찮다는 오만이며, 또 잘 아는 관계에서는 유연하고 상냥하다는 평가를 받지만 낯선 대면에서 마음이 열리지 않을 때는 마음에 두꺼운 갑옷을 입은 듯 뻣뻣한 그림자가 드리워지는 점이었다.

프로이트는 자신의 마음속에 자신이 모르는 마음이 있다고 했다. 그것은 별로 좋지 않은 욕구나 충동의 성격을 가진 것이라고 했다. 분석 심리학에서는 무의식에 있는 좋지 않은 성격 부분, 곧 열등한 무의식적 인격을 그림자라고 말한다. 자아의식이 고상하고 높은 인격을 지향하다 보니 의식에서 무의식으로 억압되어 형성된 또 하나의 '나' 또는 무의식에 있는 '나'의 동반자라는 것이다.

사람들은 모두 그림자를 가지고 있다. 대부분 어떤 사람이 되고자 추구하면서 살아가기 때문이다. 열심히 살지 않고 되는대로 사는 사람만 그림자가 없다고 한다. 대부분 그림자를 만들고, 그 그림자를 밟으면서 살아간다. 매너리즘에 젖어 의식이 가라앉을 때도 있다. 되는대로 사는 사람처럼 어떤 추구도 없이 자기 그림자를 잊어버리고 자기 뒤편에 있는 무의식의 그림자를 내버려둔 채 보지 않고 살아간다. 하지만 그림자를 무시하고 외면할 필요가 없다. 그림자도 밝음처럼 전체를 구성하는 필수 요소다.

삶이란 의식, 무의식 속에 있는 자기의 전개 과정이 아닐까 싶다. 때로 자기를 응시하는 일이 쑥스럽지만, 즐겁고 흥미롭기도 해서 매일매일 살아갈 때 마음과 자세를 잘 살펴야겠다고 생각한다. 낯선 상황에서 마음이 내키지 않더라도 타인에게 다가가는 노력도 필요하다. 이것은 자신을 넓히는 일이다. 마음의 키가 한 뼘은 더 커진 것 같다. 무의식의 그림자를 만난 보람이다.

교만

    뒷산에 오르면 늠름한 아카시아 나무 두 그루가 늘 반겨 주었다. 10 m가 넘을 성싶은 높이의 큰 키에, 두께는 장정의 팔로 두 아름도 넘을 만했다. 5월이면 잎사귀 틈에 대롱대롱 매달린 흰 꽃이 금가락지에 새겨진 보석처럼 햇빛 사이에서 빛났고, 해 질 무렵에는 길에 떨어진 오밀조밀한 꽃들이 오붓이 모여 더 희게 보였다. 폭신한 깃털에 꽃향기가 적셔진 것일까? 싱그러운 바람에 실려 아침저녁으로 집안에 들어와 코끝을 스치고, 온몸을 싱그러운 향기로 휘감았다.

    대단한 위력을 가진 태풍이 이틀 밤낮 동안에 큰 피해를 남기고 떠났다. 산에 갔다가 깜짝 놀랐다. 연한 벽돌 빛 황토가 쌓인 오르막길 한쪽에서 늘 친근한 모습으로 나를 반기던 아카시아 나무 두 그루가 보이지 않았기 때문이다. 고개를 들어 숲 쪽을 두리번거리는데, 가지가 이지러지고 몸통이 패이고 쪼개진 채 눕혀진 것이 눈에 들어왔다.

    살면서 외부의 어떤 위력에도 끄떡없을 거라 생각했던 것들이 무너지는 것을 볼 수 있다. 위용을 자랑하던 건물, 기업, 사람이 그렇다. 늠름하고 듬직하기만 하던 뒷산의 아카시아 나무를 넘어뜨린 원인은 거대한 바람이었다. 부실공사는 높고 튼튼해 보이는 건물을 무너뜨리고, 부실 경영은 대단한 수익을 자랑하던 기업을 쓰러뜨리고, 교만과 욕심은 사람을 넘어뜨린다.

사람은 많은 일을 하면서 산다. 일을 통해 보람과 행복을 맛보며 존재 의미를 찾는다. 그런데 일을 할 때 어떤 마음으로 하느냐가 중요하다. 무슨 일을 하든지, 그 일이 크든 작든, 누가 알아주든 안 알아주든 겸손 과 사랑이 아주 중요하다. 사람은 누구나 겸손이라는 터에 뿌리를 내릴 때 안전하다. 교만한 터에 뿌리내리면 매우 위험하다. 좋은 일, 위대하고 가치 있어 보이는 일을 하더라도, 자신의 자아만을 만족하게 하고 자기 욕심만을 채운다면 교만하다. 아주 작은 일이라도 하나님과 이웃을 사 랑하는 마음으로 할 때 겸손하고 아름답다.

예수님은 사람을 살리기 위해서 참혹한 십자가에 자신을 생축 제물로 내놓으셨다. 종의 모습으로 이 땅에 오셔서 자신을 버리시고 죽기까지 하시며 희생하셨다.

"그리스도께서 너희를 사랑하신 것 같이 너희도 사랑 가운데서 행 하라 그는 우리를 위하여 자신을 버리사 향기로운 제물과 생축으로 하나님께 드리셨느니라."

-에베소서 5장 2절

예수님은 겸손, 겸손 그리고 또 겸손하셨다. 겸손의 왕이시다. 예수님 처럼 겸손하기는 불가능하지만, 겸손의 실체인 예수님 안에 있을 때 그 마음과 뜻이 예수님의 겸손으로 옷 입혀진다.

> "너희 안에 이 마음을 품어라. 곧 그리스도 예수의 마음이니 그
> 는 근본 하나님의 본체이시나 하나님과 동등 됨을 취할 것으로 여기
> 지 아니하시고 오히려 자기를 비어 종의 형체를 가져 사람들과 같
> 이 되었고 사람의 모양으로 나타나셨으매 자기를 낮추시고 죽기까
> 지 복종하셨으니 곧 십자가에 죽으심이라."
>
> -빌립보서 2장 5-8절

성경은 사람이 만물의 영장이지만 연약하고 깨지기 쉬운 질그릇 같다고 한다. 성경에서 교만의 결과를 통해 교만이 어떻게 멸망을 자초하는지를 본다. 하만은 장대에 매달렸고, 사울 왕은 전장에서 궁지에 몰리자 자기 창에 몸을 던져 자살했다. 느부갓네살 왕은 풀 뜯어 먹다 죽었고, 헤롯은 벌레에 먹혀 죽었다. 모두 교만 때문이었다. 그리스도인의 미덕을 '첫째도 겸손이고, 둘째도 겸손이며 셋째도 겸손'이라고 말했던 성 어거스틴의 말이 지당하다. 사람 마음이 뿌리내려야 할 여러 덕목 중에 겸손이 얼마나 중요한지 알 수 있다.

> "사람의 마음의 교만은 멸망의 선봉이요 겸손은 존귀의 앞잡이니라."
>
> -잠언 18장 12절

사람의 마음이 얼마나 간사하고 약한지. 바람에 흔들리는 갈대처럼 구부러지기 쉽고, 꺼져가는 등불처럼 가물거리기 쉽다. 또 얼마나 교만

하기 쉬운지 모른다.

"만물보다 거짓되고 심히 부패한 것은 마음이라."

-예레미야 17장 9절

사람은 지식, 명예, 권세, 물질을 남보다 조금만 더 가져도 우쭐해 하고 목에 힘이 들어간다. 많이 봉사하고 수고해도 교만 때문에 추해진다. 또 남이 잘될 때 자기 일처럼 기뻐하거나 좋아하지 않고, 상처받고 배 아파한다. 마음의 부패함과 교만 때문이다. 자신보다 남이 잘할 때 자연스레 칭찬이 나가고, 진심으로 자랑스러워 하는 마음이 깨끗하고 복받을 마음이며, 자신보다 남을 더 낮게 여기는 마음이다. 또 그런 사람은 자신이 남에게 베푼 일은 쉽게 잊고, 남이 자신에게 베푼 우정과 자애로운 마음을 잊지 않고 소중하게 여긴다. 그 무엇보다도 자신을 죄악에서 건지시려고 십자가에서 몸을 찢고 피를 쏟아 내고 화목제물로 죽으신 예수님의 희생을 잊지 않고 감사하는 마음이 겸손이다.

사람들은 흔히 '나는 내 마음을 믿는다'고 말한다. 사람이 어떤 성향을 가졌는지, 그리고 자신을 잘 모르고 하는 말이다. 보통 겸손을 미덕, 겸양처럼 보이는 태도나 자세로 생각하지만, 겸손은 마음속의 문제다. 겸손은 하나님을 잊지 않는다. 하나님을 경외하는 마음으로 모든 일에서 하나님을 의지한다. 교만하면 자신의 힘과 능력을 내세우느라 하나님을 잊어버린다. 요셉은 겸손했다. 보디발 부인이 자신을 유혹했을 때, 하나님을 생각하고 죄를 짓지 않았다. 이런 겸손의 마음이 매우 중요하다. 사람 마음이 교만으로 채워져 하나님을 잊어버릴 때, 죄를 짓고 어둠의 포로가 되기 때문이다.

"무릇 지킬만한 것보다 더욱 네 마음을 지키라 생명의 근원이 이
에서 남이니라."

-잠언 4장 23절

어린 시절 사람들은 나를 보고 착하고 순하고 얌전하다고 했고, 나도
그런 줄 알았다. 그러나 예수님을 믿은 후 영혼의 비늘이 벗겨진 눈으로
보인 내 안에는, 남에게 지기 싫어하는 욕심과 내 중심적으로 움직이기
쉬운 성향이 가시덤불처럼 자리 잡고 있었다. 무엇보다도 부모님, 스승, 친
구, 친척과 동생들의 존재와 사랑을 귀히 생각할 줄 모르고 당연시했다.

교만임을 깨닫고 알고, 무척이나 마음이 찔렸다. 회개할 때 가장 많이
눈물을 쏟아낸 부분이고, 나와 관계된 사람들의 소중함을 알았다. 이
세상에 아무도 모르는 상태에서 빈손으로 태어난 나에게, 하나님께서
주신 선물들이 참 많다. 가장 존귀한 선물이 사람들이다. 감사의 마음
을 표현하지 못해도 생각날 때마다 기도하면서 살았다.

하지만 내 안에는 아직도 교만의 위험이 있다. 하나님을 의지하고 기
도하기보다는 내 머리와 생각으로 살 때가 많고, 어떤 일로 사람들이 인
정해주고 선대할 때 그렇다. "주님의 은혜예요." 하면서도 나도 모르게
내가 똑똑하고 총명해서 그렇다는 생각이 스칠 때면 소스라치게 놀랐
다. 아무리 작은 싹일지라도 교만은 교만이기 때문이다. 100% 순종이
아닌 것은 99.99%일지라도 불순종이듯 겸손이 아니면 교만이다. 겸손
의 실체이신 예수 그리스도 안에서 뿌리내리고 뻗어 가는 삶이 중요하

다. 교만의 뿌리는 어찌나 깊고 질긴지, 한 사람이 온전한 겸손으로 뿌리내리려면, 자신의 힘이 아닌 성령의 도우심으로 파내고 잘라내는 고군분투가 필요하다.

오랜 세월 동안에 땅속에 뿌리를 박고 뿌리를 내리고 뻗어 가며 듬직하게 자란 아카시아 나무. 그 거대한 몸뚱어리가 쫙쫙 벌어진 채, 속을 다 내놓고 넘어져 있던 모습이 생각난다. 한때 막강한 권력, 재력, 실력으로 영향력을 행사하던 사람들이 명예, 이성, 물질, 권력의 태풍으로 넘어지는 소식을 접한다. 그 사람들을 무너뜨린 태풍의 본거지는 교만과 욕심이다. 탐스러운 열매를 주렁주렁 맺어야 할 계절에, 죽고 또 죽어 뿌리까지 뽑힌 열매 없는 가을 나무는 얼마나 비참한가. 사람도 마찬가지다.

잘 깨지는 질그릇 같은 마음이 굳세게 되려면, 든든한 반석에 뿌리내려야 한다. 허약한 마음을 가진 내가 든든한 반석이신 예수 그리스도 안에 뿌리를 내렸으니 참으로 감사하다. 그런데도 넘어질 수 있음을 알고 조심한다. 위험 요소들이 도사리고 있는 세상에 살기 때문이다. 사도 바울은 "그런즉 선줄로 생각하는 자는 넘어질까 조심하라."(고린도전서 10장 12절)고 했다.

교만으로 자신의 힘, 경험, 지식, 환경, 사람을 의지할 때는 이런저런 바람에 잔가지가 흔들리듯 흔들린다. 이럴 때 강한 태풍이라도 불면, 뒷산의 아카시아 나무와 같이 벼락 맞은 것처럼 쓰러질 것이다. 예수 그리스도 안에 겸손함으로 굳게 뿌리박고 있을 때, 그 어떤 바람도 나를 흔들 수 없다. 예수 그리스도의 강함 때문이다.

잘 익은 벼는 저절로 고개를 숙인다고 하는데, 나는 가을 들녘의 잘 익은 벼처럼 제대로 익어가고 있을까? 예수님의 생명에 뿌리내린 내 존재는 예수님과 연합되어, 예수님의 겸손과 생명력 때문에 더 힘 있게 뻗어 나가기를 기대한다. 더 나이 들어도 레바논의 백향목같이 윤택하게 성장할 것을 믿고 소망한다.

닮은 꽃

산책길에서 야생화를 만난다. 키가 훤칠하기도 하고 작기도 하다. 바람에 살랑거리며 다소곳하게 서 있는 자태가 그윽하다. 소나무, 자작나무, 떡갈나무, 수양버들. 사방이 온통 연두 초록빛으로 싱그러워지는 산야에서 올망졸망 피워있는 야생화를 보면 마음이 숙연해진다. 이름 없이 자기만의 생명력을 한껏 꽃피우기 때문이다.

손님 초대가 있던 날 이른 아침, 들꽃을 꺾어올까, 화원에서 사 올까 하다가 야생화 한 다발 꺾어왔다.

"아, 이 꽃이 선생을 닮았네요."

"어쩜, 정말 그러네요."

화병에 꽂아 둔 꽃을 보며 한마디씩 한다. 초록색 꽃줄기와 연두빛 이파리에 흰 꽃망울. 나는 이 꽃의 이름을 모른다. 유난히 희고 깨끗하고 청초하다는 느낌인데, 살살 잘 다루지 않으면 분분히 떨어져 버린다. 안주인에 대한 배려로 한 말이 싫지 않아 좀 더 자세히 들여다본다. 꽃의 속내를 들여다보고 느낄만한 눈이 내게 있을까. 가벼운 눈길로 스치며 '참 예쁘고 아름답다.'라고 말하는 것이 꽃을 대하는 나의 방식이다.

화병에 꽂아진 이 꽃은 향기가 없지만, 유난히 회고 청초해 보인다. 긴 줄기에 붙은 진녹색 잎이 잘 떨어지려는 꽃을 받치고 있다. 꽃잎은 떨어지기 쉽지만 줄기가 든직해 예쁜 꽃 그림자라도 남길 것 같아 보이는 것을 보면 나에게 예술적 감수성이라도 있는 것 같다.

나는 회거나 곱고 은은하지 못한 데다, 작은 생채기로 생긴 마음의 부대낌도 얼룩을 남기기 쉽다. 이 꽃은 침묵하는 힘을 가진 걸까? 누구를 닮았다고 말해도 자신의 개성이 어떠한가를 애써 설명하지 않는다. 모태는 귀엽고 사랑스러운 작은 꽃씨일 텐데, 이렇게 피어나기까지 깜깜한 겨울, 추운 바람, 다른 꽃들의 시샘도 의연하게 견디어 냈겠지. 이 꽃이 향기가 없는 까닭은 그 고독의 시간을 건너면서 때로는 향기가 없는 것이 더 아름답고 순결하다고 생각했기 때문일까? 아니면 다른 꽃과 비교 안 되는 은은한 향기를 갖고 있는데 내가 둔감해 향취를 알아보지 못하는 것은 아닐까 하고 다시 들여다본다.

내가 이 꽃과 닮은 점 한 가지를 말해 본다면, 조심스럽게 다루지 않으면 흩뿌려진다는 점이다. 가까운 누군가가 일반적인 상식선에서 많이 벗어나 이해 안 되었을 때, 정서와 이해 능력이 흔들리고 고통받고 마음 언저리에 드리워진 이파리들을 걷어내고 할 때가 있다. 시간이 지나고 얼마만큼 정돈이 되면, 내 꽃망울은 다시 조금씩 희어지고 또랑또랑해진다.

겉모습만 보았을 때 언뜻 느껴지는 이미지만으로도 어떤 꽃을 닮았다고 하면 기쁜데, 진정 나의 내면이 꽃의 속내를 닮아갈 수 있다면 얼마나 큰 축복일까? 볼이 발그레 지는 듯 부끄러운데, 한 송이 꽃을 피워내고 천 년을 피고 지는 꽃씨로 열매 맺을 것처럼, 그런 꽃의 이미지를 바라보며 살아가라는 격려로 받는다.

나는 이 꽃처럼 눈부시게 희거나 곱지 않다. 또한, 은은하지 못하고 침묵하는 힘도 약하다. 그래도 지나가는 인사로 이 꽃과 닮았다는 말에 위안을 받고 희망을 품어 본다. 화려하거나 향기롭지는 못해 눈에 잘 띄지 않지만 보는 이의 마음에 젖어드는 야생화처럼, 내 존재가 곁을 지나가는 사람 중 누군가에게 희망이 되기를 바란다.

떨어진 꽃잎들을 손바닥에 올려놓으며 화병 주변을 치운다. 물을 바꿔주면서 따뜻한 울림을 안고, 나를 다시 세워본다.

story 6 행복

행복 / 오늘 / 고난 / 해석 / 여유 / 정서 / 발돋움 / 웃음 / 자존감 /
관계 / 가족 / 나눔 / 독서 / 변화 / 나의 행복

행복

　누구나 행복한 삶을 꿈꾸며 산다. 행복을 잡으려고 고민하고 욕심내며, 노력하고 경쟁한다. 보통 목표를 이루고 경쟁에서 이기며, 큰돈을 벌거나 최고가 돼 인정을 받아야 성공한 것이고 행복할 거라 생각한다.

　내 주변에 그만하면 행복해 보이는 사람들이 있다. 그러나 행복하다고 말하는 사람은 여간 찾아보기 어렵다. 행복을 잡으려고 고군분투하느라 내면의 평온을 잃어버린 것인가 싶다.

　"우리는 보통 겉으로 별문제가 없는 것이 행복인 줄 알고 있어요. 하지만 진정한 행복은 불행하지 않다는 것 이상의 정신적으로 풍성한 삶을 의미하는 거지요."

　내 오래전 노트에서 발견한 이 글처럼, 진정한 행복은 외적인 성취에서 오지 않고, 마음이 어떠한가에 달려 있다. 마음이 하나님과 양심과 다른 사람과 자신과의 관계에서 거리낌 없고 조화와 균형을 이룰 때 행복하다. 건강한 자아는 내적·외적 갈등 없이 살도록 돕는다. 그런 의미에서 마음의 성숙 여부가 행복과 관계한다.

　역사상 가장 위대한 수학자이자 철학자로 알려진 파스칼은 〈팡세〉

라는 저서에서 이렇게 말했다. "인간은 영적인 존재이다. 사람의 마음속에는 하나님만이 채울 수 있는 빈공간이 있다."라고. 사람 마음에 공허한 자리가 있고, 하나님만이 채울 수 있는 공간이라는 의미다. 마음에 하나님이 없을 때 하나님이 차지할 이 공간에 다른 것을 채운다. 물질, 명예, 자녀, 권력과 끝없는 상처다. 구약 예레미야 선지자는 이런 마음을 '채우지 못할 웅덩이'라고 했다.

> "내 백성이 두 가지 악을 행하였다. 곧 생수의 근원 되는 나를 버린 것과 스스로 웅덩이를 판 것이다. 그것은 그 물을 가두지 못할 터진 웅덩이들이니라."
>
> -예레미야 2장 13절

우리는 행복의 조건을 갈망한다. 대개 물질, 권세, 명예, 성공, 형통을 행복의 조건으로 생각한다. 그것은 달콤해서 사람을 춤추게 하고 교만의 뿌리인 자아를 만족시킨다. 교만을 부추기는 것이다. 보암직하고, 먹음직하고, 지혜롭게 할 만큼 탐스러워 보이고 그럴듯하다. 그래서 그 현란함에 누구든 속기 쉽다.

사람은 원래 행복하게 살도록 만들어졌다. 그런데 에덴동산에서 첫 사람, 아담이 마귀의 유혹에 넘어갔다. 그 결과 행복을 상실했다. 인류의 조상 아담이 이 행복을 전수하는 데 실패했고, 둘째 아담인 예수님이 십자가에 매달려 대가를 치렀다. 그리고 진정한 행복을 갖고 왔다.

> "평안을 너희에게 끼치노니 곧 나의 평안을 너희에게 주노라 내가

너희에게 주는 평안은 세상이 주는 것과 같지 않다 너희는 마음에 근심하지도 말고 두려워하지도 말라."

-요한복음 14장 27절

하나님은 모든 사람이 행복하기를 바란다. 사람들은 행복하려고 애쓰지만, 환경의 영향을 받고 살아가므로 잘되지 않는다. 환경의 지배와 사람의 의식에 내재된 욕심과 비교의식 때문이다.

사람의 마음은 정원과 같다. 사람은 그 정원에 순간마다 생각을 뿌리며 산다. 욕심과 비교의식은 독초의 씨앗이다. 남보다 돈이 많고 출세하고 자녀가 잘되고 일이 뜻대로 잘 풀리는 것이 행복이라고 생각한다면, 행복하기 어렵다. 사람은 물질 이상의 존재이기 때문이다. 사람은 이 세상에서 누군가와 비교해서 우월할 때 만족하는 정도의 존재가 아니다. 눈에 보이는 환경이나 사람에 따라 상대적으로 느끼는 기분은 행복이 아니다. 상대적 평가에 일희일비한다면 불안하고 불쾌하고 불만스럽고 무질서하고 무겁고 어둡기 쉽다. 이 세상을 다 얻어도 그런 마음을 갖고 있다면, 행복한 감정이 솟아날 리 없다. 진정한 행복을 누리려면 사람의 어떠함을 규정하는 마음 바탕이 중요하다. 만족, 평화, 평온, 행복은 모두 마음 안에서 이루어지기 때문이다.

행복은 어려움이 없어서 아니라, 어려움 속에서 그 어려움을 딛고 올라서는 마음의 힘으로부터 시작된다. 진정한 행복은 쉽게 없어지지 않는다. 흔들리지 않는 마음에 새겨진다. 화려해 보여도 위기의 순간 신기루처럼 사라지는 찰나적인 행복과는 격과 질이 다르다. 희망의 눈과 기대하는 마음으로 살 때 어려운 현실에서도 옥구슬 같은 행복을 발견할 수 있다.

"행복이 인생의 목적은 아니다. 좋은 인격을 쌓는 것이 진정한 인
생의 목적이다."

-헨리 워드 비처

오늘

오늘이라는 시간은 삶에 주어진 기회이고, 선물이다. 오늘 하루를 행복하게 만드는 것은 오늘을 맞은 자신이다. 사진 한 장이 기억 속의 순간을 끌어내고, 오늘의 한순간이 생애의 한 부분을 장식한다.

쉼이 느껴지는 봄날 저녁, 남편이 연분홍빛 카드를 내밀었다.

"생일 축하해. 내일이 생일인데, 주일이니까 하루 앞당겨 주는 거야."

카드에 비닐 포장이 문방구에서 살 때 그대로여서 웃음이 나왔다.

"선물 주면서 이 비닐 봉투까지 주는 사람이 어디 있어요?"

"일부러 그런 거야. 소중한 것이니까 먼지 낄까 봐서."

진지하게 말하는 남편의 순진함 때문에 웃음이 터져 나왔다. 이 웃음을 기억 속의 한 장의 사진으로 행복하게 저장한다.

아동 문학가 이원수 선생님은 하루를 살고 사라지는 아침이슬을 보고 노래했다.

'풀잎 끝에 맑은 아침 이슬방울 영롱하게 빛남은 곧 그의 행복이리. 사라진 뒤에 추한 흔적 남기지 않는. 아, 나도 한 개 아침 이슬이고저.'

1993년 63세의 나이로 세상을 떠난 '로마의 휴일'의 여주인공 오드리

헵번은 "하루를 그냥 살아서는 안 됩니다. 소중하게 살아야 합니다. 살아있음이 얼마나 아름다운지 감사하지 않고 생각 없이 살아서는 안 됩니다."라고 말했다.

행복은 오늘을 감사하며 사는 것이다. 이미 지나간 시간, 아직 오지 않은 내일의 시간이 아니라 지금 이 시간이다. 잘 사는 삶은 어떤 일을 얼마나 이루느냐가 아니라 어떤 마음으로 어떻게 사느냐의 문제다. 행복은 마음가짐에 달려있다. 어떤 상황에서도 창조적으로, 무엇을 하든지 즐겁게, 원망하거나 불평하지 않고, 한숨 쉬거나 짜증 내지 않고, 비가 오면 비를 즐기고, 무더우면 열기를 좋아하고, 눈이 오면 눈을 즐긴다. 행복하지 않은데 행복한 척하는 것이 아니라 현실의 있는 그대로 감사하는 것이다. 그런 행복감은 나의 일상에서도 여러 곳에서 손짓한다. 평범하고 사소한 일에 감사할 때, 마음이 봄빛 같고 사람과 사물과 풍경이 사랑스럽게 다가온다.

비가 내리는 저녁, 현관을 들어서는 큰딸의 볼에 웃음이 가득했다. 풍경 속에서 아름다움을 찾은 것이다.

"주차장에 참 재미있는 풍경이 있어요. 고양이 3마리와 강아지 3마리가 옹기종기 쭈그리고 사이좋게 삥 둘러앉아 있는데, 비로 기온이 내려가자 추워서 서로 의지하는 거 같아요. 지금은 주차장에 차가 없어서 괜찮은데 차가 들어오면 이 어린 것들이 놀라고, 갈 곳이 없으면 어떡하지? 하면서 걸어 왔어요."

사람과 풍경과 마음의 소통은 정신을 윤기 있게 한다.

오전 내내 집안 가득 채워지는 햇살, 창문을 넘어 싱크대 앞까지 들어와 손등과 손가락 사이를 간질이는 햇살, 밖에 나가서 일을 볼 때도 집안을 비추고 있을 그 햇살이 떠올라 입가에 미소가 어린다. 길을 걸을 때, 전철 안에 있을 때, 마주치는 사람들에게서 이 시대를 함께 살아간다는 연대적 훈훈함을 느낀다. 마음으로 감사하고 축복하며 기도한다.

의지는 두 지점 간의 최단거리다. 행복은 의지적인 선택이기도 하다. 생각하기에 마음먹기에 달려 있다. 평범한 가운데서 특별함을 발견할 수 있다. 오늘이라는 하루가 특별한 날이다. 오늘 하루를 행복한 날로 만드는 것은 오늘을 맞이한 자신이다. 이런 오늘이 모여 알찬 인생이 된다.

고난

세상에서 가장 행복해 보이는 사람, 그 사람도 언제나 행복한 것은 아니다. 나름대로 문제를 안고 있다. 삶 속에는 행복을 빼앗는 요소가 무수히 많다. 고난이다. 어떤 사람이 죽은 후 하늘나라에 갔다. 그는 무언가를 열심히 하고 있는 천사에게 물었다. 천사는 사람들에게 전해 줄 행복을 포장하고 있다고 했다. 사람들에게 전해주려면 공간 거리도 떨어져 있고, 시간이 오래 걸리므로 단단하게 포장을 한다고 했다.

"포장지 이름은 '고난'인데, 행복을 감싸고 있어요. 사람은 이 포장지를 벗길 때 행복을 선물 받을 수 있답니다. 이 고난의 포장지를 열 수 있는 열쇠는 감사하는 마음이지요."

이 이야기는 감사하는 마음으로 기쁘게 살 때, 고난이라는 포장지가 벗겨지고 행복을 선물 받는다는 메시지가 담겨있다.

기쁨과 보람이 인생의 한 부분이듯이 어려움과 문제도 인생의 일부분이다. 자기 문제가 다 사라진다 해서 반드시 진정한 행복을 누리는 것은 아니다. 어려움을 대하는 태도 변화와 어려움이 자신을 성숙시키는 원동력이고 배움의 기회라고 여길 때 행복이 찾아온다.

"우리가 뛰어넘어야 할 아무런 장애가 없다면 우리가 살아가야 할 아무런 목표와 기쁨이 없을 것이다." 평생 시각 장애와 청각 장애로 살면서 인류에 희망의 빛을 비춘 헬렌 켈러의 말이다. 고난을 피하지 않고 극복할 때 삶의 목표가 새로워지고 참 행복을 발견한다는 말이자, 고난에 주눅이 들어 인생을 더 비참하게 하지 말라는 격려다. 고통을 극복할 때 힘이 생기고 지혜로워지고 강해지고 새로운 깊이를 발견할 수 있으며, 삶의 의미와 목표를 붙들라는 뜻 아닐까.

> 젊은 날에는 진정한 인생의 행복에 대해 잘 몰랐고 쓴맛 매운맛을 보고 나서야 행복을 깨달았다.
>
> -철학자 김형석 교수

고난을 좋아할 사람은 아무도 없다. 고난은 마음에 저장된 행복까지 가져가지만, 극복하는 과정에서 꽃을 피워낸다. 가시가 많은 장미와 가시밭에서 자란 백합이 더 향기로운 것처럼.

평탄한 삶에 감사하고 웃고 사는 일도 훌륭하다. 그런데 불행과 고난 속에서 인내하면서 행복을 창조하며 웃는 웃음은 위대하다. 역경 속에서 행복을 선택하고 창조하는 마음이 훌륭하다. 행복한 사람과 불행한 사람의 차이는 상황이 안 좋고 마음도 안 좋을 때 어떻게 대응하느냐에 달려있다. 극한 상황 속에서 살맛 안 나고 기분이 안 좋을 때 자신의 삶 전체가 잘못되었다고 속단하지 말아야 한다.

상황이 좋지 않고 스트레스 받고 절망스런 사실을 인정하되 심각하게 받아들여 인생을 분석하지 않는 마음이 중요하다. "이것도 다 지나갈 거야" 하고 자신을 타이른다.

> "역경은 우리를 연약하게 만들지 않는다. 다만 우리가 얼마나 연약
> 한가를 보여줄 뿐이다. 행복스럽다고 생각하는 데 행복스러운 생활
> 이 있다."
>
> -링컨

어느 누구도 하루에 한 번 하늘을 쳐다보지 못하거나 순수하고 좋았
던 순간들을 떠올려 보지 못할 만큼 비참하지 않다. 살아있기 때문이
다. 환경이 어두울지라도 마음이 보름달 같은 희망으로 차있으면 감사
할 수 있다.

나는 삶의 난제를 만날 때 '이것은 인생의 한 과정일 뿐이다. 소중한
인생의 일부다.'라고 생각할 때 마음이 평온했다. 가슴이 철렁하다가도
행복의 의지가 솟아났다. 삶의 짐이 줄어든 것은 아닌데 수월해지는 것
을 느꼈다. 좌절감을 어떤 마음으로 받아 들이냐에 일상의 빛깔이 달라
지는 사실을 알았다.

여의도 침례교회 다닐 때 부흥회에서 들었던 이야기가 생각난다. 강사
로 오셨던 미국 휴스턴 침례교회 최영기 목사님의 신앙고백이다. 최 목
사님은 목사의 가정에서 성장했지만, 예수님의 신성을 믿지 않고 한 인
간으로 보면서 불신을 가졌다고 했다. 서울대 공대 전자공학과를 졸업
하고 미국으로 간 후 공부를 계속했고, 반도체 부문에서 세계가 알아주
는 과학자가 되었다. 승승장구의 길을 걷다가 갑작스러운 아내의 질병
을 통해 하나님 은혜를 체험했고, 진정한 신앙을 가졌으며, 목사가 되었

다고 말했다.

"아내가 난소암 3기로 사경을 헤매던 중 하나님을 믿고 기도한 결과, 치유를 받았습니다. 그 후 갑상선에서 다시 암이 발견되었는데 또 고쳐 승리했어요. 하나님을 더 알고 싶어져서 신학을 공부했지요. 이때 즐겁고 기쁘게 삶을 누리는 것이 무엇보다 중요하다는 것을 알았습니다. 하루를 감사의 기도로 시작하고 감사로 살고, 웃음을 잃지 않고 살아가려고 합니다. 성도님들도 이 순간부터 웃음을 선택하세요. 행복으로 이어집니다. 그것이 하나님이 바라시는 뜻이 아니겠어요?"

최 목사님의 체험적인 신앙고백은 모인 회중에게 깊은 울림을 주었다. 오래전, 잠깐 피아노를 배웠던 선생님이 생각난다. 그 선생님은 잘 살다가 남편 사업 실패로 조그만 셋집에 살면서 레슨을 했다.

"예전에 남편에게 있는 부와 명예를 누렸어요. 골프 치고 여행하며, 화려하게 살았답니다. 그런데 평생 끄떡없을 것처럼 잘 되던 사업이 실패하고 모든 것이 물거품처럼 사라졌어요. 그 이후, 남편과 함께 하나님 앞으로 돌아왔어요."

고난을 통해 삶의 진실을 깨우친 이 여성의 표정은 명랑했다. 입을 다물고 있는데도 '라라라, 기쁜 나의 인생.' 하는 듯했다.

"저는요, 지금 너무나 행복해요. 예전에 즐기던 '사치'와 '세상의 낙'과는 전혀 비교가 안 되는 시간이에요. 인생에서 무엇이 중요한가를 깨달았으니까요. 하나님이 은혜를 주신 거예요."라고 했다.

사람마다 시각이 다르다. 장미꽃을 안고 가시를 불평할 수 있고, 가시에서 꽃이 피는 것을 감사할 수 있다. 고난은 행복의 변장한 모습이다.

변장한 행복인 고난을 통해 삶의 진실에 가까이 다가갈 수 있다. 행복으로 가는 비밀의 열쇠는 감사다.

제목이 생각 안 나는 '하인리히 하이네'의 시다.

창밖에는 산더미처럼 눈이 쌓이고
우박이 펑펑 쏟아지는 폭풍 몰아쳐
유리창이 시끄럽게 흔들린다 해도,
나는 결코 한탄하지 않을 거예요.
내 가슴속 깊이 나는 사랑하는 이의 모습과
봄기운을 품고 있으니까요.

해석

　흔히 현대를 'The more'시대라고 말한다. 더, 더, 더를 노래한다고 해서다. 더 좋은 차, 더 좋은 집, 더 많은 돈, 더 좋은 것을 바라는 사람들의 욕구를 표현한 것이다. 한국 전체 국민의 삶의 질이 2014년 기준으로 세계 15위였는데, 행복지수는 세계 100위였다. 경제 발전으로 한국은 역사상 세계속에서 전성기를 누리는데, 행복지수 순위는 형편이 없다. 그만큼 감사가 부족하고 원망 불평이 많은 결과다.

　사람마다 행복의 기준과 관점이 다르다. 휴 다운즈는 "행복한 사람은 어떤 특정한 환경속에 있는 사람이 아니다. 어떤 특정한 마음 자세를 갖고 사는 사람이다."고 말했다. 삶의 조건에 상관없이 감사하는 마음이 참 중요하다고 생각한다.

　10년 전의 일이다. 우리 집 바로 옆에 있는 작은 공원에 한 달에 두 번 튀밥을 튀기는 할아버지가 찾아왔다. 여윈 몸으로 한쪽 눈에 장애가 있던 할아버지는 늘 하얀색 운동화를 신었다. 할아버지가 오는 날이면 온종일 '펑', '뻥' 하는 소리가 이어졌다. 리어카 한쪽에는 한지에 먹글씨로 '공전(품삯) 2,000원'이라고 쓰여있었다. 6월 중순의 무덥고 후덥지근한 날, 나는 튀밥을 튀기고 나서 천원을 더 드리고 싶어 내밀었다.

"이렇게 정성껏 일하시는데 품삯을 너무 싸게 받으세요."

"이정도 기술로 2천 원 받으면 되죠."

할아버지는 함박웃음을 머금은 채 덤으로 준 돈은 받지 않았다. 나는 약간 서운한 마음을 담아 물었다.

"왜 그러세요?"

"부자 되기 싫으니까요."

또랑또랑한 목소리였다.

"이 세상에 부자 되기 싫어하는 사람 어디 있어요?"라고 하자, 할아버지는 온화한 미소와 진심이 담긴 음성으로 한 마디를 건네셨다.

"나처럼 행복한 사람이 없을 거예요. 대통령도 욕을 먹는 세상인데, 나는 이렇게 인기가 좋으니 밥을 안 먹어도 행복하구먼요."

행복은 철저히 주관적 감정이다. 수학 방정식 풀듯 떨어지는 답을 써서 내놓을 수 있는 것이 아니다. 보통 원하는 것이 이루어질 때 행복을 느끼지만, 그것은 일시적이다. 지속적으로 행복하려면 작은 일에도 감사하고, 원하는 대로 안 되어도 감사할 수 있는 마음의 토양이 필요하다. 욕심을 가지면 나에게 없는데 다른 사람이 가진 것이 커 보인다. 욕심을 버리면 나에게 있는 것이 소중하고 커 보인다.

행복은 자신이 마주하고 있는 현실을 어떻게 바라보고 해석하느냐에 달려있다. 가난하다고 모두 도둑질 하는 것 아니고, 병들고 사업실패 했다고 다 절망하지 않는다. 상황을 어떻게 받아 들이냐에 따라 행복의 척도가 달라진다.

〈빨강머리 앤〉에서 주인공인 앤이 가졌던 행복의 관점이 있다. 고아인 데다가 주근깨 투성이에 못생기고, 결점투성이인 앤. 앤은 이렇게 말했다.

"아무리 눈앞에 펼쳐진 길이 좁더라도 그 길가에는 조용하고 행복한 꽃들이 흐드러지게 피어 있다는 것을 알았다."고, 앤은 자신의 모습에 실망할 수밖에 없었지만 좌절하지 않고 자신의 인생을 사랑했다. 변변찮은 자기 존재를 인정하고, 용서하고, 이해하고 감사했다. 남보다 많이 가지고 누리는 것이 행복의 전부라고 생각한다면, 어느 누구도 행복하기 어렵다. 성냥팔이 소녀가 한 개의 성냥을 켤 때마다 꿈을 보았듯이 자신의 현실 속에서 꿈을 갖고 작은 것에 감사할 때 주변이 환해진다.

가장 풍부한 능력은 자족하고 감사하는 마음이다. 소유에서 자유로운 힘은 외부여건이 아니라 내적으로 정결한 영혼에서 온다. 사람의 인격은 때로 역설적이다. 행복은 가시밭에 백합처럼 행복의 조건을 갖춘 인격 속에서 피어난다.

자신의 인생을 어떻게 바라보고 해석하느냐에 따라 삶의 빛깔이 달라진다. 해석의 힘이다.

여유

　신문에서 어떤 기자가 "우리네 인생은 선과 악, 행복과 불행이 얽히고 설킨 임계상태이다."라고 쓴 것을 읽는다. 임계 상태는 아주 사소한 자극에도 변화가 일어날 수 있는 외부온도에 민감한 상태로 한 경계와 다른 경계의 정점이다. 임계상태에서 견딜만한 적정 압력의 수위가 있다. 하지만 조금만 높아져도 기체 상태에서 액체 상태가 된다.

　어떤 면에서 삶도 마찬가지 같다. 어떤 상황에 대한 만족감이 마음의 반응에 따라 달라지기 때문이다. 스트레스 상황에서 긴장하면 눈앞에 답이 있어도 놓칠 때가 있다. 문제가 있더라도 급하게 생각하지 말고 마음에 여유를 가지면 신통하게 답이 떠오른다. 조화, 기다림, 느긋함, 긍정의 시각, 창의력에 의해서다. 한 발자국 떨어져 평온을 유지하는 마음의 여유가 유익하다.

　사람들은 행복하기 위해 이런저런 노력을 한다. 돈을 벌고, 모으고, 건강을 관리하고, 자녀교육에 투자하고, 인간관계에 신경을 쓴다. 그래서 성취의 기쁨을 맛본다. 그런데 언제나 기쁘기만 할까. 인생은 그럴만큼 단순하지 않다. 인간에게 주어진 한계일 수 있고, 교만과 나태의 방지를 위한 섭리일 수 있다. 물론 문제가 하나도 없다고 생각될 때도 있지만, 얼마 안 가 문제를 직면한다. 자신이 한 일에 실망하고, 상대방의 어떤 점 때문에 우울해지고 기분이 나빠진다.

오래전 내 경험을 봐도 그렇다. 인간관계가 대체로 좋았지만 어쩌다 한 번이라도 타격을 받으면 분석하고 심각해졌다. 빨리 이해하고 안 좋은 기분에서 빠져나가려고 하는데, 이해가 안 되면 더 힘들었다. 기분이 안 좋은 상태 자체를 자연스럽게 받아들이지 않았다. 있을 수 없는 일이라도 생긴 것처럼 무겁게 생각했다. 그 당시 큰딸이 말했다. 여유를 주문한 것이다.

"엄마의 문제는 어떤 상황을 너무나 진지하게 생각하는 거예요. 그런가 보다 하고 대충 가볍게 넘겨도 될 것들에 대해 정색을 할 때가 있어요."

그때 옆에서 듣던 둘째 딸이 주문했다.

"엄마, 보통 아줌마들처럼 수다도 떨고 말도 아무렇게나 하고 행동도 시끄럽게 하고 지냈으면 좋겠어."

살아가는 태도가 여유 있는 친구의 말이 생각났다.

"나는 지나간 어떤 일, 조금 전에 부딪힌 일에 대해서도 다시 생각해 보거나 골치 아프게 이리저리 분석하면서 복잡해지지 않고 깨끗이 잊어버린다."

평소에 친구들이 맺고 끊는 것이 지지부진하다고 핀잔도 주었지만, 때로는 참 느긋하다고 '성격 한번 좋다'고 부러워하기도 한 친구다. 모임 날 방문하면 점심시간이 되어도 시장 봐다 놓은 재료가 아직 손도 안 댄 그대로였고, 모임 못 나오고도 회비를 부치지 않아 회비를 몇 번씩 재촉

하기도 했다

　나 같으면 그런 상황을 만들지도 않지만, 이 친구는 그런 상황에서도 당황하거나 조급함이나 조바심으로 스트레스를 조금도 받지 않았다. 봄볕처럼 부드러운 그 특유의 웃음으로 흘려보냈다. 삶의 좌우명이 '아무 문제 없음'이라도 되는 듯한 여유로움이 있었다.

　나는 이 친구의 그런 성격이 부러웠고 닮고 싶었다. 다른 사람이 갖지 못한 여유가 부러워서였다. 나는 '어떻게 저럴 수 있을까' 하고 신기해했다. 부정적인 면도 있지만, 스트레스를 받지 않고 웃는 얼굴로 여유 있게 반응하는 점이 좋아 보였다. 올바른 것, 정당한 것, 딱 부러지게 똑 떨어지는 정확함보다는 '여유'에 초점을 맞추면 그렇게 되는 걸까 하고 생각해보았다.

　나이가 들면서 나도 여유가 생겼다. 기분 상태에 매이지 않는다. 부정적인 일의 반응도 기분에 휘둘리지 않고, 빨리 편안하고, 대응을 잘하는 편이다. 흐려진 물을 바라보고 있느라 맑은 하늘을 잊어버리는 손실을 선택하지 않는다. 그러니 부정적인 상황도 '그렇구나, 곧 지나가겠지?' 하며 느긋하게 생각하고 심각해지지 않는다. 따스한 햇살이 비추는데, 눈에 띄는 먼지에 신경 쓰고 싶지 않아서다.

　여유는 눈앞의 상황에 안달하지 않고, 사물을 상세하게 보고 객관적으로 본다. 삶을 멀리 내다보고 여유가 있으므로 그만큼 평온하고 행복하다. 행복은 무리 없는 감정과 생활에서 만나기 때문이다. 숲은 짧은 가뭄에 목이 타지 않는다는 말처럼.

정서

정서는 사람 마음에 일어나는 여러 가지 감정이다. 만족감은 정서가 풍요롭고 안정감을 가질 때 느껴진다. 메마르기 쉬운 세상에서 싱싱한 기분으로 조화를 이루며 살 때 행복하다. 내가 40대를 지날 때 느꼈던 제일 큰 불행감은, 마음의 조화가 흐트러진다고 느낄 때였다. 어떤 일도 흥미가 생기지 않아 힘들었는데, 나중에 알고 보니 조화를 찾으라는 신호였다.

무력감을 느끼던 때, '김남조 시인'의 시 낭송회에 함께 가던 친구가 말했다.

"지금 너를 혼란스럽게 하는 감정은 무력감이 아니라 욕심인 것 같다. 상담하는 일, 수능을 앞둔 고3 딸, 신앙, 좋아하는 책들, 음악이 있으면서 뭐를 더 원하니?"

"그래, 맞아. 그런데 내 마음속에 어떤 갈망이 있어 그럴까?"

그 친구 말대로 어떤 욕심에 쏠려 기울어진 마음 그릇이 반듯하지 못해 균형을 잃은 것일까? 하고 곰곰이 나를 돌아보았다. 외형상 성취를 추구하는 욕심만은 아니기를 바랐다. 자신을 있는 그대로 이해하려고 했다. 젖도 잘 먹고, 잠도 잘 자고, 잘 웃는 어린아이가 한 번씩 칭얼거리며 보채는 모습이 떠올랐다. 내 기질을 존중하고 존재가 사랑스럽고 소중하다는 듯 조용한 미소로 바라보는 남편. 남편이 보내는 따뜻한 이해를 나 자신에게 보냈다. 나를 자유스럽게 내려놓고 며칠을 '멍'때렸다.

자연스럽게 고요하고 힘 있는 평안이 깃들었다. 내 안에서 충만함과 부조화가 변화를 주고받은 걸까. 자신을 비우는 것의 필요성을 깨달았다. 자신에 대해 명민한 인식을 하되 전전긍긍하지 말며 자신을 진심으로 인정하면 된다는 사실이었다.

때로 이런 자세는 자신을 사랑하는 일이다. 자아가 엄격하게 이끌고 일러주는 대로 자신을 규정하고 속박하지 않고 자신에 대한 욕심을 버리는 일이다. 왜냐하면, 일도, 여가도, 선한 행위도 그 시간과 공간 속에서 자아가 앞서면 무거움으로 소진되고 부조화를 느끼기 때문이다.

그 당시 나에게는 최선을 다해 산다는 일념에서 욕심껏 따라가는 성향이 있었다. 이렇게는 스스로 조화를 이룰 수 없다. 어떤 욕망의 소음과는 결코 평화스럽게 어울리지 못하기 때문이다. 그런데도 그런 사실을 놓치고 잠깐 부조화를 겪으며 허둥댄 것을 생각하니 웃음이 나온다. 좀 더 본질적이고 근원적인 일을 깨달은 여유에서 오는 안정감이다. 내면과 외적 활동에 평화로운 조화를 이루며 살 때 충만하고 행복하다.

살아가면서 정서적 부조화로 지루함, 싫증, 단조로움, 무력감 같은 혼란을 느끼는 경험은 나쁘지만은 않다. 살아있다는 감격이고, 더 나은 성장의 변화를 갈구한다는 신호다.

감사하는 마음이 필요하다. 원망, 짜증, 불평은 내면을 좀먹고 이탈로 치닫기 쉽다. 행복은 눈이 아니라 마음에서 오기 때문이다.

발돋움

　건조주의보, 건조경보. 전국적으로 가뭄이 심하다는 소식이다. 비가 오지 않아 씨 뿌릴 시기가 되어도 밭을 갈지 못하고 트랙터는 멈췄다. 쩽쩽 내리쬐는 볕에 논바닥이 쩍쩍 갈라진다. 기상대에서 알려주는 가뭄 소식을 접하고 안타까운 마음이 든다. 이 지구의 모든 생물은 알맞은 수분이 필요하다. 사람도 건조하고 목마르기 쉽다. 메마른 풀처럼 마음이 단조롭고, 윤기가 사라질 수 있다.

　나는 어느 해 봄철, 짧은 기간이지만 심한 메마름을 경험했다. 아침에 기분 좋게 일어나 '참 좋은 아침'이라고 감사하는 마음이었는데, 오전이 지나 오후가 되면서 의식 한편에 바스락거리는 메마름을 느꼈다. 두 해 전 가을에 경험한 우울과는 달랐다. 평소 느끼지 못했던 낯선 감정이었다. 창밖 풍경을 내다보는 일도 흥미가 없었고, 바람에 하늘거리는 나무도, 활짝 피어나는 봄꽃들도 정지된 사물 같았다.

　주부로서의 일상은 책임감과 마땅한 일로 해냈다. 시장에 가고, 재료를 선별하고 조리과정이 복잡해도 영양을 생각했다. 의구심으로 견디다 남편과 아이들과 친구에게 말했다.

"내가 왜 이러는지 모르겠어. 한 번도 이런 적이 없었는데 모든 것이 건조해. 우울과는 다른 뭔데⋯. 뭔지 모르겠어. 지독한 가뭄 같구나."

살가운 친구는 소래포구로 데려가 싱그러운 바다내음을 맛보게 하고, 대부도를 함께 드라이브했다.

"그럴 때가 있어. 그런데 아무래도 네가 너무 편해서 갖는 느낌 같다." 하며 웃었다. 친구 말을 들을 때, 어느 여성 작가 말이 떠올랐다. "권태란 어디서 갑자기 밀려오는 게 아니라 그냥 원래부터 거기에 있던 것이며, 삶의 목표와 의미를 상실하고, 더 이상 그것을 넘어서는 의지가 부족할 때 드러난다는 것을 진실하게 깨닫는다"고 했던 말이다.

"편안한 일상에 따분함을 느끼는 것은 인간이 이 세상을 살기에 선천적으로 너무 고차원적인 존재이기 때문이다."

-로널드 롤 하이저

가뭄으로 아무 농작물도 경작할 수 없는 밭처럼 메마른 상태를 떠올리며, 그동안 의미를 탐구하며 살아온다고 한 그 의미가 무엇인가를 찾았다. 성경을 구약부터 차근차근 읽기 시작했다. 이해되지 않는 내용도 찬찬히 읽고 그냥 지나치지 않았다. 심리학자들은 그런 증세를 그동안 추구해 온 내적인 도전 에너지가 다 채워졌기에 공백기를 갖는 것이라고 한다. 새로운 돌파구를 어떻게 맞느냐에 따라 나머지 삶이 결정된다는 것이다. 이 이론에 대해 매슬로는 자아실현이라 했고, 융은 내면의 성숙과 초월적 존재로의 발돋움이라고 했다. 나의 경험 이후를 볼 때 이들의 이론들이, 나에게 어느 정도 맞아 떨어진다고 생각했다. 성장에 대한 욕구를 일으키는 불쏘시개였다고 생각한다. 새로운 계절과 소명으로 인도한 하나님의 손길을 느꼈기 때문이다.

봄이 지나 초목이 무성해질 무렵, 마음에 봄비 같은 단비가 적셔지고 푸르러졌다. 하루하루 조금씩 새로움을 느꼈다. 햇살 뜨거워지는 계절과 함께 마음도 더 푸르러지는 듯했다. 그동안 보석 같던 내적 가치와 추구할 이상들이 봄볕 가뭄에 하나도 불살라지지 않았음을 확인했다. 오히려 바싹 타들어 간 건조한 땅을 밟아보았기에 알 수 있는 더 큰 감사로, 마음이 부유해졌다.

새로운 깨달음이었다. 그동안 나는 인생 전체는 아니더라도 하루의 일상은 웬만큼 스스로 설정하고, 웬만큼 정서적으로 관리하면 '나'라는 모터는 잘 돌아가는 줄 알았었다. 그런데 하늘에서 내려주지 않으면 어떤 과학적 노력을 동원해도 한 방울의 빗방울도 만들 수 없듯, 내 안에 머물던 기갈도 위에서부터 주어지는 은총이 아니면 해갈될 수 없다는 사실을!

"내 마음속에 어떤 공허감이 있다면 그것은 자기가 어떤 것을 찾고 있는 증거다. 그러나 그 공허감은 우리 내부 생명력의 새로운 발동으로서만 치료되고 보충될 수 있다."는 파스칼의 말에 공감한다. 한 줄기 단비가 필요한 목마른 시기가 나를 새로운 단계로 이끌어 발돋움하게 했다.

홍수처럼 지나치지도 않고, 가뭄처럼 너무 부족하지도 않은, 내 삶에 알맞게 내려주는 단비가 얼마나 큰 축복인가를 알고 감사하며 살아간다.

내 키는 너무 작아 - 십자가

  홍윤숙

내 키는 너무 작아
그 무릎에도 미치지 못하고
그의 키는 너무 커서
언제나 허리 위가 구름 속이다
발돋움하며 발돋움하며
드높은 산등으로 기어오르지만
그 길엔
길로 자란 들찔레 엉겅퀴 가시덤불
반 눈만 팔아도 떨어지는 낭떠러지
몇 방울의 피로 찍은
맨발자욱들
날마다 숨이 찬
산길이다

 story6_ 행복 271

웃음

봄볕 아래 만발한 꽃들이 화들짝 웃고 있다. 꽃을 좋아하지 않는 사람이 없다. 향기도 좋지만 다소곳하면서도 활짝 웃는 듯한 꽃의 인상 때문일 것이다. 환하게 웃는 얼굴을 보면 아침 햇살 조각을 보듯 마음이 밝아진다. 한 사람이 밝으면 주변에 다섯 사람이 밝아진다고 한다. 시도 때도 없이 헤프게 웃는 웃음이 아니라 생기 있는 꽃처럼 자연스러운 웃음이 아름답다. 랠프 월도 에머슨은 성공의 항목에 '자주, 많이 웃는 것'을 포함했다.

나는 사람들이 웃을 때 함께 잘 웃었고, 웃는 모습이 예쁘다는 말을 많이 들었다. 그런데도 웃지 않을 때는 남자로 치면 선비 같다거나 남자 고등학교 교장선생님 같다거나 기숙사 사감 같다고 했다. 진지한 인상이라는 것이다. 막내가 고2 때 대화 중에 "엄마는 표정이 너무 진지할 때가 많아요."라고 했다. 막내가 그 말을 하기 한참 전에 매스컴에서 웃음의 유익에 대한 내용이 많이 보도되자, 남편은 나에게 잘 보이는 곳에 붙여놓고 웃음을 연습하라면서 파란 고딕체로 인쇄한 글을 줬다.

'웃지 않는 것은 직무유기이며 웃지 않는 것은 복장 불량과 같다.'는 글이었다. 나는 화장대에 붙여놓았는데 그 글을 볼 때 남편의 성의가 느껴져 웃음이 나왔다. 그 후 막내가 느낀 내 모습은 여전히 진지했나 보다. 그런데도 나는 웃음과 진지함이 반대되지는 않는다고 생각했다. 잘 웃는다고 진지하지 않은 것이 아니고, 진지하다고 잘 웃지 않는 것은 아니기 때문이다.

그때 남편은 코미디프로를 좋아해 잘 봤다. 나는 코미디 프로를 좋아하지 않아 그 시간에 책을 들고 있었다. 프로그램을 보고 박장대소하고 웃는 남편이 신기했다. 뭐 때문에 저런 웃음이 나올까 하고 잠깐 TV를 보면 싱거웠다. 오히려 찡그려지고 실망스러웠기 때문이다. 그런 나에게 남편은 억지로 웃더라도 웃음은 주름살도 예쁘게 생기게 하니 억지로라도 웃어보라고 자꾸 코미디 프로 앞에 앉기를 바랐다.

예전에는 몰랐는데 나이가 들수록 '어떤 사람 인상이 웃는 상이다.'라는 말을 들으면 그 사람에게 호감이 간다. 마음이 환하고 밝은 것 같아서다. 큰딸은 유난히 웃는 상이다. 밝은 햇살이 창가에 들어오는 아침빛 같은 미소가 표정에 차있다.

언젠가 해외토픽에서 웃기 대회를 보았다. 한곳에 모여 억지로 웃고 있는 사람들의 표정과 높고 낮은 웃음소리가 부푼 풍선이 터지는 것처럼 터져 나왔다. 한동안 그 토픽 사진만 떠올려도 웃음이 나왔다. 일부러 웃을 일을 만들고 찾아서 웃어도 좋을 만큼 웃음은 사람에게 건강과 행복을 선물한다. TV에서 일부러 시간을 정해놓고 억지로 꾸준히 웃어서 암을 치료한 사람들의 이야기를 들은 적이 있다.

"웃음은 하나님께서 인간에게 주신 가장 아름답고 효과 있는 치료요법이라고 할 수 있다. 가장 시끄럽고 바보스럽고 즐거운 웃음을 웃어보고 싶다."는 신학자 척 스윈돌의 말이 있다. 예로부터 '웃으면 복이 온다.' 와 '웃는 얼굴에 침 못 뱉는다.'고 전해오는 말의 뜻이 깊다.

2014년 6월, 인도 북부지역 나갈랜드와 동부지역 실리구이에서 있었던 일이다. 푸른 초원도 있지만 손대지 못해 내버려 둔 것 같은 땅. 어디에나 눈에 띄는 쓰레기와 휴짓조각들. 높은 열기와 후덥지근한 날씨, 불결한 환경, 통통하고 탄력 있는 소리로 '앵앵'거리는 파리와 모기들. 펌프질로 뿜어 올린 녹슨 물. 그런데 교회와 마을과 집에서 만난 아이, 어른 할 것 없이 모두 환하고 해맑은 웃음으로 환경에 순응하고 있었다. 환경은 힘들어 보이는데 삶의 태도는 평온하고 아름다웠다. 얼굴에 가득 찬 미소 때문이었다.

세계 3대 빈민 지역 중 한 곳이라는 케냐 키베라에서도 마찬가지였다. 파리가 날리고 오물이 넘치고 무너져가는 움막 같은 주거환경을 보고 안타까웠다. '어떻게 도울 수 없을까?' 하는 애잔한 마음의 눈길을 보냈다. 그런데 그들의 표정은 그런 내 생각을 무색하게 했다. 반짝이는 눈망울로 까만 얼굴에 하얀 이를 드러내며 웃는 그들의 해맑은 미소가 세상의 어떤 부자의 표정보다 찬란하게 느껴졌기 때문이다.

환경을 뛰어넘고 행복한 미소를 선택한 그들의 얼굴은 아름다웠다. 한국에 들어와서도 그들의 꾸밈없는 미소는, 내 영혼에 신선하고 강렬한 충격으로 뇌리에서 계속 눈부시게 자리했다.

완연한 봄 날씨, 밝음이 눈부시다. 벚꽃과 목련이 밝은 햇살과 어우러져 눈부시다. 아침 햇살을 비추는 광선의 힘이 초록 숲을 뚫고 대지를 비추듯, 웃음은 사람 마음을 환하게 비추는 파장이 있다. 날씨도 꽃도 아름답지만 사람 표정에 가득한 웃음이 더 눈부시다.

"우리는 행복하기 때문에 웃는 것이 아니라 웃기 때문에 행복하다."

-윌리엄 제임스

오늘도 웃으면서 행복을 느낀다.

자존감

자존감은 자존심과 다르다. 자존감은 자기가치 평가로 사람들과 관계에서 받는 피드백으로 만들어진다. 자존감은 5~8세 사이에 뚜렷이 형성되는데, 이때 높은 자존감이 형성되면, 그 후 부정적인 피드백이 있더라도 비교적 건강하게 유지한다. 자존감은 극복 능력을 주기 때문이다.

자존감이 건강한 사람은 고통스러운 문제가 생길 때 좌절하지 않고, 그것을 변화의 기회로 삼고 일어난다. 환경이 불우하다고 기죽지 않는다. 주어진 일, 관계, 만남, 처한 상황 등을 소중하게 여기며 책임감을 갖고 최선을 다한다. 현실이 어렵더라도 당당하고 확신에 찬 마음으로 그 현실을 딛고 일어선다. 그래서 더 커다란 행복을 만들어간다. 자존심에 의해서 아니라 자신을 소중히 여기고 더 나은 사람이 되려고 노력하는 자존감에 의한 행복이다.

자존감은 자신을 귀하게 생각하는 마음이다. 자존감이 높고 건강한 사람은 뭇사람들의 시선이나 평가에 일희일비하지 않고, 다른 사람들이나 환경에 크게 영향받지 않는다. 감정적인 동요나 환경과 상관없이 자신의 내면에서 만족과 행복을 느낀다.

나의 삶에 대해 거의 모든 사람이 우려했다. '진짜 잘 살아낼 수 있을까?' 했다. 모든 사람이 놀랐고 극소수가 이해했고, 오해도 했다. 고등학교 때의 국어 선생님은 아버지의 친구이셨고, 그분의 딸이 내 남동생과 결혼해서 사돈지간이 되셨다. 그분은 나의 선택에 대해 고개를 갸우뚱하면서 아버지에게 말했다고 한다.

"내가 보기에는 그 아이가 가진 문학 소녀적인 감수성과 그 밑바탕에 흐르는 정신이 그런 삶을 선택했다는 생각을 하네."

친한 친구는 신앙 안에서 사명감의 발로라고 해석했다. 혹자는 팔자가 세다거나 뭔가 흠이 있어서라고 추측하는 듯했다.

한번은 내가 내 삶의 동기를 이해하는 친구에게 사람들이 오해하는 것 같다고 말했다. 그 친구는 "그럼, 너는 그런 오해받을 각오 없이 삶을 선택한 거였어?"라고 해서 할 말이 없었다. 시애틀에서 들었던 두 사람의 말이 생각난다. 각자 삶을 요약해서 나누는 자리가 있었는데, 그분들은 내 이야기를 듣고 많이 놀랐다. 몽골에 김종진 선교사님은 "보석이 여기 있었네요… 저런, 왜?" 하며 말을 잇지 못했다. 한참 후 "있을 수 없는 일이니까 오해도 많이 받았을 텐데, 그래 어떻게 사셨어요?" 했다. 나와 룸메이트였던 국제 변호사, 박수진씨는 "참 많이 편안해 보이시는데 놀라울 뿐이에요. 그동안 어떻게 견디셨을까요! 놀랄 만큼 강하시네요." 했다.

교회 집사님들은 나에게 태평양 바다보다 마음이 넓으니 환경이 문제 안 될 거라고 격려했다. 또 동정도 했다. "인생이 두 번 살 수 있는 거라면 혹 모르겠어요. 그런데 딱 한 번뿐인데 어찌 그런 선택을 했나요?" 나는 그렇게 말하는 마음이 이해되고 고마워 말없이 활짝 핀 웃음으로 답했다. 그러나 거친 환경에 적응하기에 나는 너무나 여리고 예민했다. 사소한 말에도 상처받았고 감정 동요가 있었다. 무엇보다도 남편이 총각이 아니라는 피해의식이 나를 끈질기게 괴롭혔다. 고통을 통해 자존감이 단련되고 적응하면서 내면이 더 건강해지고 강해졌다.

나이가 들고 하나님을 더 알아가며 상황과 환경에 유연해졌다. 때로 오해를 받더라도 자신에게나 타인에게 의미 없는 자존심을 내세우지 않았다. 그럴 필요가 없어졌다. 누가 나에게 뭐라 하건 말건 별로 중요하지 않았다. 칭찬이나 언짢아 하는 것에 자연스레 일희일비하지 않게 되었다. 분명 화가 날 상황인데도 평온하게 넘어가고 감사하고 나를 돌아보고 나의 모습 그대로를 좋아하고 나를 그대로 열어 보이는데 주저함이 없었다.

결혼 후부터 지금까지 분명한 점이 있다. 나보다 월등하게 편안히 살아가는 삶처럼 보이는 지인을 부러워하거나 샘내거나 비교의식으로 고통받지 않았다는 것이다. 힘들 때도 많았지만, 비교적 다른 사람이 나의 삶을, 나를 어떻게 볼 것인가에 신경 쓰지 않으며 나에게 주어진 삶에 감사했다. 아울러 누군가의 흠을 찾아 깎아내리거나 평가절하하는 누추한 일도 나와는 상관이 없었다.

앞에서도 말했듯이 자존감은 자존심과는 다르다. 바르게 형성된 자존심은 겸손으로 나타나지만, 잘못된 자존심은 오만으로 표출된다. 다른 사람과 비교해서 자신이 좀 더 나은 상태가 될 때 만족하는 마음이다. 자존심이 센 사람은 자신이 무조건 다른 사람보다 나아야 하고, 이겨야 하고, 앞서 나가야 직성이 풀린다. 그래서 은근히 다른 사람이 잘되는 일을 괴로워하고, 안 되는 것을 바라는 나쁜 마음이 있다.

그러나 건강한 자존감은 자신의 모습을 솔직하고 긍정적으로, 가치 있게 바라봄으로써 다른 사람과 비교해서 자신을 평가하지 않는다. 그래서 다른 사람이 잘 되는 것을 진심으로 기뻐하고 좋아할 수 있다.

삶의 시작부터 짊어져야 할 짐이 많은 사람이 있다. 나의 삶도 다른 사람들이 짐이 많아 힘겹겠다고 우려했던 출발이었다. 그 여정을 통해 사람들의 우려에 찬 선입견으로 행복과 불행이 좌우되지 않는다는 것을 알았다. 신앙 안에서 나의 정체성과 건강한 자존감으로 힘차게 살 수 있었다.

진정으로 행복한 삶은 결코 뾰족한 자존심으로는 빚어낼 수 없다. 건강한 자존감으로 엮어간다. 그럴 때 삶의 자원이 견고하다. 건강한 자존감은 행복의 든든한 토양이다.

관계

　사람은 이 세상에 태어나는 순간부터 관계 속에서 산다. 관계를 통해 마음의 교류와 인지가 일어난다. UCLA 대학 정신과 임상교수인 대니얼 J. 시겔은 웰빙의 삼각형을 '관계, 마음, 뇌'라고 했다. 관계는 서로 연결되어 의사소통에 에너지와 정보를 공유하는 방식이고, 마음은 에너지와 정보 흐름을 조절하는 과정이며 뇌는 에너지와 정보가 흐르는 물리적 메커니즘으로, 서로 영향을 주고 행복한 삶을 이룬다는 것이다.

　많은 직장인은 업무보다도 사람과의 관계를 힘들어한다. 학교 교사인 지인이 "가르치는 일은 보람 있는데, 동료와 학생들로부터 받는 스트레스가 힘들어요."라고 했던 말이 생각난다. 행복은 좋은 관계에서 온다. 명예, 돈, 권력을 다 갖고 하는 일마다 승승장구 잘 되더라도 관계가 안 좋으면 행복하지 않다. 가진 것 없어도 관계가 원활하고 좋으면 행복한 것이다.

　몇 년 전 시애틀에서 선교 일로 한 달간 머물렀다. 뉴욕에서 온 내 또래 간호사도 함께했다. 그녀의 남편이 그녀에게 묻는 안부가 인상적이었다. "(인간)관계는 괜찮은지?" 그 물음이 신선했다. 아내의 행복을 바라는 마음이 느껴졌기 때문이다.

> 인간관계는 들에 피는 야생화가 아니다. 이 사회가 야생이 아니기 때문이다. 오염된 사회에서 인간관계의 꽃을 피우려면 특별한 보호를 해야 한다.
>
> -나의 오래된 노트

이 세상에 완전한 관계는 없다. 있는 것 같아 보이지만 완벽하지 않은 세상 특성상 완전한 관계도 어렵다. 모든 관계는 좀 덜하거나 양호한 경우도 있지만, 그늘과 주름이 있다. 좋았던 관계도 꼬이고, 오해가 있으면 내리막길로 치달아 힘들어진다. 선입견이 작용하면 한쪽에서 노력해도 꽉 막힌 벽처럼 소통이 어렵다. 저울 눈금이 제로에 있을 때 무게를 재면 정량을 가리키지만, 그러지 않으면 물건을 아무리 바로 놓아도 모자라거나 넘치는 한쪽으로 기운다. 사람 사이도 마음 안의 저울이 선입견 눈금으로 기울어져 있다면, 아무리 이해, 사랑, 관용을 올려놓아도 모자라거나 기울어서 그 관계는 불안해진다.

사람은 관계없이 살 수 없으며 누구나 좋은 관계를 바란다. 그런데 좋아질 때도 있고 나빠지기도 한다. 관계라는 것이 그렇게 유동적이고 모호하고 복잡해도 인내하고 감수한다. 산도 넘고 골짜기도 지나면서 더 좋아질 가망이 안 보이더라도 쉽게 포기하지 않는다. 더 나빠지지 않도록 서로의 관계를 돈독히 해나간다.

심리학자 알프레드 아들러는 〈미움받을 용기〉에서 이런 말을 했다. "행복해지려면 인간관계에서 자유로워져라. 행복해지려면 미움받을 용기가 있어야 한다. 그런 용기가 생겼을 때 인간관계는 순식간에 달라진다. 남에게 잘 보이려고 하지 않을 때 평온할 수 있다."

아들러가 말한 관계의 용기는 자기중심과 자기의 편리를 위한 이기심의 발로가 아니며 남의 시선을 아랑곳하지 않는 무례가 아니다. 자신의 내면을 직면하고, 더욱 성장하게 하는 용기이다.

나는 오래전, 상식적으로 상대방의 마음과 행동이 부당하면 간혹 힘들어했다. 그러나 세월이 흐르면서 유연해졌다. 대화는 갈등의 해법이라고 믿기에, 충분한 대화를 하려고 노력했다. 그래도 좋아지지 않으면 거기서 멈췄다. 상처를 받으면서까지 억지로 이해하려고 하지 않았다. 나 자신을 돌아보고, 상식과 양심에서 거리낌이 없으면 자유롭게 행동했다. 상대방의 시샘, 뻔뻔함, 이기적 자아 때문이라고 느껴져도 멋대로 판단하지 않았다. 피하지 않고 그 사람의 취향과 삶의 방식으로 존중했다. 마음가짐이 꼬이고 뒤틀어질 때도 있나 보다 하고 이해했다.

나는 더 이상 그런 일에 얽히지 않고 심리적으로 분리한다. 그럴 때 평온하고 자유롭다. 그런 것에 감정을 낭비할 시간에 좋고 원활한 관계에 충실하며 기쁨을 누린다. 그러니 관계 때문에 아프거나 불행하지 않다.

건강한 관계는 완벽한 관계가 아니다. 항상 좋고 흡족한 기분을 느끼며 친밀감을 바라는 관계가 아니다. 부정적인 면을 알고 수용하고 내버려두기도 하면서 신뢰와 평온으로 소통하며 돈독해지는 관계다.

관계는 선물이며 남이 만들어주지 않는다. 내가 이끌고 노력하고 삶을 이야기하고 지지할 때 행복하다.

가족

〈모리와 함께 한 화요일〉에서 제자 미치가 가족에 대해 물었을 때 모리 교수는 대답했다.

"타인에 대해 완벽한 책임감을 경험하고 싶다면, 그리고 사랑하는 법과 가장 깊이 서로 엮이는 법을 배우고 싶다면 자식을 가져야 하네." 그러면서 그는 가족이 없다면 사람들이 딛고 설 안전한 버팀대가 없는 거라고, 자신이 병을 앓은 이후에 그 점이 더 분명해졌다는 것을 말한다. 가족의 뒷받침과 사랑과 애정과 염려가 없으면 많은 걸 가졌다고 할 수 없다는 것이다.

10년 전 전철에서 '굿모닝'이라는 신문을 읽었다. 주인공은 충남 아산에 사는 '신 흥부네' 조진수 씨 가족이었다. 기사 내용이 재미있어서 집으로 걸어오는데 계속 웃음이 나왔다. 양쪽 끝에 마흔일곱, 마흔둘이 된 부부가 서 있고, 그 사이에 18세 된 맏아들부터 13개월 된 막내딸까지 아이들 11명이 올망졸망 서 있는 사진속 모습이 계속 생각났기 때문이었다.

한 달에 먹는 쌀만 한 가마니이고, 라면 한 상자가 이틀이면 동나고,

태어나면서부터 더불어 사는 법을 배우고, 서로가 서로의 필요를 알아서 챙기고 돌보면서 산다고 했다. 생활도 넉넉지 않아 노점에서 휘발유 대체재를 팔아 입에 풀칠하는 정도이고, 자기 집도 없었다. 아이들 많다고 집을 안 내줘서 셋집 얻기가 무척 힘들다고 했다. 그래도 이 부부는 지금 고생이 힘들지 않으며, 20년 뒤를 생각하면 힘이 난다고 했다. 이 부부의 굳센 신념과 소박한 사랑의 울타리 안에 있는 자녀들은 가난하지만 잘 자랄 것 같았다.

지금 세대는 자녀를 갖는 데 부담을 느낀다. 아이를 가져도 한 명이면 충분하다고 생각한다. 사교육비 부담으로 하나만 낳아 제대로 잘 기르자는 것이다. 합리적 견해에 고개를 끄덕이면서도 안타까운 생각이 든다. 경제적으로 더 어려웠던 시절에도 6남매, 7남매를 하늘이 주시는 대로 다 낳고 길렀기 때문이다. 나이 드신 어른들도 현재의 세태를 보고 나무라지 않으실 것 같다. 맞벌이하지 않으면 살아가기 힘든 경제여건도 그렇고, 자녀 하나를 뒷바라지하는 데 얼마만큼 힘이 드는가를 헤아리기 때문이다. 아이를 낳지 않고, 또 하나만 낳고 좀 여유 있게 살아갈 수도 있다. 그런 삶의 방식도 나쁘지만은 않다.

그래도 부부가 되어 아이들을 낳고 기르는 경험은 힘이 들더라도 이세상 어디에서도 누릴 수 없는 특별한 축복이라고 생각한다. 가정은 그리니치 천문대와 같이 자기 존재의 표준이며, 가족이란 사회를 건설하는 벽돌이라고 한다. 사회의 성공 여부는 정부가 아니라 가정에 달려있다고 해도 과언이 아니다. 그런 점에서 자녀들의 분만이 딜레마가 되는 가정의 고뇌가 사회적 분위기를 차갑게 하지는 않을까 싶다. 없는 가운데서도 자녀를 하늘이 준 선물로 알고 감사하며 건강하게 기를 때 사회가 따뜻할 것이기 때문이다.

큰딸이 초등학교 2학년 때 가족에 대해서 일기장에 쓴 글이다.

> "아침마다 들리는 소리
>
> 사랑한다. 좋은 아침이다.
>
> 얼른 일어나라
>
> 밥 먹어라
>
> 학교 늦겠다.
>
> 오늘도 가족 모두
>
> 바쁜 몸으로
>
> 이리저리 부지런하다.
>
> 즐거운 하루다."

나눔

"때로 당신의 인생에서 엉뚱한 친절과 정신 나간 선행을 베풀어라."라는 말은 미국 자동차 범퍼용 스티커에 적힌 글이라고 한다. 선행은 무엇인가를 주면서 아무것도 기대하지 않는 즐거움을 누릴 수 있는 가장 좋은 방법이라는 것이다.

사람은 모두 빈손으로 세상에 와서 사는 동안 가진 것이 참 많다. 다 쓰고도 남아 넘친다. 그런데도 다른 사람과 선뜻 나누기는 쉽지 않다. 언젠가 자신에게 필요할 거라는 생각과 소유에 대한 애착 때문이다. 또 쉽게 주면 상대방이 어떻게 생각할지 모른다는 망설임 때문이다.

자신의 소유를 나눠야 옳다는 의무감이 아니라, 감사하는 마음으로 나눌 때 행복하다. 나눔은 돈만이 아니라, 미소, 기도, 격려, 위안, 아끼는 옷, 스카프, 책, 음식, 지식을 나눌 수 있다. 내가 속한 공동체 소그룹에도 그런 분들이 있다. 자신의 애장품을 나누고, 요리학원에서 배운 실력을 모임 때마다 음식으로 건강을 선물한다. 직접요리를 하는 그녀의 거친 손이 아름답다.

옛 어른들이 집안이나 이웃 간의 우애를 '콩 한 조각도 나눠 먹는다.'

고 했다. 어린 시절 엄마가 음식을 항상 푸짐하게 해서 이웃과 친척과 동네 사람들에게 나누던 정성스런 손길이 생각난다. 부지런한 손놀림으로 커다란 함지와 광주리 그리고 접시에 나누던 모습이 툇마루에 내려앉은 봄빛과 닮았다고 생각했다.

오렌지와 귤의 과육은 여러 조각이다. 사랑은 한 덩어리로 존재하지만, 한 조각 한 조각 나눌 때 기쁨의 과즙이 흐른다는 의미가 아닐까 하고 생각한 적이 있다. 블랙커피에 어울리는 치즈 케이크도 작은 조각으로 나눠 먹을 때 더 감미롭다.

오래전 우리 집을 방문한 한 여전도사님이 거실에 있는 책을 둘러보고 말했다.

"이 많은 책, 보기 좋네요. 저도 책을 좋아해서 많이 사서 읽어요. 그런데 한 권 읽고 나면 곧바로 읽을 사람을 찾아 반드시 줍니다. 그 기쁨이 참으로 커요."

책을 읽고 나면 곧바로 누군가에게 반드시 전하는 마음이 신선했다. 나도 그렇게 몇 번 시도했지만 몇 번으로 그쳤다. 그즈음 극동방송을 듣다가 신학대학에 합격했지만, 형편이 어렵다는 젊은 부부의 소식을 접했다. 그들은 전문서적은 꿈도 못 꾼다고 했다. 그래서 그들을 집으로 초청해 식사하고, 필요로 하는 신학 서적을 승용차에 가득 실어 보냈다. 그 이후에도 책을 사서 선물하긴 했지만, 집에 있는 책을 나눠본 일은 없다. 책 욕심이 많았고, 한 번 구매한 책은 다시 사지 않게 된다는 생각 때문이었다. 다 읽지 않은 책이 많은데도 책이 많은 것이 어느 정도 지식을 소유한 듯한 착각을 들게 했다. 그리고 아이들이 책에 둘러싸여 자라는 일도 괜찮다고 생각했기 때문이다.

얼마 전, 그 모든 것이 허세라는 생각에, 책이 필요한 누군가에게 주고 싶다고 남편에게 말했더니 흔쾌히 동의했다.

"책을 읽고 나서 누군가에게 주려는 마음으로 읽으면, 더 잘 읽힐 뿐 아니라 촘촘히 읽게 되더라고요. 안 읽고 그냥 쌓아두지 않으니 창조적인 독서라고 할 수 있죠."

한 권, 한 권 그때그때 나누지 못하고 쌓아둔 것이 부끄럽다. 오래전 그 여전도사님의 말이 맞다.

"사람이 생을 마감한 후 남는 자산은 쌓아온 공적이 아니라 '나누었던 것'입니다."

-미우라 아야코 여사의 마지막 유언 중

독서

20대 초반부터 정리한 독서 노트가 있다. 그즈음 시작한 신앙생활과 함께 나에게 행복을 준 자원이다. 꾸준한 독서가 있었기에 하루하루를 그냥 보내지 않을 수 있었다. 책을 읽다가 마음에 드는 구절을 만나면 적어보고 생각할 때, 마음과 정신이 빛나는 것 같았다.

평범한 일상 중에 뿌듯한 환희와 기쁨이 샘솟았던 것은 정신 행복의 비타민인 독서가 있었기 때문이었다. 최적의 컨디션과 최적의 시간을 사용하고 있다는 인식에서 오는 행복을 느꼈다. 읽고 쓰고 배우고 생각하고 음미하는 시간은 빨갛게 잘 익은 꽉 찬 석류 알을 터뜨려 입에 넣을 때의 기분처럼 훌륭했다. 심오한 철학자나 건강한 사상을 가진 작가의 정신세계를 맛보면서 차원 높은 행복감을 맛보았다. 헤르만 헷세의 말대로 독서는 함께 흔들리는 것이었고 은밀한 기쁨이었다.

결혼과 함께 시작된 나의 삶은, 지인이 대견함과 안타까운 마음으로 '비운의 여주인공', '바보'라고 표현했던 것처럼, 외부에서 볼 때 불행하게 보일 수밖에 없었다. 한 여성으로서 내려갈 수 있는 가장 낮은 자리까지 내려갔다고 해도 과언이 아닐 것이다.

20대 초반, 한 번뿐인 인생을 조금이라도 뜻있게 살고 싶은 마음과 자신에 대한 사랑이 독서의 세계로 이끌었다. 그 자리까지 낮아지도록 용기를 준 선택의 저변에는 사유의 세계로 이끈 독서와 하나님의 섭리와 주권 앞에서 살기 원하는 신앙이 있었다.

그 덕분에 삶의 어둡고 힘겨운 면에 무지했지만, 나의 삶은 불행하지 않았다. 마음이 세파에 흔들리지 않고 순전함에서 멀어지지 않았다고 생각한다. 물론 여건이 나빠 보이고 때로는 마음이 녹고 진액이 쏟아진다고 느낄 만큼 힘들 때도 많았지만, 사람들의 염려와 우려처럼 나쁘지만은 않았다. 이 세상에 사는 누구인들 삶이 그만한 고뇌와 갈등과 아픔 없이 물 흐르듯 흘러만 가겠는가. 안 되어 보이고 괴로워 보이고 다른 삶과 달라 보였을지라도 나 자신의 내면은 존재적으로 의미 있고 풍요로웠다. 좋은 책을 골라 읽는 독서가 주는 힘이 컸다. 어려운 환경에서 기가 꺾이지 않고 감사와 행복을 누리고 즐겁게 살아온 삶의 여정이 감사하다.

나는 독서를 통해 삶의 의미를 발견하는 데 도움을 받았다. 불행한 것은 환경이 나쁘거나 짐이 무거워서라기보다는 삶의 의미를 느끼지 못할 때 그런 것이다. 좋은 독서는 단순히 글을 읽는 시간이 아니다. 책에서 배우고 대화하며 좋은 영향으로 삶의 만족과 순전함을 지키는 행복한 시간이다.

변화

사상가, 철학자, 종교지도자들과 일반인들도 행복에 대해 고찰을 한다. 나의 사유는 늘 낮고 얕은 수준이지만, 마흔 살이 지나고 '행복은 이런 것이구나.' 하는 생각이 들었다. 살아가면서 경험으로 자연스럽게 발견된 것이었다. '행복을 염두에 두고 살 때 행복한 것이 아니라, 모든 일에 하나님께 감사하고 옆에 있는 사람을 행복하게 해주려고 하면, 덤으로 자신도 행복해진다.'는 사실이었다.

아버지 방에는 철학과 문학 서적이 많았다. 중학교 2, 3학년 여름방학, 겨울방학 때 철학자 김형석 교수의 〈영원과 사랑의 대화〉 전집 10권을 모두 읽었다. 무슨 뜻인지 잘은 모르지만 심오하고 따뜻한 느낌 때문에 모든 내용이 그냥 좋아 그 책에 늘 마음이 갔다. 그런 탓인지 어린 시절부터 삶의 본질을 엄숙하고 진지하게 고민하는 아이라는 소릴 듣고 자랐다.

결혼 후에 남편이 말이 없고 조용한 사람이어서, 집안 분위기가 가라앉지 않도록 노력했다. 밝은 마음, 표정, 목소리로 참새처럼 쨱쨱거렸다. 큰 동서는 그런 나에게 애교가 많다고 웃으며 놀리곤 했다.

그러나 외부에서 나를 보는 시각은 달랐다. 30대 중반 때, 미용실 여직원은 나에게 웃지 않으면 근엄해 보이며, 남자 고등학교 교장선생님 같다고 했다. 한동네에서 오가며 인사하고 지내는 문방구 여주인은 내가 철학 교수나 선비 같은 분위기가 느껴진다고도 했다. 삶의 의미를 중요시하고, 어떤 일에 깊이 파고드는 점도 있고, 작은 실수도 가볍게 넘기지 못할 때가 있었기에, 사람들에게 그런 부분에서 인상 깊지 않았나 싶었다.

그래서 나는 그리스도인으로서 신앙 연륜이 쌓일 때 가질 수 있는 경직된 태도를 떨쳐 버리고 유연해지려고 노력했다. 남편이 '웃지 않는 것은 직무유기이고, 웃지 않는 것은 불량복장과 같다.'라는 글을 파란 고딕체 글씨로 인쇄해 화장대 거울 한쪽에 붙여줬다. 삶을 편안하게 대하려고 노력했는데, 지나친 진지함은 남에게 피해를 주지는 않지만 무거운 영혼의 소유자가 되기 쉽고, 다른 사람의 허물을 덮기보다는 비판하기 쉽고, 완벽을 추구하는 성향으로 소심해지기 쉽고, 불필요한 책임감으로 침울해지는 것을 경험했기 때문이었다.

마흔다섯 살쯤, 예전보다 더 깊고 뜨거운 성령의 역사를 체험했다. 물이 변해 포도주가 된 것 같았다. 잔재해 있던 무거움, 침울, 자아의 속박이 끊어졌다. "진리를 알지니 진리가 너희를 자유케 하리라."(요한복음 8장 32절)는 예수님 말씀이 실제가 되었다. 자유함은 자족감과 행복감을 준다. 성령이 주시는 선물이다. 성령은 사람에게 내적인 환경을 조성하고, 하늘의 은혜를 부어주신다. 성령이 주는 만족함은 일시적, 환경적인 것이 아니다. 근본적인 자유에서 오는 높고 깊은 차원의 만족감이다. 그래서 예수님을 진실하게 믿는 사람들은 환경이나 삶의 조건을 초월한 자유, 만족, 감사, 행복을 누리고 산다.

이런저런 인식과 성령의 도우심 덕분에 생각과 내면에 많은 변화를 경험했다. "어쩜 목사님은 구름 없는 하늘처럼 그리 맑고 부드러우세요? 권위적이지 않고 사람들을 친구처럼 친밀하게 대해 주셔서 참 좋아요." 라는 말을 듣곤 했다. 6개월 전, 여 목사님 몇 분과 모임을 하고 돌아오는 길이었다. 일행 중 한 분이 어지럼증으로 치료를 받는 한의원에 함께 갔다. 한의원 원장은 경희대 한방병원 외래교수로 1,000회 이상의 임상 경험이 있고 한의사들을 가르친다고 했다.

모처럼 시간 여유가 있어서 일행 모두 상담을 받았다. 원장은 유독 나를 보고 고개를 갸웃거렸다.

"어, 이상하네요. 소견상으로는 암울해야 할 텐데 전혀 그렇지 않으니까요. 제일 잘 웃고 가장 밝고, 옷도 노란색을 입었고…."

원장의 의아해하는 마음이 이해되었다. 신앙을 갖기 전 밝은 면도 있었지만, 때로는 암울하고 비관적으로 흐르는 정서의 지배를 받을 때가 많았기 때문이다. 내가 그 원장 말대로 밝고 잘 웃으며 환한 것은 사실이다. 사망 권세를 이기고, 살아나 내 안에 부활의 영으로 계시는 예수님 은혜 덕분이다.

나의 행복

"인생에서 최고의 행복은 사랑받고 있는 것이다."

-빅톨 위고

사랑을 받고 있으면서도 그 사랑을 못 느낄 수도 있다. 그보다 안타까운 일이 있을까. 예수님은 그 사랑을 나에게, 모든 인류에게 십자가로 나타내 주셨다. 그 사랑에 마음을 열고 다가가면 그 사랑을 안다.

예수님은 나의 행복이시다. 왜냐하면 신앙을 갖고 진정한 마음의 평온이 어떤 것인지를 맛보았기 때문이다. 나는 예수님을 만나기 전, 비교적 부러워할 만한 환경에서 자랐다. 그런데도 사춘기를 지나며 진정한 행복을 느끼지 못했고, 마음 한구석이 채워지지 않는 것 같은 공허함이 있었다. 예수님을 만난 이후 나는 비로소 진정한 행복감이 이런 것이구나 하는 충만한 느낌을 받았다. 행복은 외부의 어떤 것에 영향을 받지만, 궁극적으로는 마음 안에서 만들어진다.

내가 교회 다니기 전에 교회 다니는 사람들을 참 이상하게 생각했다. 커다란 이질감을 느끼면서 이유 없이 싫었다. 그러던 사람이 예수님이 진짜 행복이며 영원한 행복인 것을 알았다. 이처럼 내 행복의 근원은 하나님의 사랑이다. 내 안의 부어주신 하나님의 사랑이 이런저런 일을 통해 흘러나갈 때면, 마음 깊은 곳에서 기쁨과 함께 행복이 샘솟고 넘쳐 흐른다. 아침에 눈을 뜨고 하루를 보내면서, 그리고 잠을 청하면서 감사한 마음이다. 그 첫 번째 이유는 영원한 생명을 주시고 영생을 약속하신 절대적인 하나님 사랑 때문이다.

어린 시절, 마을에서 사람들이 세상을 떠나 곡소리가 나고 상여가 나가는 행렬을 보면서 무척 슬펐다. 죽은 사람이 어디로 가는지가 궁금했고 한번 죽으면 끝난다는 사실이 허무했기 때문이다. 그런데 신앙을 가진 뒤 사람이 어디서부터 와서 어떤 기준에 의해 살다가 어디로 가는지를 알았기 때문에 감사하다. 나그네와 여행객이 돌아갈 집이 있기에 객지에서도 평온과 안정감으로 편안한 것과 같다.

내가 행복한 두 번째 이유는 하나님 말씀인 성경을 가지고 있다는 것이다. 성경을 마음껏 읽을 수 있고, 삶의 지침으로 따르고, 성경을 통해 하나님을 알 수 있어서다. 성경이 하나님께서 사람의 영원한 행복을 위해 주신 선물이기 때문이다. 세상이 흔들려도 올바른 기준점이 있다는 든든함으로 행복하다.

> "내가 오늘 네 행복을 위하여 네게 명하는 여호와의 명령과 규례를 지킬 것이 아니냐."
>
> -신명기 10장 13절

아울러 성경에 기록된 삼만육천오백 가지의 약속이 내 삶에서 이루어질 때 섬세하고 인격적이며 선한 하나님의 성품을 느끼면서 행복하다.

내가 행복한 세 번째 까닭은 내게 주어진 사명을 알고 살아가기 때문이다. 스위스의 교육가 칼 힐티는 "인간 생애의 최고의 날은 자기사명을 자각하는 날이다."라고 했다. 내가 할 수 있는 작은 것으로, 어떤 대가도 바라지 않고 사랑하는 마음으로 일 할 때 큰 행복을 느낀다. 이를테면 상담을 통해 내담자가 문제에 대한 통찰이 확장되고 새로운 인식으로 환하게 웃을 때다. 또 성경을 가르치고 기도해 주고, 설교하면서 성도들의 영혼에 깨달음과 변화가 오고, 묶였던 삶이 풀어지는 것을 볼 때 행복하다. 인도나 아프리카 등 낙후된 지역을 방문할 때, 비행기 타기 전부터 두려움과 망설임이 있다. 일단 결단하고 움직이면 고생스럽지만, 열정이 붙고 힘이 생긴다. 말씀을 전하고, 그들의 필요에 마음이 가서 아낌없이, 남김없이 손을 펼 때 맛본 행복감은 아주 크다.

수줍은 표정으로 마음껏 행복해하는 사람들의 환한 미소와 고아원에서 아이들의 맑은 눈망울을 마주하고, 낯설지만 친근하게 느껴지는 사람들의 눈빛과 마주칠 때, 내 영혼은 행복감으로 눈부신 빛을 발한다. 낙후된 환경에서 고단하지만, 활짝 핀 나팔꽃처럼 환한 얼굴로 살아가는 사람들을 만날 때, 행복감으로 가득 채워진다.

"사랑이 있는 고생만큼 행복한 것이 없고, 가장 불행한 것은 사랑이 없는 고생이다."라는 철학자 김형석 교수의 말이 떠오르며 입증되는 순간이다. 나의 행복은 하나님의 사랑에 근거한다. 하나님의 사랑을 알고, 채우고, 나눌 때 행복하다. 내 안에 부어진 하나님의 사랑 때문이다.

story 7 일상

소통

세상은 여러 가지 소통으로 움직인다. 우리 삶에서 모든 관계는 건강한 소통이 필요하다. 사람 사이에서 소통이 잘 되면 그것이 당연해 보이지만 잘 안되면, 민감한 문제가 될 수도 있다.

어느 날, 지인이 마음의 어려움을 말했다. 몇 년 전, 박사 논문 쓸 때 자신을 지도해 준 교수님께 고모님이 펴낸 시집을 선물했는데, 어떤 언급도 없다 했다. 이런 일을 다른 사람이 들었을 때는 아무 일도 아니라고 여길 것이다. 그러나 본인에게는 타격이 되고, 근본적인 관계 설정에 회의를 준다. 사람은 지적이고 감정적인 동물이므로 일반상식선에서 수용하기 힘들면 마음이 어려워진다.

가끔 축구경기를 보는데 선수들이 어떤 한계점에서 공을 처리하는 모습이 인상적일 때가 있다. 자기 범주 안에 들어온 공 연결을 잘 시키는 모습이 시원시원하다. 그러나 원활한 연결이 불가능하다고 판단되는 상황에서 선수는 볼을 필드 밖으로 터치아웃 한다. 그 몸짓과 발놀림에서 과감한 용단이 느껴진다. 그 모습을 보고 소통이 원활하지 못할 때 느끼는 부정적인 감정을 적당한 선에서 아웃 처리하면 되겠다는 생각을 했다. 마음 상하지 않고 넘기는 유연한 대처라는 생각에서다. 자기 자신과의 소통이다. 감정의 부침을 의식하기보다는 옆으로 제쳐 놓는 일도 필요하다.

큰딸이 10년 이상을 멀리 떨어져 지내도, 자주 연락을 해서인지 가까이 있는 듯하다. 원활한 의사소통 때문이다. 딸은 학업과 레슨으로 아무리 바빠도 주중에 3~4번은 꼭 집으로 전화해 생활을 알렸다. 누구를 만나고 무슨 일이 있었으며, 무엇을 먹었고 무슨 생각을 했는지를 말했다. 070 전화가 없던 유학 초기 몇 년 동안은 국제전화카드를 이용하고 편지를 주고받았다. 레슨이 많은 날이라 목소리가 잠기고 피곤해 보여 전화를 빨리 끊으라고 해도, 그동안의 일상을 세세하게 이야기하곤 했다. 한 30분 정도 지나면 딸의 목소리에 생기가 실렸다.

"엄마와 말하고 나면 보약을 먹는 것 같아요. 보약은 효과가 천천히 나타난다고 들었는데 진통제처럼 그 효과가 즉시 나타나서 참 신기해요."

형제간이어도 기질과 성향, 반응, 태도가 다르다. 아들과 둘째 딸은 함께 살아도 꼭 할 말만 한다. 아들은 좀 더 따뜻하고 정중하지만, 둘째 딸은 입시 공부할 때 간식이라도 주려고 방 안에 들어갈 때는 "엄마, 나 지금…" 하며 조심스럽게 말했다. 소통이 원활하지 않은 것은 아니지만, 성향이 다른 것이다.

"인생이란 결국 커뮤니케이션의 문제이며 그것은 사랑 없이는 불가능하다."

-버지니아 울프

그동안 누군가와의 소통에 주의를 기울이지 않아 상대방의 마음을 섭섭하게 한 일이 얼마나 있었을까를 생각한다. 연락해야지, 답신을 보내야지 하면서도 생각만 한 채로 지나친 적도 더러 있었기 때문이다.

원활한 소통은 생기가 있다. 여름날 플라타너스 이파리들 틈 사이로 쏟아지는 맑고 투명한 햇살처럼 상쾌한 쉼과 정겨움과 평화스러운 정서를 준다. 나이 들어도 사람들과 잘 만나고 연락하고 삶을 나누고 희로애락을 주고받으며 살아야겠다.

오늘도 큰딸이 070 전화로 나의 일상을 물어온다. "엄마는 오늘 뭐 하실 거예요? 저는 ~했고, ~를 만났고, 오늘 아침 메뉴는…. 저녁에는…." 하면서 종알종알 자신의 일상을 말한다. 큰딸은 결혼하고 나서 4년 차가 되었고, 아기도 가지니 화제가 더 풍성해졌다. 소통의 유형이 적극적이든 소극적이든 막힘이 없으면 평온하고 행복하다.

약속

아이들 방을 정돈하는데 빨간색 색종이로 만든 장미 한 묶음이 눈에 들어왔다. 스탠드 쪽에 꽂혀 있었다. 생명이 없으니 향기가 없다. '한 손에는 빵을, 한 손에는 장미를'이라는 말이 있다. 삶에는 아무리 바쁘더라도 놓치지 말아야 할 일이 있다. 그것은 약속을 지키는 일이다. 사람들과의 만남에서 약속을 지키는 일에 성실하지 못했던 일이 언뜻 떠오른다. 내가 다음에 꼭 연락한다고 하고서 연락하지 못한 일이다.

난소암으로 고생하는 여성이 있었다. 아는 어르신 집에 초대받았을 때, 그 어른의 소개로 처음 만났다. 인사할 당시에는 건강해 보였는데 몇 개월 후 그 어르신으로부터 그 여성이 암 투병 중이라는 사실을 알았다. 그 여성에게 전화해서 안부를 물으며, 유기농 식당에서 음식을 대접하고 싶다는 말을 했었다. 겉치레 마음에서 나온 말이 아니었다. 분명 간절했고 진실했는데, 다른 일에 신경 쓰느라 한참을 잊고 있었다. 다행히도 그 말이 생각나 전화를 했다. 그녀는 남편이 자신의 식단에 신경을 많이 쓰므로 외식이 어렵다고 했다. 대접할 기회를 놓친 것 같아 마음이 안 좋았다.

그 이외에도 "연락드릴게요."라며 건성이 아니라 진심으로 해놓고, 상대방에 닥친 이런저런 사정상 연락을 안 하는 편이 더 나을 것 같아서 연락을 안 하고 넘어가는 일도 있었다. 상대방에게 그렇게 인사해야 할 것 같고, 그 상황에서 어울릴 것 같으면 나는 즉각적으로 빨간 색종이 몇 개를 집어서 만든 종이 장미를 건넨 적이 많았다. 누군가에게 건네는 말이 겉치레가 아닌지, 겉치레가 아니고 진심이더라도 말보다는 실천이 중요하다.

그 이후 비교적 약속을 지키며 살아왔다고 생각한다. 그래도 돌아보면 부실한 부분이 더러 있다. 자신이 한 약속을 지킬 때 기쁘다. 약속을 지키면 상대방을 기쁘게도 하지만, 먼저 본인의 마음이 기쁘다. 자신을 성실하게 사랑하는 삶의 표현이기 때문이다.

살다 보면 불가피하게 크고 작은 약속을 지키지 못할 상황이 발생한다. 그럴 때는 약속을 기억하는 상대방에게 상황을 말해야 한다. 약속을 어긴 미안한 마음 때문에, 혹은 대수롭지 않게 생각해서 그냥 지나치면 상대방에게 언짢은 일이 될 수 있다.

살아가면서 기쁨이 되는 일 중의 하나는 사람과의 만남이다. 친절, 다정함, 정서적 소통, 공감으로 삶을 나누고, 약속을 주고받는다. 말로만 하는 것은 약속이 아니다. 약속은 지켜야 하는 것이다. 신중하게 꼭 지킬 수 있는 내용을 말해야 한다.

입에서 나온 말이 금언이 되는 것은 약속이 지켜질 때다. 약속을 지키므로 자기 자신을 지키는 것이다. 약속을 지키지 못하면 신뢰를 잃는다. 그럴 바에 약속을 안 하는 것이 더 낫다. 약속을 잘 지키는 일이 살아있는 삶이며, 놓치지 말아야 할 일이다.

빨간 색종이로 만든 종이 장미가 아니라 싱싱하게 살아있는 장미를 선물하고, 선물 받으며 살고 싶다.

이미지

"길가는 나그네가 한 걸음 한 걸음 전진할 때마다 산의 모습이 달라지듯이 호수는 절대적으로 하나의 형태만을 가지면서 무한한 측면을 지니고 있다. 산은 쪼개거나 구멍을 뚫어보아도 그 전체가 파악되지는 않는다."라고 〈월든〉에서 소로는 호수를 이렇게 표현했다.

사람, 사물, 현상들도 표면상으로 파악되지 않은 모습이 있다. 한낱의 거실 분위기가 햇빛 비치는 시간에 따라 다르듯, 사람도 언뜻 드러난 이미지로 부분만을 알 뿐이다. 사람들과 시간을 보내며 서로를 알아가고 자신을 발견하는 일이 삶의 기쁨 중 하나이다.

어느 해 부부동반 모임에서 볼링을 배우기로 했다. 배우기 전에 주최 측에서 신발 준비와 팀별 인원을 파악한다며 참여 의사를 물었다. 나는 볼링은 한 번도 안 해 봤고 흥미도 없어서 망설였다. 남편이 하고 싶어 해서 협조하느라 참석했다. 주 1회 모이는데, 내가 한 번도 안 빠지고 열심히 참석하고 웬만큼 잘하자 모두 놀랐다. 이런 활동에는 관심이 없고 잘 못 할 줄 알았는데 활발하게 잘 어울린다고 많이 좋아했다.

부평에 살 때, 둘째 딸 친구 엄마들의 권유로 백화점 문화센터에서 수

영을 배웠다. 물에 들어가는 일이 무서워 망설이다가 좋은 이웃과 함께 하는 데 의미를 두고 시작했다. 적극적으로 즐겁게 배우는 모습을 보고 엄마들이 놀랐다. 정적인 줄만 알았는데 어떻게 그렇게 자유형을 날쌔게 할 수 있느냐고 놀리며 화제로 삼았다.

강화 마니산 등반을 함께한 지인들도 매번 야단이었다. 상담실에 앉아 있으면 운동도 부족하고 스트레스도 풀어야 하니 가자고 권하는 친절한 마음이 고마워 따라나섰다. 그런 나를 보고 힘들어할 줄 알고 신경이 쓰였는데 잘도 올라간다고 여기저기서 놀라워하는 소리에 쑥스러웠다. 산을 바라보고 좋아하는 줄만 알았지 등산하는 것은 힘들어할 줄 알았다고 이구동성으로 말했다.

어느 해 10월 중순, 친구들과 관악산에 갔다. 다른 때는 가져간 음식을 중간 지점에서 먹고 대화를 나누며 놀다 내려왔는데 그 날은 정상 정복을 목표로 했다. 과천 종합청사역에서 내려 과천외고 사잇길을 지나 올라갔다. 연주대 관측소를 지나고 험한 암벽코스를 오르고, 사당역 쪽으로 내려왔다. 내려오며 뒤를 돌아 올려다본 산봉우리들이 몇 겹의 병풍처럼 포개져 나를 내려다보고 있었다. 산은 올라갈 때 맛보는 상쾌한 성취감과 내려오며 올려다보는 뿌듯함 때문에 오르는 거 아닐까 싶었다.

즐거운 마음으로 잘 다니는 나에게 친구들이 이구동성으로 감탄한다. 난코스인데 가볍게 잘도 넘어다닌다고. 친구들이 등반을 계획하면서 내가 힘들어하면 어떻게 하느냐고 걱정을 했다고 했다. 나는 의아했다. 아주 즐거운 마음과 최적의 신체 리듬으로 시간을 즐기고 있는데 왜들 그러느냐고 물었다. 한 친구가 말했다. "너는 평소에 라이프스타일이

늘 조용한 쪽으로만 고정되어있는 거 같아서 그러는 거야."

다른 사람들에게 나는 정적이고 고요한 이미지로만 보이는 것 같다. 물론 소요나 복잡한 활동을 할 때보다는 혼자 있거나 조용한 활동에서 에너지를 얻기는 한다. 그래도 심하게 과격하지 않으면 외형적인 활동도 좋아한다. 의미 없이 시끄럽게 떠들거나, 외적 활동이 길어지면 따분하고 지루해져 흥미가 없어지지만, 산에 가거나 운동을 할 때는 시간 가는 줄 모를 때가 많다.

사람의 형질을 지으신 하나님은 사람 전체를 보고 다 아신다. 그러나 우리는 다른 사람을 다 모른다. 심상에 들어온 이미지로만 안다. 누구나 그렇다. 서로가 서로에 대해서 부분적인 면으로 선입견을 갖고 전체라고 생각할 때가 많다.

산이나 호수가 하나의 형태만을 가지고 있으면서도 무한한 측면을 지니고 있는 것처럼, 사람도 기존 이미지가 있고, 활동반경에 따라 표현되는 여러 측면이 있다. 어느 각도에서 보느냐에 따라 다르게 표현되는 이미지가 흥미롭다.

바람

　사람마다 상대방을 향한 바람이 있지 않을까. 아내, 남편, 자녀, 이런 저런 관계에서 말이다. 나는 오랫동안 남편에게 한 가지 바람이 있었다. 그것은 열정과 유연함이었다. 남편은 좋게 말하자면 변함없는 성품을 가지고 있다. 시어머님이 나에게 "네 남편 마음은 평생 변함이 없을 것이다." 하셨던 말처럼. 그런데도 한 번씩 정체된 모습이 답답했다. 남편의 행동이 마음으로부터 우러나오는 것이기를 바랐다. 여러 번 묻고 싶었다. "사람은 스스로 자발적으로 움직일 때 빛나는 것을 모르냐?"라고. 기계적이고 종교적인 틀에 갇힌 듯 느낄 때면 답답했다.

　남편은 폭력과 폭언으로 윽박지르거나 함부로 말하는 일이 한 번도 없었다. 남편의 기분과 컨디션이 좋을 때는 나도 더 생기 있어졌다. 그런데 무표정으로 굳어있는 얼굴을 볼 때면 숨이 막혔다. 생기 없는 눈빛과 무기력한 에너지, 그럴 때는 행위가 반듯하고 성실하다는 점을 높게 생각해 존중하자고 다짐했다.

　하지만 남편은 나와 소통할 때도 기계적일 때가 많았다. 무슨 이유인 지는 모르겠지만, 그런 남편이 옆에 있으면 내 안의 에너지가 가라앉는 것 같았다. 그래서 집안 분위기에 생기가 필요하면 나는 참새처럼 짹짹거리기도 하고 씩씩하게 말하며 웃었다.

때로는 극히 성실한 사람에게 부족하게 느끼는 부분을 불편해하고 변화까지 바라는 것은 나의 욕심일 수도 있다고 생각했다. 내가 남편에게 바라는 바가 어쩌면 남편이 나를 향한 바람일 수도 있다고 생각하려고 노력했다. 남편도 나를 향한 바람이 있었다. "당신은 당신 생각과 달리 부당하다고 생각할 때 목소리가 올라가는 것만 빼면 100점이야."라고 했다.

바람은 이루어질 때 보람이 크다. 어느 때부터 남편에게서 심리적 굴뚝에 정체된 듯한 무거움들이 사라졌다. 내가 못마땅해 하는 마음을 버리고 지지하고 칭찬하고 격려하는 자세로 바꾸면서부터였다. 남편이 스스로 움직이는 일이 많아지고, 조용하지만 열정을 가졌다. 남편은 나와 대화하느라 '기도 시간에 방해된다.'면서 교회로 갔다. 기나긴 바람이 이루어질 때 보람과 희열이 있다.

상대방의 단점이 고쳐지길 바라는 것을 자기 위주로 생각하면 마음이 점점 더 안 좋아진다. 자신을 내려놓고 상대방을 이해하고 아끼는 마음으로 존중하고 상대방을 자유롭게 해주면, 자신도 변하고 상대방도 변한다는 사실을 세월을 보내며 발견했다.

향기로운 말

　선한 뜻을 가지고 일주일에 한 번씩 모이는 모임이 있다. 10년 가까이 된 여성들 모임이다. 나는 2010년 여름, 파리에서 만난 사람이 연락해서 함께 하게 되었다. 잠실에서 모이다가 2015년 1월부터 개포동에서 모였다. 다른 일정과 겹쳐 못 갈 때가 많지만, 마음이 가는 곳이다. 오랜만에 만나도 친자매처럼 친밀하고 따뜻하다. 온종일 시간을 함께하므로 점심을 함께한다. 8년 넘게 한 주도 빠짐없이 푸짐한 빵을 가져오는 분, 약밥을 쪄 오는 분, 음식 솜씨를 발휘해 입이 다물어지지 않을 만큼 맛깔스러운 음식을 준비해 오는 분이 있다.

　2016년부터 꾸준히 참석하기로 마음먹고, 닭요리를 준비하겠다고 약속했다. 한 주가 지나고 모임 전날이 되었다. 그날은 공교롭게도 닭을 살 시간이 없을 만큼 생각하지 못했던 많은 약속이 이어졌다. 집 근처에 GS마트가 있어서 남편에게 부탁해도 되는데, 그런 연락을 할 틈도 없었다.

　저녁 7시에 약속이 잡혀, 미팅을 1시간 만에 끝내고 집에 돌아오는 길에 마트에 들러 닭을 사려고 했다. 그런데 늦어도 1시간 후면 끝날 것 같았던 미팅이 자정이 다 되어 끝났다. 마트 문이 열려있을 리 없었다.

약속한 닭요리를 준비해 가져가야 하는데 재료를 구하지 못해 마음이 안 좋았다. 아침 일찍 남편에게 마트에 들려보라고 부탁했더니 문을 빨리 여는 곳이 없다고 했다. 봄나물 무침을 가져가려고 하다 김치를 가져가는 편이 더 낫겠다는 생각이 들었다.

점심시간이었다. 판교에서 아들이 레스토랑을 한다는 분이, 아들 가게에서 샐러드, 샌드위치, 피자를 가져와서 다른 날보다 식탁이 더 화려했다. 김치는 아무도 안 가져와서 잘 되었다고 생각했다. 모임에서 어느 사람도 달리 생각하지 않겠지만, 닭요리를 준비하지 못한 것이 미안했다. 지난주에 했던 약속을 지키지 못해 마음에 걸렸다. 내가 미안해하자 항상 요리를 풍성하게 헌신적으로 준비해오는 분이 말했다.

"수고 많으셨어요. 아침 바쁜 시간에 먼 데서 오시면서 김치 썰어오는 일이 쉽지 않으셨을 텐데요. 진짜 잘 가져오셨어요."

진심과 사랑과 우정이 담긴 목소리였다. 나는 그녀의 등을 다독이며 고마움을 표시했다. 김치가 맛있다고 하시는 분도, 음식이 느끼해서 김칫국물까지 마시는 분도 고마웠다.

집에 돌아온 후 이 상황을 아는 남편에게 '아침 바쁜 시간에 김치 써는 것도 힘든 일이에요.'라고 말했던 여성의 마음과 목소리에 담긴 향기로운 말을 나누었다. 전하는 내 입술과 마음도, 그 말을 듣는 남편의 마음도 행복하고 향기로웠다. 나는 그동안 누군가에게 진심을 담은 언어로 다가간 적이 얼마나 될까를 헤아려 봤다.

꽃의 생명은 향기다. 따뜻한 말에도 향기가 있다.

미아 찾기

큰딸이 친구가 강아지를 잃어버려 슬퍼한다는 이야기를 했다. 이름이 '찌개'인 애완견인데, 환기를 시키려고 현관문을 열어놓은 사이에 없어져 버렸단다. 친구는 많이 울어 퉁퉁 부은 눈으로 학교에 왔고 온종일 멍한 상태로 지내 마음이 쓰였다고 했다. 딸은 계속 '찌개'를 잃어버린 친구의 마음을 헤아렸다.

"그 빈자리가 얼마나 허전하고 허망할까요. 엄마, 비까지 추적추적 내리고 학교에 앉아 있어도 강아지 생각에 수업에 집중이 안 되었을 거야. 잃어버린 것을 안 즉시 전단을 붙였으니까 찾게 될 거라는 기대감으로 버티는 것 같더라고요."

5월은 어린이날 축하 행사가 많다. 백화점에도 어린이날 축하 상품 이벤트 기획을 내놓고 있다. 백화점 홍보지에 '미아 어린이 찾아주기' 전단지가 들어있다. 아이가 실종되었을 때의 나이, 입었던 옷, 신체적 특징이 적혀있다. 머리를 묶었거나 단발머리이거나… 이를 드러내며 환하게 웃는 사진 속 아이들을 잃어버린 부모들의 심정은 얼마나 기가 막힐까. 실종 사실을 알게 된 순간부터 시작되었을 애타는 마음이 오죽할까 싶다.

살갑게 정든 애완견을 잃어버리고 슬픔에 빠진 딸 친구의 마음도 그럴진대, 아이를 잃은 부모의 마음은 터지고 찢어졌을 것이다.

'미아 어린이 찾아주기' 전단에 있는 아이들의 얼굴을 더 자세히 들여다봤다. 어떻게 도와야 할까. 인상착의를 자세히 기록해 놓았지만, 밖에서 아이들을 보면 모두 그 아이가 그 아이 같다.

목련이 활짝 핀 봄날 오후, 약속이 있어서 나가는 길이었다. 아파트 놀이터 근처에서 전화를 받느라 서 있는데, 4살쯤 보이는 남자아이가 불안한 눈빛으로 두리번거리고 있었다. 아이는 손가락으로 보도를 가리키며 울먹거렸다. 엄마가 안 온다고 했다. 나는 엄마가 오기로 했으면 여기서 기다리라고 하고 걸음을 옮겼다. 그런데 아이는 나를 계속 졸졸 따라왔다. 약속 시간이 가까워졌지만, 아이의 안전이 신경 쓰여 걸음을 멈췄다. 아이가 메고 있는 가방에 어린이집 전화번호가 적혀있었다. 하지만 교사들이 모두 퇴근한 후라 전화를 안 받았다.

가던 길을 되돌려 어린이집을 찾아갔다. 문을 두드려도 반응이 없어한참 서 있는데 외부에 나가 있던 원장이 들어왔다. 자초지종을 들은 원장이 아이 엄마에게 연락했다. 도로변 은행 앞에서 만나기로 했다. 아이를 찾느라 허둥지둥하다가 뛰어온 아이 엄마는 긴 생머리에 30대 중반쯤 보였다. 아이 손을 잡고 서 있는 나를 보더니 경계의 눈빛을 보냈다. 오해하는 것 같아 상황을 말했더니 고마워하고 미안해했다.

2004년 힐러리는 뉴욕 상원의원일 때 어린이와 가족에게 최선이라고 믿는다는 정책을 제시했다. "아이 하나를 키우려면 마을 전체가 필요하다."고. 행복하고 건강하고 희망에 찬 아이를 키우려면 한 가족이 중요하지만, 가족만으로는 부족하고, 선생님, 목사님, 사장님, 시장님도 필요하다는 것이다. 또 건강과 안전을 지켜주는 분들이 있어야 하며 마을 전체가 도움이 되어야 한다는 내용이었다.

아이를 잃어버리기 전에 안전을 기하는 것이 최선이다. 그러나 실종되었을 때 재빠르게 손쓰고 보호할 수 있는 시스템이 필요하다. 부모나 가족의 힘만으로는 부족하다. 생업을 포기한 채 애타는 마음으로 아이를 찾기 위해 전국에 있는 보호시설을 돌며 전단을 돌리는 부모들의 심정을, 이 나라 전체가 관심을 갖고 움직여줬으면 한다. 법으로 정하고 정책적인 지원으로 아이들도 부모들도 안심하고 살 수 있는 날은 언제쯤이나 될는지.

'미아 찾기'에 올려진 아이들 모두가 해맑은 모습 그대로 부모 품에 안기기를, 아이를 잃고 슬픔에 잠겨 녹아버린 부모들 심장에 안도와 감격이 꽃피워지기를 간절히 바라는 마음이다.

분위기

분위기는 인간 전체의 표현으로 풍기는 느낌을 말한다. 살아온 세월을 통해 학습된 경험과 교양, 인격, 지성이 융화되어 자기만의 고유한 분위기가 만들어진다. 분위기는 얼굴, 표정, 몸매의 외모와 내면세계에 내재된 총체적 조합으로 이루어진 작품이다.

지휘자 정명훈이 도쿄필하모니 오케스트라를 맡고 난 뒤의 첫 연습 시간이었다. 그는 단원들이 기교적으로 완벽한 실력을 갖추고 있지만, 뭔가가 부족하다는 것을 느꼈다. 단원들에게 기다란 삽을 선물하고 싶다고 말했다. 한 사람 한 사람 안에 내재된 재능이 더 파 올려 져야 한다는 뜻이었다. 음악뿐 아니라 사람이 가진 분위기도 마찬가지다.

1주일에 2~3번 만나는 소그룹에서 서로의 분위기에 대한 피드백이 있었다. 5명이 돌아가며 서로의 분위기를 말했다. 모두 자신이 어떤 분위기로 보이는지 호기심을 띈 표정으로 기다렸다.

A는 나에게 "남자로 말하면 선비 같고, 여자로 말하면 글 쓰는 사람 같아요."라고 해서 모두 한바탕 웃었다. B는 "아주 편안해 보이고 차분하고 안정되고 유연하면서도 원칙에 충실한 성격이 느껴져요."라고 했

다. C는 "매우 아기자기하고 사랑스럽게 사는 모습이에요. 어쩜 그렇게 수심 하나 없이 평온해 보이는 얼굴이 될 수 있을까요?"라고 했다. D는 "어떤 스트레스도 받지 않을 것 같아요. 느긋하고 여유로운 마음으로 사는 라이프가 느껴져요."라고 했다. E는 "무척 낭만적이고 감수성이 예민할 것 같아요. 근데 본인은 좋지만, 옆에서는 피곤할 수 있고 가끔 다른 사람을 통해 상처받기 쉬운 유형으로 보입니다."라고 했다.

참가자 모두가 피드백을 주고받았다. 각자가 평소에 들어온 내용과 별반 다를 것이 없다는 점이 공통점이었다. 그 사실이 신기하고 놀랍다고 이구동성으로 말했다. 누구도 다른 사람을 온전하게 다 알 수 없지만 대충 느낄 수는 있다는 점이 흥미로웠다.

사람은 개성이 다르고 저마다 나름의 분위기가 있다. 그 사람의 삶을 말하는 무언의 메시지, 즉 고유한 향기다. 그래서 사람의 성향과 기질과 삶이 다르듯 분위기가 다르다. 사람의 분위기는 삶을 통해 깊게 녹아들어 있는 성품과 지혜와 정신적인 성숙함이 담긴 아름다움이다. 정신적인 요소가 더 큰 거 같다. 일시적인 변신으로 돋보이지 않고, 가꾸고 다듬어서 만들어지는 외적 표현의 산물이 아니기 때문이다.

오케스트라 악단이 기교는 완벽하지만 각 사람 안에 내재된 자원을 끌어올리지 않으면 뭔가가 부족하게 느껴지는 것처럼 사람도 마찬가지 같다. 삶이 모습에, 특히 얼굴에 나타난다고 하는데, 아무리 외양은 미미하고 볼품없을지라도 맑은 향기를 뿜어낼 수 있기 때문이다.

사람은 3가지의 '나'가 있다. 다른 사람이 보는 '나'가 있고, 내가 보는 '나'가 있고, 하나님이 보시는 '나'가 있다. 아무리 커다란 거울로도 자신의 뒷모습까지는 전부 볼 수 없으며, '나'를 완전히 알 수 없다. 모습도 그러는데 하물며 내재된 모든 요소의 표현인 분위기를 어찌 충분히 알 수 있겠는가. 분위기, 즉 느낌만을 받을 뿐이다.

내 안에 내재된 자원들은 어떤 분위기와 빛깔을 띠고 있을까. 오랜 세월과 경험 속의 생각, 마음, 감정, 의지를 통해 농축된 에센스가 있으리라. 남김없이 퍼 올려 싱그럽고 풍요로운 리듬을 살려 연주하며 살아야겠다.

여성 집배원

상담실에서 한 여성의 전화를 받았다.

"안녕하세요, 수고 많으십니다. 전화 받아주셔서 감사해요. 저에게 지금 궁금한 일이 생겨서 도움을 받고 싶어서요."

"네, 편하게 말씀하세요."

"저는 자녀가 둘 있고 남편은 성실한 샐러리맨이에요. 거의 재산 없이 시작한 결혼 생활이라 열심히 노력하고 절약하면서 살아요. 그런데도 힘이 들어 일을 찾아보다가, 우체국 집배원시험에 합격했어요. 남편도 고마워하고 격려를 해주었지요. 그런데 문제는 제 마음이에요. 처음 결심했던 것과는 다르게 용기가 나지 않아서요. 포기하고 싶은 마음이 들어 전화했습니다."

30대 중반이라고 밝힌 이 여성의 목소리는 밝고 진지하고 성실함이 묻어나며 삶의 의지로부터 오는 신선함도 느껴졌다.

"여자 집배원에 대해 사람들이 이상하게 볼 것 같아서 힘들어요. 그런 생각이 들면 의욕이 있다가도 그만두고 싶은 마음이 굴뚝같네요. 지금 이런 저에게 필요한 마음가짐은 어떤 것인지 조언을 듣고 싶습니다."

"먼저 시험에 합격하신 것을 축하드려요. 사람들에게 필요한 일, 기다리는 소식을 전달해 준다는 점에서 의미 있는 일을 선택하셨네요. 어떤 일이건, 일 시작하기 전에는 이런저런 주저함도 있고 두려움이 있는 것이 자연스러운 일이지요."

"네, 정말 그러는 거 같아요."

"사람들에게 유익을 주는 일이니 일하다 보면 보람이 있을 거예요. 그런 보람으로 일하다 보면 사람들 시선 같은 것은 굳이 신경 쓸 필요가 있겠어요? 물론 어떤 일이든 크고 작은 애로사항은 있을 수 있지요. 처음 적응하기까지는 조금 어색하고 힘들 수도 있고요. 그런데 그런 점을 거뜬히 뛰어넘으실 수 있는 내적 자원과 용기를 가지셨기 때문에 합격하셨을 거라는 생각이 듭니다. 힘내세요. 훌륭하십니다."

전화 너머로 들리는 목소리가 흡족한 듯 힘이 솟았다. 그녀는 고마워했다.

"한 가지만 부탁드려도 될까요? 상담하시는 일 존경해요. 그래서 오랫동안 이 일을 해 주셨으면 합니다. 시작했다가 곧 중단하니, 상담이 아쉬울 때는 실망하게 되는 경우가 많더라고요."

저녁 찬거리를 준비하려고 마트에 가는 길이었다. 화단에 예쁘게 피어난 꽃들. 늦여름 장미, 금잔화, 채송화 등이 옹기종기 삥 둘러앉아 다정하게, 도란도란, 속삭이고 있었다. 저만치에 여성 집배원이 눈에 띄었다. 50대 초반쯤 되어 보이는데, 작은 체구에 비둘기색 유니폼을 입었다. 단발 형 파마머리, 예쁘장한 얼굴에 여성스러워 보였다. 모자를 쓰고, 하얀 면장갑을 끼고, 운동화를 신었다. 세워둔 자전거 위에서 한 뭉치 우편물을 꺼내 들어 팔에 안고 있었다.

길을 가다가 가끔 여성 집배원을 만난다. 가계에 도움이 되려고 집배원에 도전했지만, 막상 가방을 메고 나서기 쑥스러워 조언을 구하던 여성 집배원이 생각난다. 그 일에 종사하는 모든 이들이 그 일이 힘들지 않고 행복하고 보람이 되기를 기도하는 마음이다.

노력

사람은 때로 극한 상황을 만난다. 이때 필요한 것은 냉철한 판단력과 잘 훈련된 노련함과 찰나적인 순발력이다. 이것들은 평소에 잘 준비한 사람이 가질 수 있는 실력이다. 어려운 상황을 역전의 기회로 삼는 일은 쉽지 않다. 누구에게나 주어진 것이 아니기 때문이다. 재능을 발견하고 오랜 연습과 노력으로 실력을 쌓아온 자가 갖는 자신감에서 연유된 결정체이기 때문이다. 인생의 어떤 막막함 속에서도 움츠러들지 않게 하는 저력이다. 이 힘은 어려움을 극복하고 더 분발하며 위기 상황을 최고의 기회로 만들 실력을 이끌어 낸다.

오래전 위기 상황을 극적으로 역전시킨 프로골퍼 박 세리가 생각난다. 그녀가 미국 LPGA 4개 대회에서 우승컵을 안았을 때가 스물넷이었다. 그 명성은 그녀의 훈련 노력과 경기에 임하는 자세에서 나온 것이라고 생각했다. 담력을 키우기 위해 투견장을 견학했고, 공동묘지 근처에서 3개월 동안 공도 없이 빈 스윙 연습만 계속했다고 했다. 그런 노력이 위기 상황에서 관중들의 우려를 뒤집고 탄복하게 만드는 실력을 키웠다. 골프공이 강가 벼랑 기슭에 아슬아슬하게 얹혀져 있는 것을 침착하고 예리한 감각으로 샷을 날리고 적중시켰었다.

세계적인 피겨스케이터로 눈부신 활약을 한 김연아의 노력도 그렇다. 한 번의 동작을 정확히 익히기 위해 얼음판 위에서 하루에 천 번은 엉덩방아를 찧었다고 했다. 그리고 2015년 제17회 쇼팽 국제 피아노 콩쿠르에서 1위로 우승한 스물한 살의 피아니스트 조 성진도 악보와 씨름하며 수많은 시간을 고독하게 보냈을 것이다.

그들은 아무도 보지 않고, 알아주지 않은 공간에서 고독한 노력을 계속했다. 그들이 이루어낸 승리는 쉽게 얻을 수 없는 영예이기에 더 값지다. 물론 타고난 재능이 있어야겠지만 강한 정신과 의지, 피땀 흘린 노력 없이 어떻게 승리의 기쁨을 얻을 수 있으며, 전 세계 사람들에게 눈부신 순간을 선물할 수 있겠는가.

그들의 노력을 들으며 부끄러웠다. 처음 쓴 책 〈가지 않아도 될 길을 가는 당신〉을 출간한 이후, 나에게 몇몇 지인들은 "글을 쓰는 일을 하고 살면 좋을 것 같아요."라고 말했다. 그리고 고등학교 국어교사인 여동생은 간곡한 바람을 담은 편지를 보내왔다. "언니, 꼭 글을 쓰시기 바라요." 하지만 나는 노력해 볼 생각조차 하지 않았다. 그런 주제에 이렇게 다시 글을 써보려 자신 없고 부끄러웠다.

자기 재능을 단번에 알아주고 꿈을 이루어 주겠다고 나설 사람은 아무도 없을 것이다. 오직 자신의 재능을 계발하고 발전시켜 나가는 것은 자기 몫이다. 글쓰기이든 운동이든 음악이든 평소에 꾸준한 노력이 매우 중요하다. 평범하지만 성실하게 노력할 때 인생의 크나큰 목적과 연결될 것이다. 늦었다고 할 때가 노력할 때라고 생각하며 위안을 얻는다.

생수통 진심

"어떤 사람과 결혼 하는 것이 잘하는 것일까? 고민되고, 인생이 그런 면에서 두렵기도 해요. 세상이 험하고 어지럽잖아요?" 평소 알고 지내는 미술학원 원장이 물었다.

"그래요. 인생에서 어려움이 있다면 낯설고 때로는 두렵기도 하다는 거지요. 그런데 그 낯섦과 대면하고 두려움을 극복하는 것이 진정한 용기일 거예요."

그녀가 고개를 끄덕였다. 파리 소르본 대학 유학파인 원장은 지난번 내가 활발하게 사는 것이 보기 좋다고 하더니, 가족사진 있으면 보여 달라고 했다. 마침 스튜디오에서 찍은 증명사진이 수첩에 있어 보여줬더니 한참 들여다봤다.

"엄청 잘해 주시는 거 같아요. 너무 부러워요. 결혼 잘하셨잖아요?"

"왜 그렇게 생각하게 되었나요?"

나의 남편이 어떤 사람일까에 대해 관심이 많았다. 내가 남편의 1번인 것이 느껴진다고 하면서. 지난번 어떤 자리에서 대화 중에도 남편의 인상에 대해 물었다. 그때 내가 남편의 성실함과 고지식함에 대해 예를 들어 말할 때 감동을 받았다고 했다.

"아이들이 아직 어릴 때의 여름이었어요. 제가 하이틴 시절에 먹던 브라보콘이 먹고 싶어서 '3개만 사오세요.' 했는데, 사러 간 지 한참이 지난 후에 왔어요. 브라보콘이 다 녹아있었고요. 집 가까운 슈퍼에 갔더니 브라보콘이 없어서, 동네를 다 돌아다니며 찾아도 없자 다른 지역에까지 가서 사오느라 아이스크림은 녹는다는 사실을 잊은 거지요. 그런 점은 지금도 변함없어요. 상대방이 원하는 그대로 해주고자 애쓰는 사람이에요. 변덕도 없고요."

그때 원장이 까르르 웃는 눈이 호기심에 가득 차 반짝거리고 빛났었다. 이 어여쁜 올드 미스 원장은 예전에 사귀던 남자 친구에 대한 그리움이 보이는 눈빛으로 말했다.

"신우염으로 병원에 입원해 있을 때 병문안 온 친구들이랑 함께 있었어요. 너무 목이 말라 물이 먹고 싶다고 했더니, 아무 말 없이 밖으로 나가서 한참 후에 큰 생수통 하나를 어깨에 메고 들어오더라고요. 그때는 철이 없어서인지 간호원과 친구들 앞에서 창피하고 어처구니가 없어서 짜증 냈는데, 지금 생각해보니 진짜 자상하고 따뜻한 사람이었어요."

피차 사적인 삶을 잘은 모르지만, 항상 최고만 지향하는 듯 멋스럽고 품격 있는 분위기를 자아내는 여성이다. 그런데도 나를 부러워했다.

"어쩜 그렇게 늘 행복해 보이신지요? 어쩜 그렇게 피부가 좋으세요? 얼굴에 빛이 나요. 화장품은 어떤 것을 쓰시나요? 모든 것을 다 가진 사람 같으세요."

나는 이렇게 대답했다.

"나는 그저 평범하게 살아요. 그런데 다 가진 사람처럼 느끼셨다면,

그것은 모든 것에 모든 것 되신 예수님이 내 주인이시기 때문이랍니다."

그러던 그녀가 불현듯 예전 남자친구가 떠올랐나 보다.

"기다려야겠죠? 그러다 보면 생수통 2개 어깨에 메고 나타날 사람이 다시 있지 않겠어요?"

특유의 발랄함으로 까르르 웃는다. 때굴때굴 굴러가는 목소리가 사람을 편안하고 경쾌하게 한다. 목마른 인생에 생수로 오신 예수님. 그 사랑을 몰라보고 살아가다 언젠가 그 본심을 알게 되는 것이 우리의 모습이 아닐까 싶다.

걸음걸이

3월 초순 남편과 모처럼 뒷산에 갔다. 겨울을 지낸 정갈한 빛 나무를 보고 경사진 황토길과 나무 층계로 된 길과 소나무 숲을 걸었다. 대지는 "이제 겨울을 벗어나려는 준비를 다 끝냈어요."라고 속삭이는 듯했다. 나뭇가지 사이사이를 두르고 있던 둔탁한 잿빛 기운을 벗어낸 자리에 밝은 비둘기 빛이 흘렀다.

얼마 안 있으면 산야가 연두빛으로 솟아오르고, 짙푸른 신록으로 물들이는 움직임이 이 숲의 일상일 것을 생각하며, 천천히 걸었다. 6년 가까이 한 교회를 섬기던 어른께서 한 말이 떠올랐다.

"걸어가는 모습이나 살아가는 모습이 비슷해요. 흐트러짐이 없어요. 그동안 흐트러진 모습을 한 번도 보지 못했으니까요."

나의 걸음걸이를 살아가는 모습에 빗댄 표현이 인상적이고 쑥스러웠다. "아, 그 걸음걸이처럼 반듯하게 살아가라고 격려해 주시는 거죠?"라고 대꾸했다.

남편 뒤를 따라 산비탈 쪽으로 갔다. "졸졸 따라 오는 모습이 꼭 강아지 같네." 하며 남편은 고개를 돌려 나를 보고 웃었다. "정말 그런 것 같아." 하고 나도 웃었다. 한참 걷는데 남편이 발걸음을 내디딜 때마다 곤색 추리닝 바지에 구름처럼 일어나 수북이 쌓인 흙먼지가 눈에 뜨였다. 걸음 모양이 똑 떨어지지 않아서였다. 발과 발 사이에 구분 없을 만큼 안 떼고 걸었다. 웃음이 나왔다.

"어쩜, 저 먼지를…." 하는 내 말에 걸음을 멈춘 남편은 바지에 붙은 검불과 흙먼지를 보고 약간 무안한 듯 웃었다. 손으로 남편 바지 먼지를 털며 말했다.

"이렇게 먼지가 묻는 건 영적, 도덕적, 인간관계, 어떤 일에서든지 마찬가지 같지요?"

남편이 걸음 형태를 바꾸니까 먼지가 일지 않았다. 걸음걸이가 산뜻하고 경쾌했다. 보기도 좋았다.

삶의 걸음도 마찬가지다. 분별없이 내딛는 발걸음은 부산하게 움직이면 움직일수록 검불과 흙먼지로 뒤덮인다. 또 한쪽으로 지나치게 쏠릴 때 위험하다. 걸음도 삶도 분명하게 또박또박 내딛는 모습이 좋다. 질질 끌려가거나 휘둘리지 않아야 한다.

> "생각하는 대로 살아라. 그렇지 않다가는 나중에는 사는 대로 생
> 각할 것이다."
>
> -폴 발레리

나의 지난 세월에 내디뎠던 발걸음은 어떠했고, 어떤 걸음을 걷고 있고, 오늘 걸음이 어떤 흔적을 남기고, 어떤 의미가 있고, 그리고 길의 끝

에 이르렀을 때 남겨질 전체 행보는 어떨까를 생각해 본다. 삶의 행적을 남기게 된 과정은 각자가 처한 삶의 정황에 따라 다를 것이다. 스스로를 성찰하는 자의식을 끄지 않고, 나의 의식이 나 자신을 속이지 않도록 올바른 생각을 하면서 분명한 경계를 두고 살아야겠다고 다짐한다.

엄마

'엄마'라는 호칭은 사람이 이 세상에 태어나 말을 배우면서 가장 먼저 익히는 단어이다. 나는 오십이 훨씬 지난 지금까지 엄마를 어머니라고 부르지 않는다. 주변에서 어머니라고 부를 때 의젓한 예의가 느껴져서 좋아 보여, 나도 '어머니'라고 부르고 싶었다. 그런데 그렇게 부르면 왠지 어색하고 거리가 느껴져서 아직도 엄마라고 부른다. 나는 '엄마'라는 어감이 정감 있어서 좋다.

2016년 1월 19일 추위가 절정인 날, 잠실에 사는 조카가 군에 입대했다. 잘 자란 조카가 대견스러우면서도 안쓰러웠다. 주중 내내 더 추워지다, 주말에는 한파 경보, 동파 주의보가 내렸다. 혹한이 계속되니 군 복무 중인 큰아들과 막 입대한 작은아들을 생각하며 안타까워할 여동생이 짠했다.

체감온도 영하 30도라는 주일 날 아침에 남편이 엄마에게 안부 전화를 했다. 엄마는 안부를 묻는 남편에게 "연재 밖에 나가지 말라고 하소." 하셨다. 주일이라 교회 가는 것을 아시면서도 감기라도 걸릴까 봐서 하신 말이었다. 나는 옆에서 "우리는 엄마 외출이 신경 쓰여서 전화 드린

건데." 하며 웃었다.

어제 여동생 부부가 와서 함께 있다고 했다. 내가 엄마에게 여동생이 마음이 안 좋아 간 것 같다고 하자, 엄마는 그런 점도 있을 거라고 했다. 혹독한 날씨에 군대에 아들 둘을 보낸 여동생에게 엄마의 숨결이 따뜻한 위안이고, 추운 마음이 봄날 둥지를 찾은 제비처럼 포근해졌을 것이다.

작은 몸짓에 팔순이 넘은 엄마의 힘은 강하다. 남다른 지혜와 사랑 때문이다. 두 달 전 아들 혼사가 깨지면서 마음이 힘들어 남편과 함께 엄마에게 갔었다. 내가 음식을 하려고 하는데 항상 그런 것처럼 미리 준비해 놓으셨다. 정성껏 차리신 밥상을 대했다. 안 좋은 일은 잊어버리려고 노력하는 것도 필요하다고 하셨다. 엄마와 대화하고 두 밤을 함께 자고 드라이브하고 음식점에서 식사하고 전통찻집에서 차를 마셨다. 마음을 덮고 있던 무거움이 저절로 사라졌다.

가벼워진 마음으로 서울로 돌아오면서 남편에게 엄마의 사랑의 힘에 대해 말했다. 애틀랜타에 있는 생각이 든다고 말했다. 스톤 마운틴은 2014년 9월, 애틀랜타에 갔을 때 처음 봤다. 그 규모에 놀랐다. 세계 최대 크기의 화강암 한 덩어리로 이루어졌고, 엄청난 면적을 자랑한다. 6남매를 향한 엄마의 사랑이 그렇게 놀랍고 단단하고 넓고 변함이 없다. 아니 그보다 더 크고 넓고 견고하다.

엄마가 건강하고 활발하게 지내시니 말로 표현할 수 없을 만큼 감사하다. 모성애는 하나님이 사람에게 주신 선물 중에 가장 위대한 선물이다. 하나님 사랑을 닮았기 때문이다. 추울 때나 더울 때나 아플 때나 기쁠 때나 이 사랑이 포근하다. 엄마 안에는 보이지 않는 샘이 있다. 이마에 땀을 식혀주는 옹달샘과 질병에 효험이 있는 온천수와 같다. 깊고 맑고 따뜻하고 순수하고 진실하고 은은하고 풍성해서 항상 흘러넘친다. 다른 어느 곳의 물과 비교되지 않는다. 언제나 마르지 않고 흐른다.

강아지

　햇빛이 강한 가을 오후, 전철에서 내려 집에 가느라 긴 도로를 걷고 있었다. 길에 떨어져 쌓인 단풍이 밟히는 소리가 '사각사각' 들렸다. 연한 베이지 털을 가진 조그만 강아지가 길 아래쪽에서 따라오더니, 내 걸음에 맞추어 졸졸 따라왔다. 내가 걸음을 잠깐 멈추자 강아지도 그 자리에서 걸음을 멈추고 나를 쳐다보며 주위를 빙빙 돌았다. 길을 잃었는지 주인을 잃고 갈 데가 없는 것인지 하는 생각에 주인을 찾아주려고 두리번거렸다. 그런데 주인처럼 보이는 사람이 없었다. 곧 해가 지고 어두워질 일을 생각하니 '이 강아지가 계속 따라오면 어떻게 할까. 캄캄한 길에 있으라 할 수 없고, 우리 집은 강아지를 키운 일이 없는데.' 하고 신경 쓰였다.

　강아지는 한참을 계속 따라왔다. 횡단보도 앞에 왔을 때쯤 녹색 신호등이 꺼지고, 빨강 신호등이 켜지기 직전이었다. 녹색 신호등이 켜져 있을 때 발을 내디딘 사람들이 거의 다 건너갔고 횡단보도에 들어서지 못한 사람들은 길가에 대기하고 있었다.

　이때 신호를 아랑곳하지 않은 강아지는 횡단보도로 촐랑거리며 걸어

갔다. 가슴이 두근거렸다. 차가 쏜살같이 지나갔다. 운전자는 강아지를 보지 못했고 사람들은 차바퀴가 강아지 몸체에 닿은 순간, 일제히 '으악!' 하며 비명을 질렀다. '깨갱, 깨갱, 끽, 끽' 강아지는 으스러지고 으깨지면서 터져 나오는 비명을 지르고 자지러졌다. 나는 숨이 멎는 듯했다. 강아지는 다행히 죽지 않았다. 본능적으로 도피처를 찾은 것일까. 도로 옆 목재소 안으로 뛰어들어갔다.

사람들은 놀랐고 나도 안쓰러운 마음에 어떻게 할 줄 모른 채 서 있었다. 아이들 저녁 준비해 두고 7시에 부부 모임에 가야 해 마음이 바빴다. 벌써 6시가 지나 강아지에게 신경 쓸 여유가 없었다. 동물병원에 데려가 치료해 주고 싶었지만, '에구 쯧쯧, 어린 생명.' 하면서, 서둘러 집으로 갔다.

마음이 무거웠다. 이상하리만치 나와 보조를 맞춰 걷던 강아지가 내가 아껴주는 마음이 없어 사고가 난 것 같아서였다. 어떤 면에서 사람도 강아지와 마찬가지라 생각했다.

사람의 지각과 분별이 귀하다. 그런데 올바로 사용하지 않으면 위험하기는 마찬가지다. 횡단보도에서 붉은 신호를 무시하고 뛰어든 어린 강아지와 같을 수 있다. 쉴 때 쉬어가고, 멈춰야 할 때 멈춰 서고, 기다려야 할 때 기다려야 한다. 무턱대고 생각 없이 뛰어들면 위험하다.

부러움

자전거를 타고 지나가는 노인의 뒷모습을 한참 바라봤다. 건강하셨을 때 아버지가 힘차게 밟던 자전거 페달이 떠오르고, 친정아버지와 닮았다는 생각이 들어 부러워졌다.

골목길 식당 앞 긴 나무의자에 깡마른 아저씨가 앉아 있었다. 환자인가 싶어 유심히 보니 건강한 모습이었다. 뒷산에 갔다 내려오는 길인지 운동화 차림이고, 옆에 지팡이가 놓여있다. 저렇게 여윈 모습일지라도 보행이 활발하니 얼마나 좋을까. 활기 있는 걸음걸이로 걸어가는 노인들 모습을 보면 그 자유로움이 더없이 행복해 보인다.

감기 한 번 안 걸리고 건강에 자신 있어 하시던 아버지의 건강에 이상 신호가 찾아온 것은 1992년 4월이었다. 화단 옆에서 4살 손자와 놀다 쓰러지셨다. 고혈압으로 인한 뇌졸중이었다. 한방, 양방 병원에 입원과 통원치료가 계속되었고, 다행히도 회복되었다. 그 후 막내 여동생을 출가시켰고, 엄마의 회갑도 성대하게 치렀다. 그러나 그로부터 3년 후에 급격히 악화되어 언어장애가 왔다. 다시 치료를 받으며 운동과 섭생에 매달렸다. 그 결과 약간 불편했지만, 언어장애도 많이 좋아졌다. 조심스럽게 여행도 다니시며 잘 지내셨다.

그러나 5년 후인 2000년 6월 4일, 다시 쓰러지셨다. 한방병원에서 여름 한 철을 지내며 약물과 재활치료를 했다. 아버지의 남다른 극복 의지와 투병에도 불구하고 몸은 마음먹은 대로 되지 않았다. 몇 년이 지나자몸 왼쪽 부분이 마비돼서 거의 온종일을 누워서 지내셨다. 옆에서 부축하지 않으면 일어나 앉기도, 서기도 어려웠다. 침대에서 식탁으로, 화장실, 운동실로 움직일 때마다 엄마의 부축과 각고의 노력이 필요했다.

무료함을 달래시려 리모컨으로 TV 화면을 바꿔보고 세상의 흐름을놓지 않으셨다. 그렇게 잘 보시던 신문, 책들을 멀리하시는 것이 안타까웠다. 지력과 정신력과 총기는 있는데 몸이 말을 듣지 않으니 통제당하는 고통을 생각하면 마음이 무겁다.

양천구청역 주변에 60대 후반쯤 되는 할머니가 세상에 이런 걸음걸이가 있을까 싶을 만큼 자기 멋대로 걷고 있었다. 앞으로 향해 걷고 있는데 몸은 꽃게가 옆으로 가는 모습 같았다. 양쪽 팔을 흔들고, 발목은 앞으로 가는데 종아리와 허벅지 부분은 옆으로 가려고 하는 것처럼 보였다. 팔자 걸음걸이였다. 사람들이 손으로 입을 가리며 웃는데, 나는 이할머니 모습이 우습지 않았다. 부러운 마음으로 고개를 돌려 그 할머니의 뒷모습을 다시 바라봤다.

골목에서 지팡이를 짚고 절름거리면서 어렵게라도 길을 걷고 있는 어르신을 보면, 진심으로 부럽다. 저렇게라도 혼자 걸을 수 있으니 행복하시겠다 하며 바라본다.

처음 마음
그대로

선배 언니 집에서 모임이 있어 가는 길이었다. 겨울을 준비하는지 늦가을 찬 공기가 맑고 푸른 날, 아파트 옆 도로변에 떨어진 나뭇잎에 눈길이 갔다. 가을 내내 물들다가 갈색으로 타들어 간 이파리가 부서져 재로 남을 준비를 하나보다.

현관으로 들어서는데 벽면에 표구 액자가 보인다. 붓글씨로 쓴 '처음 마음 그대로'라는 글자가 눈에 들어온다. 언니 남편이 직접 써서 만든 거란다. 가정을 어떤 마음으로 이끌고자 하는지 느껴졌다.

요새 나는 가정 해체를 피부로 느끼면서 살고 있다. 어느 부부가 언제부터 별거한다는 소식이나 누군가가 이혼했다는 소식을 접할 때면 안타깝다. 그런 결정이 있기까지 겪었을 정신적, 감정적 고통이 짐작되어서이다. 그러나 화해의 가능성을 믿고 싶고 재결합의 소식을 기대해보고도 싶어진다. 충분히 잘해낼 수 있는 사람들이었다는 아쉬움 때문이다.

이혼과 별거 외에도 또 다른 가정 해체의 형태가 있다. 한집에 살면서 서류상으로만 부부로 존재하는 관계다. 몸과 마음은 싸늘하게 식어 타인처럼 지내지만, 자녀들이나 세상 체면 때문에 헤어지지 않는다고 한다. 얼마 전 남편의 지인이, 한집에서 눈 한번 안 마주치고 각자 알아서 산다고 해서 놀랐다. 한 지붕 안에서의 별거이다. 그 외에도 마음은 떠났지만, 사회적 신분 보호 차원에서 대외적으로는 좋아 보이는 모습으로 그럭저럭 다정한 모습을 연출하는 커플도 있다.

'처음 마음 그대로.'

부드럽지만 강하게 다가오는 이 말의 실제를 이루어가는 일은 쉽지 않다. 그렇게 어려운 까닭은 어디에 있을까. 처음 만났을 때 빛나던 열정이 한결같이 지속되기를 바라는 기대 때문일까. 처음에 느끼던 친밀감이 변하지 않고 남아 있기를 원했는데, 시간이 흐르면서 현실은 그렇지 않아 생긴 실망 때문일까.

누구나 다 좋을 때만 있는 것은 아니다. 싸늘한 관계가 된 이유에는 외부적 상황들, 즉 경제파탄, 외도, 알코올 중독, 성격 차이 등의 어려움일 수도 있다. IMF 때 상담실에 남성들의 전화가 쇄도했다. 경제 파탄으로 아내가 어린 아기들을 두고 집을 나가서 아기들을 보느라 일을 할 수 없다는 호소였다. 한 연구에서 부부가 최소한 한 번 이상의 위기를 겪는 것을 발견했다고 한다. 위기에서 극복하지 못하고 파경으로 가는 원인은 상대의 불성실, 무심, 용납 못 함, 노력 부족이었다.

가정의 위기와 해체를 보면서 '처음에 가정을 이룰 때는 누구보다 잘해보려고 했을 텐데, 얼마나 많이 힘들었으면…' 하는 생각이 들어 안타깝다. 특히 여자 쪽에서 분노를 삭이고, 인내하고 최선을 다했음에도 남편의 외도나 완강한 힘의 논리 때문에 파경을 맞았다는 소식을 들을 때 마음이 몹시 아팠다.

처음 마음 그대로 일 때도 있지만, 사람이 처음 마음 그대로 사는 것은 쉽지 않다. 늘 처음 그대로이기를 바라는 마음은 욕심일 수도 있다. 처음 만나 사랑할 때 느끼는 감정은 가슴에서 나오는 것이 아니다. 뇌하수체에서 분비되고 조절되는 호르몬과 신경작용 때문이고, 그 호르몬 분비는 3년이 지나면 끝난다고 한다.

사람에게는 정이라는 따스한 감정이 있다. 순수한 마음이 있고, 무엇보다도 선한 의지가 있다. '처음 마음 그대로'는, 그런 의미에서 가정의 행복을 추구하는 내용과 방향성을 가리키는 말이라고 생각한다. 상대방의 결점이 보이고, 지루해지고, 친밀한 만큼 쉽게 대하기도 하고, 그러면서 서로에게 익숙해진다. 그리고 그 익숙함이 일생 다 하기까지 부족함 없는 편안한 관계로 성숙해가는 것이다.

부부가 친구처럼 편안한 관계가 되려면, 다른 관계에서보다도 더더욱 노력이 필요하다. 집에서 함께 산다는 것만으로 무심해지지 말아야 한다. 시간을 함께 하면서 일상에서 서로의 관심과 요구에 대해 살피고 존중하면 오히려 처음보다 더 친밀하고 성숙한 관계로 함께 가는 여정이 될 것이다.

'처음 마음 그대로'의 추구가 내 마음에도 영롱한 아침 이슬처럼 또렷이 스며든다.

에필로그

가정은 추억의 박물관, 행복의 샘터이다

가정은 하나님 보시기에 매우 중요한 곳이다. 그런 이유로 마귀는 가정의 평안을 무지하게 미워하고 싫어한다. 하나님께서 천지를 창조하신 후, 맨 먼저 가정을 세우시고 교회를 세우셨다. 에덴동산에서 아담과 하와의 가정은 더할 나위 없이 행복했다. 그러나 이 행복을 시기하고 질투하는 마귀의 시험이 찾아왔다.

지금도 가정이 파괴되는 일이 빈번하게 발생한다. 도덕적 해이와 성적 타락으로 이혼하고, 사고와 질병의 재앙, 사업 실패와 분노와 미움으로 파괴되고 있다. 그러함에도 하나님이 함께하실 때 보호를 받으며, 파괴가 있더라도 회복될 수 있다.

"영혼이 건강하면 어떤 상황에서도 삶은 파괴되지 않는다."

-존 오트버그

하나님이 함께하시는 가정은 행복하다. 치유와 회복의 장소고, 안식의 장소다. 그뿐만 아니라 하나님께서 일하시는 성품 훈련의 장소다. 훈련을 잘 받을 때 하나님께서 준비하신 복을 누린다. 영혼이 잘되는 복과 이 땅에서 잘되는 복이다.

사람이 이 땅에서 사는 동안 가장 큰 복은 하나님 뜻대로 사는 일이다. 내 인생을 향한 하나님의 뜻을 구할 때의 응답 장소는 비탄에 빠진 한 가정이었다. 〈가지 않아도 될 길을 가는 당신〉에서 썼던 것처럼, 결혼과 함께 나에게 주어진 환경은 메마른 잔디와 가시가 드리워진 울타리 안 같았다.

어떤 고통일지라도 하나님을 의지하면 고통을 잘 견디고 일어서는 힘과 용기를 주신다. 나도 하나님을 의지하고 인내하는 동안 하나님 은혜가 임했다. 하나님을 가까이하다가 신앙의 첫사랑을 회복하고 십자가 사랑을 더 깊게 누리면서 무겁던 현실이 가벼워졌다. 마음에 큰 평안과 행복이 자리하고, 가정에 지속적인 천국의 향내음을 경험했다.

"하나님께 가까이함이 내게 복이라 내가 주 여호와를 나의 피난처로 삼아 주의 모든 행하신 일을 전파하리이다."

-시편 73편 28절

흔히 가정은 '추억의 박물관, 행복의 샘터이다'라고 한다. 이 뜻의 아름다움에 대해 생각하며 살았다. 분명 힘들 때도 많았지만, 힘든 만큼 하나님의 도움이 컸다. 세상에서 맛보는 것과 다른 차원에서 오는 평안함이 있었기에, 이 아름다운 표현에 공감한다. 지금 가정에 대한 이 표현이 더욱더 가까이 다가온다. 가정은 정말 그런 곳이다.

이 책을 끝까지 읽으신 분들에게 감사드리며, 모든 분들의 삶과 가정에 환경을 뛰어넘은 행복이 꽃피워지기를 기도드린다.

이 연 자 올림